A Mais Fina das Artes

Ricardo Garcia

A Mais Fina das Artes

LACIER

LACIER
Lacier Livraria e Editora
www.livrarialacier.com.br

Rua Doutor Quirino, 808 – Centro
CEP 13015-081 – Campinas, SP – Brasil

Fevereiro, 2024

Diretor: *Lacier José de Rezende*
Coordenação editorial: *Peter Fritz Strotbek*
Projeto de capa: *Fabio Giglio*
Projeto gráfico e editoração eletrônica: *The Best Page*

Ficha Catalográfica

Dados Internacionais de Catalogação na Publicação (CIP)
(Câmara Brasileira do Livro, SP, Brasil)

G216m Garcia, Ricardo.
A mais fina das artes [recurso eletrônico] / Ricardo Garcia. — 1. ed. — Campinas, SP : Lacier Editora, 2024.
274 p. ; 11 x 18 cm

ISBN 978-65-88805-83-1

1. Ficção brasileira. 2. Literatura brasileira. 3. Romance brasileiro. I. Título.

CDU 869.0(81)

Índices para catálogo sistemático:
Literatura brasileira — Romance

Angela Schmidt da Rosa – Bibliotecária – CRB-14/1171

A
Marlene Rosa,
cumplicidade incondicional.

A
Maria Muccillo,
***(in memoriam)**,*
mestra e farol, presente
desde o início de tudo.

A
Itacir Lutchemberg,
paciência e sabedoria.

Índice

A greve

1

A camionete branca cortava as ruas em direção ao Distrito Industrial acima da velocidade permitida, empurrada pela ansiedade de Itamar, que enviava mensagens uma atrás da outra aos diretores do sindicato. Numa curva mais afoita, o veículo balançou e Itamar segurou-se na alça sobre a porta:

— Segura a onda, Genésio. Tamo quase lá — protestou.

— A pressa quem deu foi tu, Ita — defendeu-se o outro.

— Se continuá assim, temo que contratá um motorista... — riu Itamar, acompanhado pela gargalhada de Genésio.

Viram o movimento incomum assim que estacionaram na rua defronte ao pátio. Provavelmente a briga de que Joãozinho tinha falado e que havia arrepiado os cabelos dos dois, que deixaram o sindicato em desabalada carreira para chegar antes da polícia ou da segurança da fábrica, um desastre que não podia acontecer.

— Tá lá a bronca, que será que aconteceu? — perguntou Genésio.

Itamar saiu sem responder nem fechar a porta, dirigindo-se para o local onde, em meio a centenas de homens, um bolo de gente se compactava aos gritos. Abrindo caminho com os cotovelos, pedindo licença que ninguém ouvia, ele foi para o miolo, seguido por Genésio com o megafone a tiracolo.

Dois operários se engalfinhavam no meio de um círculo, um ringue de corpos, ao som bailado de violência, uma idiotice, pensou Itamar, que parou por um instante, estudou os contendores, viu Genésio chegando e avançou, puxando os brigões pelos ombros, afastando-os e, em seguida, colocando-se entre eles, os braços abertos, as mãos apoiadas em seus peitos. A turba vaiou e grunhiu decepcionada, mas não enfrentou o prestígio do sindicalista.

— Vamo pará isso, companheirada! — gritou Itamar, olhando ora para um ora para outro. — Cêis qué arrumá confusão?

Pegando o megafone que Genésio lhe oferecia, Itamar continuou:

— Daqui a pôco, a Antonia manda a polícia dela aqui e vai sobrá pra todo mundo... É isso o que ocêis qué? Nóis viemo pra negociá, pra resolvê o pobrema. A greve é pra isso. Num é festa!

Genésio largou um dos briguentos, e aproximou-se de um outro colega, tirando-lhe a lata de cerveja da mão.

— Num é piquenique, companheiro! — gritou, cara de poucos amigos.

— Vamo se acarmá, porque já tá na hora da gente começá a conversá com a patroa docêis e resorvê a greve — completou Itamar.

Sob protesto, a turba foi se acalmando e se dissolvendo, mas um operário, porém, se aproximou deles.

— Vocês tão pensando o quê? Ficam lá no bem-bom do sindicato, ar condicionado, cafezinho, decretam esta greve, criam a maior confusão, e acham que vai dar certo? O pessoal está nervoso, com medo, vai ter mais briga dessa aí por conta dessa tensão. Antonia vai descontar os dias de greve do nosso salário. Quem vai pagar nosso aluguel, o mercado, as contas? O sindicato?

Itamar encarou o sujeito:

— Quem é ocê?

"Joel", respondeu-lhe o outro, quase num cochicho. Itamar falou alto, no megafone, para todo mundo:

— O Joel aqui é contra a greve, companheirada. Num sei se ele tava na assembleia onti ou se só num aceita ela. A diretoria respeita a decisão da maioria, foi a maioria que quis ela. Por isso, se a próxima assembleia decretá o fim da greve, a greve acaba. Tudo nóis temo que respeitá a assembleia.

Virando-se novamente para Joel, estende-lhe o megafone:

— Qué falá arguma coisa? Pode falá, amigo, a gente tá aqui pra conversá.

Joel não respondeu, estendeu os braços, as palmas voltadas para Itamar, a cabeça fazendo que não, retrocedendo um passo.

— Ele num qué mais falá. Alguém aqui qué? A palavra tá aberta.

Itamar ergueu o megafone em direção aos operários, girando o corpo, olhando nos olhos deles, mas ninguém queria.

A cara enfezada de Joel estava vermelha, encarando Itamar, mas o sindicalista apenas procurava alguma coisa ou alguém ao redor, a ver se havia ainda alguma briga, alguma alteração, mas só encontrou ansiedade nos olhos dos companheiros, quando a sirene de um carro de polícia chamou a atenção de todos.

Era uma viatura pequena, com dois policiais militares, que abria caminho entre os grevistas, aos gritos e sirenes. Um operário se interpôs, o carro parou com o parachoque quase encostado nele, e o homem pulou para o lado, sob gargalhadas dos policiais.

Itamar, Genésio ao lado, adiantou-se em direção à viatura, com o megafone pendurado no ombro.

— Boa tarde, tenente — disse ao chegar mais perto, erguendo a mão num gesto amistoso.

— É sargento — gritou o soldado que estava no assento do carona, ao abrir a porta para saltar do veículo. — Quem é o senhor? O que está acontecendo aqui?

Itamar apresentou-se, estendendo a mão, que o militar ignorou.

— Nada, sargento, o pessoal só tá esperando a patroa chamá o sindicato pra gente conversá.

— E por que estão todos aqui fora?

Ele num sabe? Claro que sabe, todo mundo sabe!

— É uma greve, sargento, eles tão parado.

— Ligaram para o Comando denunciando uma briga aqui. Quem está brigando?

— Ninguém tá brigando, sargento. Tá todo mundo na paz, só esperando a patroa chamá.

O sargento girou os olhos ao redor com a testa franzida, não viu briga, ninguém se manifestou.

Encarou os operários, erguendo o queixo em desafio, mas ninguém disse nada. Voltou-se depois para Itamar e deu um passo à frente. O sindicalista, por reflexo, começou a recuar, mas a mão de Genésio em suas costas cortou-lhe o passo. Itamar parou, o militar parou bem perto dele, olhando-o nos olhos.

— Por que é que você não volta para a África e faz greve lá, hein?

Dessa vez, foi a mão de Itamar que conteve o avanço ensaiado por Genésio. O militar encarou Genésio, a testa franzida e a mão no coldre.

— E o senhor, está procurando encrenca?

— Sargento — interveio Itamar, segurando o fogaréu no peito, fazendo força para firmar a voz — nóis nasceu aqui memo, num temo nada a vê com a África. Pode olhá, tudo brasileiro.

O sargento acompanhou o gesto de Itamar, que se alargou para o mar de gente que os cercava e percebeu a variação do pardo ao retinto na pele dos operários, cruzando os braços e encarando-o, só uns poucos brancos feito ele, e deixou cair o queixo. De repente, o medo estava em seus olhos. Começou a recuar, com a mão sempre no coldre, e disse, voltando a olhar ora para Itamar ora para Genésio:

— Está certo, moço, podem ficar aí, mas sem briga, sem confusão. A gente vai ficar de olho em vocês.

E, de costas, devagar, foi se afastando e entrou na viatura, que se afastou de ré, enquanto Itamar, ao megafone, pedia para os operários abrirem caminho para o veículo, ganhando tapinhas nas costas entre risos e issoaís. A viatura estacionou do outro lado da rua. Itamar voltou o megafone para os trabalhadores:

— A polícia veio aqui porque arguém denunciô. Vão ficá de butuca na gente. A gente não precisa disso. Vamo ficá na paz. Daqui a pouco, temo reunião com a Dona Antonia e pode sê que tudo fique assentado.

Itamar terminou a frase olhando para Joel, mas o outro não esboçou reação, os braços cruzados, o olhar vago.

Um movimento de gente chamou a atenção de Itamar, os homens se afastando, abrindo caminho para o vigia que vinha até ele, buscar os dois sindicalistas. Na guarita, o outro vigia observava, com mão na coronha do revólver, ao lado de Amélia, a chefe dos Recursos Humanos, que viera para levá-los até Antonia.

Instalado na mesa comprida de carvalho, ao lado Genésio e de frente para Antonia, Amélia e o advogado patronal, Itamar apresentou a proposta aprovada na assembleia. Sócia-gerente da Companhia Santa Delfina, herdeira de seu pai, José Damasceno Ferreira, garota mimada, trazida da escola de administração direto para a presidência, conhecedora de lucros e prejuízos mas não dos homens e mulheres que tocavam as máquinas, Antonia respondeu enfurecida:

— Vamos parar com essa conversinha, Itamar, greve não cola aqui. Nós não vamos negociar nada enquanto o pessoal estiver parado. Acabem com a greve e nós nos sentamos para negociar.

— Dona Antonia, a gente só fez a greve porque a senhora num quis conversá. O pessoal pediu pra nóis falá com a senhora e a senhora não quis. A gente tentô duas veiz.

— Não é que não quis, não é bem assim, só não pude, minha agenda está cheia, a situação está complicada, a crise está na porta, você não vê, Itamar?

— A gente só tamo pedindo o que é nosso, dona. A justiça já condenô a empresa, num tem discussão mais. Nóis tamo disposto a fazê um desconto grande pra recebê e encerrá o processo.

— Trinta por cento? Isso não é nada. A gente pode conseguir acordo com desconto de metade na Justiça.

— Tarveiz, sim senhora, mas isso é injusto. Por isso, precisamo conversá.

— Pago a metade em doze parcelas, nada mais. E vou descontar os dias parados. Aproveite agora, que é o primeiro dia, para não ficar mais barato para os colaboradores.

Mais barato? Um dia perdido é uns quantos prato de comida...

— E garantia de emprego pros grevista? O pessoal tá com medo das demissão...

— Sem condições, imagina! A lei diz que posso.

A lei só vale quando é pra dela...

A proposta era a mesma que causara a indignação e a intransigência era a mesma que conduzira à greve. Era proposta rejeitada, Itamar explicou que não podia aceitar, e pediu que ela melhorasse o valor, sem desconto dos dias parados, mas Antonia se manteve irredutível. Depois de quase uma hora, as mesmas coisas repetidas e repetidas pelos dois lados, Antonia aceitou pagar metade em seis vezes. Itamar não aceitou e a reunião foi encerrada, sem acordo.

Eles abriram caminho entre os operários, *não teve acordo, carma, já vou explicar,* respondiam aqui até chegar no meio deles. Ao megafone, Itamar relatou a reunião e a proposta da fábrica, recebida com vaias, assobios, palavrões, *o que é que ela tá pensando que a gente é?* Com a chegada do pessoal do turno da tarde e a saída do pessoal do primeiro turno, o número de operários no pátio cresceu, mas ainda assim não era o suficiente, muita gente havia furado a greve, a maioria não tinha parado.

— Temo que fazê otra assembleia pra decidí o próximo passo — concluiu.

Joel, que tinha seguido Itamar, perguntou, provocativo, puxando o outro pelo braço:

— E por que só a gente tá em greve? Nas outras tá tudo bem?

No fundo, Itamar concordava com Joel, o problema era mesmo das três grandes, as três haviam subtraído metade do horário do almoço, e respondeu:

— Cê tá certo, companheiro. As otra fábrica tinha que se mexê também. Nóis já fomo conversá com os companheiro lá, tem negociação rolando no chão de fábrica, mas os empregado num qué fazê assembleia ainda. Hoje mêmo, vamo tê reunião da diretoria e esse assunto vai acontecê, com as porta aberta pra quem quisé participá.

Alguém puxou um apoiado, alguns aplaudiram, Itamar se despediu e foi para a camionetinha, seguido por Genésio. Era uma quarta-feira e ele calculava o dia em que conseguiria fazer a assembleia geral das três fábricas, respeitando os companheiros, no prazo do estatuto, talvez na segunda, talvez na terça, não tinha certeza, tinha que ver, só sabia que tinha que ser logo.

2

Como de costume, juízes e promotores se encontraram no meio da tarde para lanchar, um intervalo oportuno entre audiências. O primeiro a chegar foi Vicente Augusto, o decano, tão concentrado em inspecionar talheres e guardanapos que não percebeu quando o juiz Ernani de Oliveira e Sá, o mais jovem da Comarca, entrou na sala do lanche, conversando com a juíza Vânia, à frente de outros juízes e promotores. Ernani, como gostava de ser chamado, era o último rebento de longa dinastia no Tribunal de Justiça e tinha planos de se juntar ao pai, o Desembargador Oliveira e Sá, tradição familiar antiga, desde os tempos do Império, linhagem que lhe garantia bajulação sem limites dos demais, que procuravam garantir a boa vontade do futuro desembargador.

— Boa tarde, doutor Vicente — cumprimentou. — O que temos hoje?

— Boa tarde, Excelência. Hoje, vamos de sanduíche de camarão ao queijo brie e aspargos, um lanche simples — sorriu.

O juiz, porém, não riu da piada, a cabeça em outras complicações.

— Ouvi notícias preocupantes sobre essa greve dos metalúrgicos, doutor — disse, com o olhar inquisitivo para o decano.

— Essa tigrada está muito assanhada! — respondeu Vicente.

O promotor tinha vinte anos de carreira em Livramento e nunca havia visto tamanha baderna. Solidarizava-se com os empresários, sempre tão generosos, não entendia essa loucura dos colaboradores.

— Não sei como deixaram chegar a esse ponto — continuou o juiz. — A polícia está acompanhando o caso, doutor?

— Com a incompetência de sempre, Excelência. Aliás, já pedi relatório para o delegado. Quero acompanhar a coisa de perto — mentiu o promotor, a quem não havia passado pela cabeça acionar a polícia, já tinha trabalho suficiente no fórum.

Quando Vicente, recém-aprovado no concurso, chegou a Livramento para assumir o cargo, sua ambição era promover-se o mais rapidamente possível para uma cidade maior, se possível para a capital do Estado. Nos seus primeiros meses, porém, conheceu Heinz Schmidt, capitão da indústria local, e aceitou o convite para morar de graça numa das casas da família do empresário, então vaga pela saída do ocupante anterior, também promotor. Agradecido, fez de tudo para merecer a confiança do empresário e dos amigos dele, cresceu no conceito social e na conta bancária, assentando praça de vez na cidade.

Com o tempo, assumiu o papel de anfitrião de todos os novos juízes e promotores, ensinando a cidade, apresentando gente importante, ajudando a conseguir, aqui e ali, um lugar para morar, um carro novo, todo tipo de diversão. Agora, quando a cidade se defrontava com seu pior desafio, ele precisava sacudir a poeira do paletó e ajudar a resolver logo o problema, retribuir a generosidade dos amigos.

— Que tal uma ordem direta à polícia? — perguntou o juiz com leve ironia. — Não faria mal uma visita do delegado à fábrica, faria?

— Vossa Excelência tem razão — respondeu Vicente Augusto, contrariado. — Hoje mesmo vou tratar disso, e vou mobilizar a polícia militar também. Pode haver perturbação da lei e da ordem, ameaça ao patrimônio — discursou.

A cara redonda da juíza se entortou numa careta, mas decidiu não dizer nada, o camarão era mais interessante. Os demais apenas calculavam calados, aquela porcaria ainda os atingiria, tomara que não.

Depois do lanche, Vicente ligou para o delegado Luizinho e para o capitão Fontenelle, comandante da Polícia Militar, para lhes cobrar mais respeito e mais eficiência, satisfeito com a informação de que uma viatura militar já estava no local, calculando com ela acalmar sua Excelência.

3

Genésio enfiou a camionete pelo corredor lateral até o pátio interno do sindicato, e a estacionou ao lado das quadras. Itamar permanecia quieto, olhando para o nada, sem fazer menção de saltar.

— Vamo lá, Itamar! — incentivou Genésio.

— Ela qué desmoralizá a greve, companheiro. E se a gente num conseguí juntá mais vai, ela vai conseguí, é uma cobra.

Aurélio, operário mais velho, trazido por Genésio para compor a diretoria, encostou-se ao batente da porta, um copo de café preto fumegando na mão, os cabelos grisalhos despenteados, pedindo corte. Os dois caminharam até ele.

— Ela qué briga, companheiro — disse Genésio ao mais velho assim que subiu os quatro degraus que os separavam.

Aurélio, coçou uma orelha e sorriu:

— Então, vamo dá briga, ué! — disse, e continuou:

— O pessoal da Santa Adelaide tá aqui. Eles qué entrá na negociação do sindicato.

— Vamo vê se tão disposto mesmo. Se fô igual a Santa Delfina, tamo fudido!

Ao chegar ao saguão da entrada, ao redor do qual se localizavam as salas da administração da entidade, Itamar parou e arregalou os olhos, um mundo de operários esperava por ele, névoa de fumaça de cigarros flutuando sobre todos, copos plásticos de café pelo chão, vozerio das conversas recheando o silêncio. Havia ali gente da Santa Delfina, da Santa Adelaide, da Santa Geralda, as três santas, não sabia que mais.

— Como foi na Santa Delfina? — perguntou-lhe Quintiliano, o mais jovem diretor da entidade.

A multidão se acotovelava, chegava mais perto, Itamar percebeu que seria impossível reunir a diretoria com aquele povo todo, não cabia na sala da diretoria, e não podia deixar ninguém de fora. Os olhares fixaram-se nele, havia ali esperança e medo, e ele se deu conta do peso sobre suas costas.

— Na Santa Geralda tá mais pior — disse outro alguém. — A gente tem que negociá com o facão no pescoço.

— Os acordo é horrível.

— Acordo porra nenhuma, é goela abaixo, num tem querê.

Genésio virou-se para Itamar:

— A gente podia fazê duas reunião separada...

O falatório recomeçou.

— Reunião por fábrica num dá mais, companheiro — respondeu Itamar. — Esse povo num vai esperá.

Diante dele, barbas por fazer, testas enrugadas, roupas amarfanhadas, Itamar rendeu-se:

— Vamo todo mundo pro auditório — decidiu, num repente, encaminhando-se para a escada.

Boa, assim é que se fala, bora lá!

O auditório era um salão comprido que tomava metade do primeiro andar, recém acabado de fazer, a pintura ainda cheirando, com capacidade para mais de duzentas pessoas, equipado com aparelhagem de som num tablado frontal, talvez fosse até pequeno para aquele povo todo.

Acomodado atrás da mesa sobre o tablado, Itamar esperou até que todos estivessem sentados.

— Dona Antonia num tá convencida da nossa força — disse —, tá pagando pra vê. Só vai cedê se a gente mostrá mais força. Precisamos aumentá nossa presença na porta da fábrica e se conversá mais, se juntá mais. Tem muito fura-greve entrando. Temo que pará com isso.

Ele sabia que a fábrica estava parada, apesar da adesão de pouco menos da metade dos empregados, porque a parada de uma seção paralisa a linha toda, a beleza da linha de montagem. Ele sabia que Antonia estava demitindo e que, nas outras fábricas, as gerências impunham acordos individuais, sem o sindicato.

— O que disse a puta da Antonia? — perguntou um grito.

Itamar não conseguia falar. Mal começava, alguém gritava alguma coisa, interrompendo-o, e ele temeu que não conseguissem fazer a reunião. Genésio, a seu lado, percebeu e tomou o microfone:

— Companheiros, assim a gente num vai a lugar nenhum. Vamo se organizá. Cada um fala na sua vez. Quem quisé falá, ergue a mão que eu anoto, cada um tem seu direito.

Apoiado! Bravo! Issoaí! Muito bem! Vai te fudê!

Genésio riu e devolveu o microfone a Itamar.

— A fábrica só reduziu o número das parcela, mas mantém os cinquenta por cento — disse Itamar.

— Tem mais — continuou depois das vaias. — Num qué nem ouví falá em pagá os dias de greve e...

De novo, a vaia o interrompeu, *ela tá de brincadeira! safada!*, mas Genésio se levantou, o braço erguido, a mão espalmada no ar, pedindo calma, calma, e a vaia arrefeceu devagar. Itamar continuou:

— ... nem estabilidade.

Um operário gritou:

— Ela qué facão! Num qué conversa... só sabe pisá na gente. Vai se fudê!

Itamar devolveu o microfone, Genésio começou a chamar os inscritos para falar, o burburinho se abrandou.

— Meu nome é Orlando. Sô tornero da Santa Delfina desde o tempo do velho Ferreira. Era um cabra difíci, brigava muito, mas sabia conversá também. A filha é mais pior, uma peste ruim. Com ela, é na lambada e se teimá é facão, tá na rua. Se a gente aceitá o que ela qué, vai sê mais pior, ela num tem limite.

— Genivaldo, sordadô da Santa Adelaide — apresentou se o segundo orador. — Essa briga num é só da Santa Delfina, não. Tem companheiro lá na fábrica que já assinô acordo mais pior ainda.

— Meu nome é Joel. — iniciou ele, encarando a assembleia. — Também sou da Santa Delfina e acho horrível essa proposta aí, meus amigos. Antonia tá muito errada. A gente tem que melhorar isso aí. Ela tem que honrar o pai dela, que sabia dar valor aos colaboradores, que conversava no chão de fábrica.

Itamar prestou atenção no cara, que nunca tinha visto antes no sindicato. A greve talvez tivesse achado uma nova liderança, esperançou-se.

— Sou da Santa Geralda. Me chamo Durvalino. Lá tá ainda mais ruim ainda porque lá tem o Sizenando Terra no cangote, um cara que trata a gente aos grito, gosta de xingá e humilhá todo mundo, de mandá embora por quarqué coisa. Ele fica por trás dos coordenador, que tenta salivá a gente, e quem não aceitá acaba indo na sala do Sizenando, e de lá pra rua. O pessoal prefere aceitá... Tem pai de família lá que já assinô por trinta por cento! Tem neguinho com deiz ano de casa engolindo quarqué mixaria pra continuá no emprego. Tá foda!

Itamar sentia o fogo se alastrando, preocupado, na lembrança a eletricidade da assembleia da Santa Delfina num dia e a realidade frouxa no dia seguinte. Genésio cochichou, *agora é partí pra greve nas trêis fábrica, é pegá o touro pelos chifre, o povo tá puto com essas sacanage...*

— Ainda não, companheiro — cochichou Itamar em resposta. — Temo que chamá uma assembleia geral com o pessoal das trêis, com edital e pauta, direitinho. Essa reunião aqui num num tem legalidade pra isso. A gente pode botá tudo a perdê se decidí hoje.

A contragosto, Genésio concordou, Itamar era cuidadoso, sabia o estatuto. Não demorou, a noite nem tinha se estabelecido, a rejeição da proposta de Antonia foi unânime, nem proposta nova era, ninguém ousou propor o fim da greve na Santa Delfina, e marcaram a assembleia das três fábricas para terça-feira.

Quem sabe a agitação que a diretoria faria nas portas das empresas, as mensagens de celular zunindo no chão de fábrica, o conversê nos refeitórios, as rodinhas nos pátios, as convocatórias polvilhando o chão, a hostilidade contra os acordos enfiados goela abaixo, talvez só esse fuzuê fosse suficiente para convencer os patrões a negociar melhor, a incluir o sindicato, a esquecer a repressão, ansiava Itamar, talvez nem precisassem de mais greve.

4

Giovanni limpou a boca com o guardanapo com satisfação, a lagosta estava ótima, e o vinho era sensacional, ele gostava de comer bem, e de viver em paz.

— Antonia só faz merda! — disse, referindo-se à falta de habilidade da colega. — Enquanto ela não amadurecer...

Heinz sorriu em concordância para o Italiano, como era conhecido entre os colegas, a moça não ouvia ninguém.

— Não estrague essa maravilha, meu amigo — respondeu Hermínio, sorrindo e mostrando a taça de vinho.

Giovanni riu e tomou mais um gole do melhor vinho do La Licorne, a segunda sede do sindicato patronal. Eram tantos os almoços que Heinz promovia ali, sob o pretexto de reunir a diretoria, que diziam ser ele sócio do lugar.

Hermínio continuou:

— Mas você tem razão, deixar o sindicato entrar foi uma tremenda cagada. Na Santa Geralda, os colaboradores estão assinando os acordos individuais, e não tem havido protestos, na semana que vem fechamos tudo. Já tem até colaborador recebendo a primeira parcela.

Hermínio vinha de família de comerciantes, e havia comprado a Santa Geralda depois de enriqueer recuperando empresas falidas. Quando assumiu a fábrica, quase fechando, encantou-se e resolveu comprá-la, uma pechincha, modernizando o seu parque industrial e recuperando o mercado. Assumiu a gerência e implantou seu método de administração, que combinava modernidade no maquinário e mão de ferro na gestão do pessoal. Sizenando Terra era seu braço direito há anos, o que fazia o serviço sujo, sempre com sucesso.

— Como você consegue? Na Santa Adelaide, as coisas também estão andando, mas muito devagar, o pessoal resiste. E olha que eu mesmo ando pelo chão de fábrica, conversando, os coordenadores ajudam, mas está difícil, devagar.

Ao contrário de Hermínio, para Giovanni, obrigar seus empregados, sob ameaça, a assinar o acordo era uma dificuldade. Herança do pai, que construiu a indústria a partir de uma pequena oficina mecânica e ombreava com eles na lida diária, iguais. Por ordem do velho, começou ainda menino no chão de fábrica, de onde foi galgando postos, conhecendo os operários, seus colegas, e a dinâmica da empresa. Quando chegou à diretoria, depois que concluiu a faculdade, já dominava todos os segredos da produção, mas estava marcado para sempre pelo convívio com os operários. Sabia convencer, podia mentir, ludibriar, era um jogo mental, mas nunca impor.

— Faço valer minha vontade, meu caro. A fábrica é minha, eu mando, eles obedecem.

Heinz, presidente do patronal, havia organizado aquela reunião-almoço para criar uma estratégia contra a greve, uma baderna, coisa de comunista, mal que precisavam sufocar, fosse como fosse. Alemão de apelido e ascendência, trazia a tradição familiar de manter os de baixo sob rédea curta, chicote na mão e esporas afiadas. Ouvia seus dois colegas, concordando com a habilidade de Hermínio, condenando o corpo mole de Giovanni.

— E como vão essas forças vivas da nossa cidade? — disse uma voz recém chegada.

Os três ergueram os olhos, surpresos, para Félix Andreatta, um novo rico que ainda não tinha lugar à mesa daquele banquete. Antigo chefe do departamento de galvanoplastia de uma grande indústria de utensílios domésticos, ele soube aproveitar a extinção de seu setor para, estimulado pela antiga empregadora, montar sua própria galvânica. Contratou, com salário menor, todos os seus ex-subordinados, deu início à Galvanoplastia Zeta Mais, e pôs-se a prestar aquele serviço perigoso, tóxico, para as grandes fábricas, incluindo seu ex-patrão. Conseguiu entrar na suplência da diretoria do Sindicato da Indústria como porta-voz da arraia miúda, aquelas empresas menores, minúsculas até, cujos donos às vezes ganham menos que seus empregados, mas que se julgam mais do que são.

— Quem é vivo sempre aparece! — exclamou Heinz, protocolar.

— A gente está discutindo aqui a penalidade que você vai receber... — brincou Hermínio, atraindo os olhares curiosos de todos.

— Eu? Que foi que eu fiz?

— Você é o responsável por esta merda toda.

— Eu? Minha fábrica nem tem greve...

— Pois é, mas devia ser a primeira, já que o cara que está fazendo essa bagunça toda é seu colaborador.

Félix tinha contratado Itamar há mais de cinco anos, e nunca teve uma só queixa do colaborador. Nem quando adoeceu, com uma intoxicação de gases metálicos, o operário causou qualquer problema, e agora isso, um terrorista.

— É um filho da puta. Tratei como filho, e veja o que ele me apronta.

— Já almoçou? Sente-se com a gente — convidou Giovanni, evitando o olhar de censura de Heinz.

— Ah, não, obrigado, meus amigos. Tenho um almoço de negócios — respondeu, pavoneando-se. — Fica para outra vez.

Giovanni esperou que o chato se afastasse e repetiu a pergunta a Hermínio:

— Como você consegue negociar assim, sem confusão?

— Não negocio, deixo para os coordenadores de linha. Os meninos ganham bônus pela quantidade de acordos que conseguem. Tem uma corrida para ver quem pesca mais.

— Gênio! — exclamou Giovanni, encantado.

Hermínio, com um sorriso, apenas ergueu a taça de vinho, num brinde silencioso.

— E quando não conseguem acordo, Sizenando resolve.

— Voltando ao nosso problema, o que fazer com Antonia? — retomou Heinz. — Temos que acabar logo com essa porra de greve.

Giovanni engoliu o vinho rapidamente e encarou Heinz:

— E o que você sugere? Não temos mais seu homem no sindicato, você não conseguiu comprar ninguém da turma do Itamar. O que vamos fazer?

— Exatamente, por isso temos esse problema. Temos que acabar logo com a greve, e planejar a retomada do sindicato. Temos que enquadrá-la, a negociação tem que ser nossa, não importa que seja só para a Santa Delfina, ela vai ter que nos obedecer.

— Assim é que se fala! E depois, vamos buscar o Cláudio de novo?

Heinz ficou vermelho com a menção do nome de seu ex-protegido.

— Não sei por onde esse imbecil anda nem quero saber — explodiu. — Já tenho um belo candidato, mas só para depois da greve.

— Que novidade é essa? — quis saber Giovanni.

Heinz ignorou:

— ... temos que estancar a sangria da Santa Delfina...

— Temos que recuperar logo o sindicato dos metalúrgicos — aduziu Giovanni.

— Esse pessoal tem que voltar pra senzala — concluiu Hermínio.

— ... se não, a água vai bater na nossa bunda, a greve se espalha...

— Exatamente, o risco é uma greve geral — concluiu Heinz.

Em quase duzentos anos de história, São João do Livramento nunca tinha enfrentado esse problema. Na cidade, as relações entre empresas e colaboradores tinham sido sempre de harmonia, era uma terra de progresso e amizade. A greve pôs a cidade frente a frente, dividida, em conflito. De um lado, os líderes de uma próspera e pujante indústria, festejados homens de bem. E do outro lado, o negro gordinho, feio e sujo, o maldito Itamar e sua turma de maloqueiros, a ralé ignorante.

— E como você pretende vencer esse pessoal? — insistiu Giovanni.

— Estou burilando.

— Quem é?

— Não o conheço pessoalmente, um joão-qualquer-coisa, um diamante bruto garimpado pelo Rubens.

Giovanni conhecia bem Rubens, um rapaz ambicioso, inteligente, que ele próprio havia indicado a Heinz, e que consertara a bagunça que era o sindicato da Indústria. Se o rapaz havia achado alguém, então era bom, havia esperança.

Os três ergueram um brinde ao joão-qualquer-coisa, o salvador da lavoura.

5

Desde criança, Itamar sonhava em ser juiz, resolver os conflitos do mundo, fazer todo mundo alegre e satisfeito. Às vezes, quando bebia além da conta, deixava-se levar pelo sonho, imaginando presidir uma audiência, construindo um acordo bom para todos. Mas conteve o copo naquele domingo, tinha que ficar sóbrio para pensar sobre a greve, não sabia direito o que fazer, a greve lhe comia ideias e tempo, não tinha cabeça para mais nada.

Ao lado da churrasqueira, virava os bifes devagarinho, atento ao ponto da preferência de cada um, o sangrento de Genésio, ao ponto para Vitória, o bem passado de Lúcia, lambiscando uma fatia de linguiça, uma faísca de carne a pretexto de testar o sal, enquanto bebericava a cerveja.

— Tá dexando esquentá a cachaça, compadre — alertou Genésio, caipirinha na mão direita, uma travessa vazia na esquerda, que estendeu ao churrasqueiro. — A muierada qué umas linguicinha pras criança.

Itamar sorriu e fatiou quatro gomos de linguiça de porco.

— Terça-feira é o dia, companheiro — continuou Genésio. — Ou vai ou racha.

— Tenho que resorvê isso logo. Tomara que a gente consiga negociá um acordo bão nessa semana, senão tô lascado.

— Por quê? — estranhou Genésio.

— Fiz inscrição pro vestibular de Direito, mas num consigo mais encontrá tempo pra estudá. Nem cabeça. A greve tá me matando.

— Maravilha, meu irmão.

— É um passo grande a facurdade.

— É complicado, cê sabe. Vai pagá como?

— Eu sei que é foda, mas tem financiamento do governo, pra pagá depois de formado, tem bolsa de estudo prá pé rapado que nem eu. Se Deus quisé, passo de primeira, tô estudando muito, treinando redação, sô lerdo nesse troço...

Genésio não respondeu, pensativo, e resolveu levar a linguiça para a cozinha, onde as mulheres conversavam ao redor da mesa. Era uma casa pequena, como a dele, quatro cômodos, a criança dormindo na sala. Deixou a bandeja com Vitória, que lhe soprou um beijo, e voltou para junto do amigo.

— A gente vai sentí tua falta, Ita. Cê é o cara que une tudo nóis. Sem ocê, a coisa vai pros quiabo.

— Dá nada não. Esse mandato é pro nosso povo aprendê a administrá o sindicato, eu mesmo num sei, tô aprendendo também, depois a coisa vai.

Genésio pensou que seria bom ter um juiz que entendesse da vida, que olhasse para a pobreza. Só conhecia os juízes pelos jornais, pela televisão, falavam difícil, cheio de salamaleques, pareciam de outro mundo.

— Num falo da burocracia, dessas coisa, Ita, falo da política, do jeito que ocê tem pra conversá, de juntá nóis tudo.

Itamar não respondeu, perdido em pensamentos.

Genésio se perdeu na mirada das suas meninas, brincando com Anacleto, melhores amigos, como os pais.

— As criança se dão que nem irmão. As menina adora ele.

O outro grunhiu uma resposta de quem não tinha ouvido, mas Genésio não ligou, admirava muito o amigo de infância. Itamar tinha sido uma criança franzina, ruim de briga que só ele, fazia tudo para não sair no braço, mas não fugia da encrenca se precisasse, preferia apanhar a correr. Agora, mostrava coragem igual, não era qualquer um que se embrenhava numa empreitada dessas, ser juiz é coisa grande demais. Ainda mais com mulher e filho pra sustentar. A faculdade era o assunto preferido de Itamar, mas Genésio acreditava que era só um sonho. Agora, porém, as coisas tomavam rumo sério, Itamar assumia compromisso, planejava.

Os dois cresceram na periferia, vizinhos na rua de terra batida onde jogavam bola todos os dias, pescavam no riacho no fundo do bosque de eucaliptos, um lugar que eles gostavam de explorar, procurar galho para se balançar, goiaba, uma preá, um passarinho para caçar de estilingue. Entravam na água quando a pescaria era ruim, e quase sempre era, e voltavam pra casa com a roupa molhada e suja de lama. Cedo, Itamar teve que deixar a escola para trabalhar, primeiro na faxina de uma tecelagem, depois na espuladeira, festejou quando conseguiu colocação numa metalúrgica, trabalho mais pesado e perigoso, mas de salário mais alto. Genésio tentou enveredar por outro caminho, vendeu muita porcaria na rua, trabalhou em loja de roupa mas se firmou mesmo na fábrica.

Começaram a frequentar o sindicato por causa do campeonato de futebol, as festas em que conheciam as meninas de outras fábricas, tomaram gosto pela entidade, conheceram muita gente, novos amigos, que sabiam histórias da diretoria, do presidente, histórias de assembleias vazias, de eleições mal convocadas, de gente de oposição demitida antes mesmo do registro da chapa, aprenderam a se indignar.

Mas a ideia de organizar a oposição sindical e disputar a eleição só surgiu numa assembleia em que Cláudio, o pelego, o marrom, o puxa-saco, o espião, o submarino, o toupeira, considerou aprovada uma proposta de redução do intervalo do almoço para meia hora, para revolta da maioria dos poucos operários presentes, vigiados por bate-paus prontos a dar porrada. Enquanto a turma xingava o pelego, Itamar e Genésio, na surdina, convocaram uma reunião, e foi o fim da linha para Cláudio.

— Mas aviso que só fico até entrá na faculdade — avisou Itamar, logo depois da reunião, sem dar bola para as risadinhas dos amigos, *claro, claro*, ninguém acreditava que ele conseguiria passar no vestibular, mal tinha o supletivo, nem que conseguiria pagar uma faculdade, escola pública nem pensar, só na capital.

Mas lá estava ele, grelhando um bife e sonhando uma audiência, ele na chefia, togado, um horror de chique.

6

Enquanto três empregados suavam atrás do balcão para dar conta de tudo e a garçonete corria a servir os fregueses, Joel e Amélia cochichavam numa mesa ao fundo, invisíveis para quem olhasse da rua. Nas outras cinco ou seis, fregueses meditavam sozinhos ou conversavam ao redor de xícaras de café que perfumavam o ambiente.

Situada fora do centro comercial, a padaria Imperial era discreta o suficiente para abrigar a conversa que Joel tinha pedido. Ele preferia o burburinho das vozes, a agitação dos fregueses, quanto mais gente melhor. Mas ela mandava.

— O pátio tá revoltado com a Antonia e o Itamar tá se aproveitando — disse ele. — Mas o momento é ruim. A crise tá forte, tem metalúrgica quebrando, tem muito medo do desemprego, pode ser um baita tiro no pé.

— Essa é o discurso de merda qu você vai fazer? — perguntou ela, com agressividade, encarando-o.

— Claro que não. Lá é diferente — estranhou o operário.

Ela fez que sim com a cabeça, aprovando, mas fitou longamente o operário antes de continuar:

— Nunca diga essas coisas, nem para o espelho. Antonia é que tem que se defender, você não pode. Pega mal, logo pega fama de puxa-saco, de pelego.

— Eu sei, fique tranquila, mas a coisa piorou muito... — afligiu-se o operário.

— Nada de vacilar. Vai pra cima — disse ela, estendendo o braço sobre a mesa e tocando o dele. — Você fez a coisa certa quando confrontou Itamar no pátio da fábrica e depois atacou a proposta de Antonia na reunião do sindicato, mostrou que existe outra opção, que é diferente desses vermelhos safados.

— Muita gente não gostou do que eu disse.

— E muita gente gostou, é assim mesmo, você nunca vai agradar todo mundo, tem que escolher um lado, o seu lado. Você só precisa melhorar o discurso, mas já entrou em cena, vamos continuar nessa linha.

— É verdade, mas...

— Não tem nenhum mas, Joel, para com isso, vê se aprende! Você tem que falar o que os colegas querem ouvir, não importa o que você pensa. Eles estão revoltados, vai na onda, radicaliza. Defender o diálogo está certo, mas nunca atacar a greve, de jeito nenhum, nunca mais faça isso, nem de brincadeira! — ela tinha o olhar duro, a face contraída.

Nesses encontros, ela o orientava, preparando-o para liderar. Ele gostava de aprender, tinha interesse, mas era difícil, estava mais acostumado a alegrar a festa, não sabia confrontar.

Rubens se aproximou sorrateiro, metendo-se na conversa de repente.

— A moça está certa, meu caro.

— Oi, querido — respondeu ela, rindo do olhar arregalado de Joel. Apressou-se a apresentar o recém-chegado, assessor da presidência do Sindicato da Indústria:

— Ele está apoiando a gente, pode ficar tranquilo.

Rubens não perdeu tempo:

— Amélia tem falado muito de você. Estamos entusiasmados. Você pode ser um cara importante para o progresso da cidade, se trabalhar duro — disse, sentando-se na cadeira em frente a ele. — E pode ganhar muito dinheiro também.

Refazendo-se, o candidato a sindicalista perguntou, a voz sumida:

— O sindicato patronal sabe de mim?

— Não só sabe, como apoia. Você é visto com muito carinho pelo meu chefe — disse Rubens, pedindo um café.

— O Cláudio era um cara inteligente — continuou —, mas não soube levar a coisa, arrumou muita encrenca desnecessária, se desgastou. Por isso aqueles merdinhas conseguiram derrubá-lo. A cidade precisa de paz, meu caro. E a indústria precisa de um sindicato com colaboradores que se disponham a conversar, a fazer parceria pelo bem de todos, não de encrenqueiros.

— Amélia me disse isso, seu Rubens...

— Só Rubens, por favor, somos parceiros.

— Nunca fiz isso, não tenho ninguém comigo, como vou fazer uma oposição, uma chapa?

— Nós vamos te ajudar, já-já você vai ter outros apoiadores. Se conscientize que a campanha é dura, vai lhe custar trabalho, tem que afinar o discurso, engolir sapo, mas o prêmio vale a pena.

E Rubens começou a expor o que andava fazendo. No dia seguinte mesmo, já teria operários contratados para apoiá-lo, haveria mais dinheiro para os gastos, só o de Antonia era pouco, as aulas de sindicalismo com um profissional da capital começariam em breve.

O pupilo de Amélia foi se encantando com a possibilidade de ganhar dinheiro, fama, importância, carro novo, as mulheres que lhe apetecessem.

— O que você acha, dá conta do recado? — perguntou Rubens, calando-se e observando o outro, esperando que ele digerisse tudo.

Joel bebeu um gole de café, já frio, e fez uma careta. Aproveitou que a garçonete trouxe o pedido de Rubens e pediu outro.

— Acho que sim...

— Vai dar tudo certo. Você não está sozinho. E a gente está só no começo. Temos dois anos para prepará-lo.

Sim, tempo não falta.

— Agora, você tem que aprender a ser mais duro com os patrões — insistiu Rubens. — Depois que se eleger, a gente vê, acerta o rumo, mas agora você tem que ir para a briga.

— Faça um discurso tão violento quanto o do Itamar — agregou Amélia. — Ou, melhor ainda, mais revoltado, mais radical.

— Antonia já sabe que você vai fazer isso, não se preocupe com ela — interveio Rubens, adivinhando o temor do operário. — Não vai te demitir.

— Escrevi um discurso para você, já está no seu *e-mail*-

— Não sou bom para decorar, Amélia.

— Nem precisa, basta entender. Fale com suas próprias palavras, pratique na frente do espelho.

Ele fitou os olhos dela, depois voltou-se para Rubens, não sabia o que dizer, queria muito tudo aquilo, e achou que merecia, sim, ele era o cara.

Joel foi para casa ainda ruminando a ideia de ser um incendiário, imaginando a surpresa dos colegas, um Joel diferente, a ideia o excitava. Desde criança, conseguia atrair a atenção de todo mundo nas festas, sabia agradar, fazer amigos, nunca tinha se envolvido em briga, discussão, afastava-se quando havia confronto. *Não mais, Joel, agora você vai pra briga.*

Sem perceber, cruzou a rua no sinal vermelho, e foi despertado pela freada de outro carro, por sorte não havia mais ninguém. Com o coração aos pulos, ouviu a buzinada, adivinhou o palavrão, mas não se virou, o olhar fixo à frente, as pernas tremendo.

Em casa, abriu o *e-mail* de Amélia e pôs-se a ler devagar, ruminando cada parágrafo daquele novo, combativo e poderoso Joel.

7

Os ônibus da periferia descarregavam gente aos montes, que tomavam as ruas e invadiam o prédio do sindicato, lotando o átrio, congestionando o acesso ao primeiro andar, o vozerio tomando conta de tudo. A Sala das Assembleias já não seria suficiente, alertou Genésio, sugerindo transferir a assembleia para a Quadra.

A Quadra, como era chamado o complexo de três quadras esportivas construídas nos fundos da sede, divididas por pequenas arquibancadas, não acomodava todo mundo sentado, mas comportava dez vezes mais gente do que o auditório.

— Precisamo tirá as traves e instalá um palanque, ou coisa assim — concordou Itamar.

— Dêxa comigo — prontificou-se Genésio.

Com alguma ajuda, ele armou um pequeno palco usando uma estrutura de madeira que tinha sido usada, um dia, como suporte para uma exposição de plantas pelo sindicato, evento mais inútil. Nela, instalou dois microfones e a amplificação.

Enquanto esperavam a montagem do palanque improvisado, operários trocavam preocupações, que Itamar ouvia de passagem.

— Nem me fale. Se ela me cortá, quem vai me dá emprego nessa idade?

— Nem a molecada consegue colocação hoje em dia, amigo.

— E essa enrolação da greve...

— A gente já devia ter feito acordo.

— E Antonia qué acordo?

— Ela qué mais é que a gente se foda.

Aurélio a preocupação de Itamar e o acalmou, tudo isso era normal, é muita tensão, tem que ter paciência. Um empregado da Santa Geralda passou por eles, revoltado, xingando Sizenando, *outro safado, que tem prazer em mandar neguinho para o olho da rua.*

A pedido do promotor público, o delegado Luizinho enviou os investigadores Belinati e Vega, que tentavam se misturar, passar despercebidos, caminhando entre a massa, cruzando, sem se dar conta, com os homens de Romeu, contratados por Rubens, e os espiões de Amélia.

Quando o sol já ia caindo no horizonte, Itamar subiu ao palanque, a expressão fechada, concentrado, microfone na mão.

— Companheirada! — começou, a todo pulmão. — Hoje, tamo aqui os companheiro da Santa Delfina, que já tá em greve, e os da Santa Adelaide e Santa Geralda, que tão sofrendo pressão para assiná acordo sem o sindicato. Ou assina ou vai pra rua.

Pra resorvê isso é que convoquemo essa assembleia. Temo que se juntá todo mundo.

Ele passeou os olhos pelo lugar, lotado, todo mundo atento, e continuou:

— Primeiro, a gente tem que decidí o que fazê com a proposta da Antonia. Ela qué pagá só metade da condenação. Reduziu o prazo pra seis veiz, grande coisa, né!? E qué descontá do nosso salário os dias parado. E num tem garantia de emprego pra ninguém. Essa proposta é uma ofensa pros pai de família, pros companheiro tudo.

Impropérios gritados contra a empresária calaram-no, ele baixou o microfone e ergueu o outro braço pedindo silêncio.

— A diretoria também é contra, companheiros — continuou, colhendo aplausos. — Nóis é contra porque temo direito a muito mais, porque num podemo se dá o luxo de perdê os dias parado, porque temo que acabá com esse facão mardito.

Depois que ele falou, aplaudido, Genésio retomou o microfone e abriu a palavra, mas ninguém quis falar, proposta foi rejeitada por unanimidade. Genésio, sorrindo, devolveu o microfone a Itamar.

— A gente tem que resorvê o pobrema das otra fábrica agora — disse ele, pausadamente. — Precisamo decidí se elas vai pará. Nossa proposta é pará todo mundo.

Explicou a ideia da diretoria de cancelar os acordos individuais feitos na Santa Adelaide e na Santa Geralda e substituir por um acordo coletivo único para as três santas. Após muitos palavrões e uma rápida discussão, a greve foi aprovada, ninguém queria continuar a entregar a bolsa para manter a vida. O sindicalista apresentou então a proposta da diretoria para o acordo coletivo, enfatizando o índice de setenta por cento, maior do que o aceito pela Justiça.

Itamar devolveu o microfone a Genésio e Joel, mais do que depressa, ergueu o braço, pedindo a palavra.

— Olha, pessoal — começou, gaguejante — eu trabalho na Santa Delfina. A gente tá sofrendo uma pressão medonha lá. Antonia não cansa do facão. Botou muito pai de família no olho da rua. É bandida. Safada. A gente tem que dar uma lição nela, um cala-boca nela, pra maldita nunca mais esquecer.

A massa aplaudiu, e ele parou para gozar o momento.

— Antonia é safada, mas também acho que o sindicato tem culpa no cartório — continuou, apontando o dedo para Itamar.

No palanque, a surpresa arregalou os olhos de todo mundo, e no chão da quadra o silêncio se concentrou na figura esguia de Joel, que voltou à carga:

— A gente tá desmotivado lá, o sindicato abandonou a gente. Só metade da fábrica tá parada, todo mundo, grevista ou fura-greve, tá com medo da Antonia, do desemprego, das contas pra pagar. O sindicato não aparece, não organiza nada, fica enrolando a gente com reunião aqui, reunião ali, mas nada sai. Se não fosse o pessoal invadir o sindicato na semana passada e pedir essa assembleia, nem isso a gente teria. A gente precisa ter uma liderança forte, sem medo de empresário safado. A gente precisa dar uma lição na Antonia, e acabar com a ditadura da diretoria, só ela fala, só ela negocia, não dá mais, isso vai ter que acabar.

A proposta que Amélia inseriu no discurso que lhe preparara tinha apenas dois pontos: pagamento de oitenta por cento, à vista, e, para acabar com a ditadura da diretoria, criação de uma comissão de negociação democrática, com participação de representantes do pessoal das três fábricas.

Itamar não se resignou com o ataque, resolveu responder:

— Tô acostumado com as mentira dos patrão, faiz parte, mas parece que agora eles arrumaro um aliado. Todo mundo que tá aqui deve tê participado da primeira assembleia da Santa Delfina, mas o Joel aqui não, embora seja a fábrica dele, porque num sabe nada do que aconteceu, nem sabe o que acontece no sindicato porque nunca vem aqui. Mas isso num importa, o importante é que temo que mostrá nossa união e nossa vontade de negociá um valor justo, e protegê a categoria das demissão. É isso o que temo que fazê aqui hoje.

Joel quis responder, mas não se sentiu seguro, e Genésio continuou organizando as falações. Mais gente falou, de cada fábrica, defendendo propostas, e não demorou para as falas começassem a se repetir, sempre a mesma ladainha, todo mundo falando em greve. Genésio entendeu que não havia mais argumentos novos e resolveu encerrar a discussão.

— A noite chegou e tá todo mundo cansado, companheiros. Vamo colocá em votação?

Joel percebeu que a raiva era grande e aproveitou a oportunidade para aparecer mais.

— É greve, pessoal! — gritou ele. — Os patrões não entendem outra língua. É greve!

Greve! Greve! Greve! Greve!

Genésio, mesmo assim, colocou a proposta da diretoria em votação, aprovada por unanimidade, ninguém aguentava mais a pressão, tinha que ser greve, a multidão respirou aliviada. Joel conseguiu aprovar a ideia da comissão de negociação ampliada e meter-se nela, o que era, desde o início, seu único objetivo.

A negociação

1

O vento frio se enfiava pelas mangas do casaco de Heinz, mas ele só sentia o ódio queimando o peito enquanto atravessava o estacionamento e tentava ligar para Giovanni. Daria tudo para fuzilar aqueles vagabundos, atirar uma bomba n maldito sindicato, acabar com a maldita greve, um câncer se espalhando. Para piorar, seus diretores só olhavam para seu próprio umbigo.

— Resolva essa porra, ou resolvo eu — ameaçou o Italiano ao telefone, na noite anterior, depois da maldita assembleia. — Não posso me dar ao luxo de perder nenhum contrato. Portanto, te vira!

— Claro, a merda vocês fazem e eu é que tenho que limpar?!

— Foda-se! — e o desligou na sua cara.

Reação parecida teve Hermínio, que ameaçou juntar-se a Giovanni num acordo em separado e deixar o Alemão sozinho com Antonia.

Na sala de reuniões, Rubens já o esperava, com café e bolachas. Cumprimentou o assessor, serviu-se e, antes que pudesse tomar o primeiro gole, o rapaz começou a ler o relatório.

— Sobre a assembleia quase nada a acrescentar além do que já lhe disse ontem, doutor. Apenas queria chamar a atenção para o Joel. Ele conseguiu se legitimar e entrar no núcleo da negociação, como planejado.

— Você acha que ele tem chance de ganhar a eleição daqueles filhos da puta?

— Sim, doutor. Embora ainda seja tosco, já evoluiu muito no último mês, não tem a mesma cabeça oca.

— E Romeu?

— Está tudo certo. Ele consegue juntar mais um reforço para o pessoal dele. Na próxima assembleia ele vai entrar em ação.

— De quantos homens vai precisar?

— Vai tentar uns quarenta. Botei de sobreaviso.

— Precisa de dinheiro?

— Talvez, doutor, mas por enquanto não — disse Rubens, mesmo sabendo que ia pedir mais. — Qualquer coisa, sinalizo.

Heinz torcia para que tudo acabasse num acordo rápido, seu medo era que a greve se ampliasse e atingisse outras categorias:

— Essa tigrada não tem responsabilidade, quer quebrar a economia. Resolva isso hoje, menino.

Rubens anotou alguma coisa e saiu, deixando o chefe pensativo, olhando para a parede. Heinz sacou o celular do bolso e ligou para o promotor.

— Doutor, a greve está aumentando, ficando muito perigosa. Vamos precisar de apoio policial para não virar arruaça.

— Não se preocupe, doutor — respondeu Vicente. — Ontem mesmo já havia alguns investigadores na assembleia, de olho nos comunistas, e a polícia militar estava de sobreaviso na rua.

— E nas fábricas? Temos que colocar viaturas nos portões a partir de hoje. A tigrada vai acampar lá, fazer comício, vai ter arruaça, não podemos permitir.

— Ah, doutor, está muito em cima da hora.

— Isso é uma emergência, doutor Vicente — insistiu o empresário. — A coisa está cada vez mais preta, tem risco de quebra-quebra, esses caras não têm limites.

— Vou ver o que posso fazer.

O sangue subiu às bochechas de Heinz:

— Doutor, preciso mais do que isso. A polícia tem gasolina, oficina e lanches, uma mordomia, porque a classe empresarial de Livramento sustenta. Todo mês, pagamos um calhamaço de notas fiscais sem discutir, é para o bem da cidade. Mas se não pudermos contar com a polícia nesse grave momento, então...

Não terminou a frase, não precisava. Vicente se arrepiou, o Conselho de Segurança Pública era criação dele, presidido por ele, e era o Conselho que arrecadava as doações para as polícias e os lanches dos juízes e promotores, um dinheiro a serviço do bem estar da comunidade.

— Calma, doutor, vamos resolver isso — respondeu o promotor, pondo açúcar na voz.

— Se mexa, doutor, porque se os vagabundos fizerem baderna, se a polícia não fizer nada, pode dizer ao comandante, ao delegado, ao juiz, ao caralho a quatro, que acabou a mamata, eles que se fodam!

E, bufando, desligou sem se despedir, deixando o promotor apavorado.

2

Enxotada da roça, a família Mendes seguiu o exemplo de seus vizinhos e migrou do Nordeste para São Paulo em busca de futuro — qualquer coisa era melhor que a fome, a violência, pragas da pobreza. Depois de uns meses na lavoura da cana, acabaram em Livramento, e, depois de alguns biscates aqui e ali, Altino conseguiu emprego de faxineiro na Santa Geralda, enquanto Marineide se virava fazendo faxina de dia e costura de noite, e Aurélio, menino, se virava vendendo coisas na rua, engraxando sapatos, pedindo esmola, sempre trazia algum.

Depois de algum tempo, conseguiu deixar a vassoura para um lugar na manutenção. Com um salário maior, a família aos poucos se estabilizou, o filho franzino melhorou da gripe constante, progrediu nos estudos, sonhou em trabalhar com o pai, mas uma tonelada de chapas de aço mal empilhadas enterrou o pai e o sonho.

Órfão, Aurélio teve que abandonar a escola para ajudar a sustentar a mãe e a irmã mais nova. Conseguiu emprego nos serviços gerais na Indústria de Peças Automotoras Santa Delfina, dos italianos, onde aprendeu a operar máquinas e foi crescendo na função e no salário, até ser brecado na carreira quando ajudou a organizar a oposição sindical, o velho Alboreto gostava de Cláudio, não queria anarquia, ele que sossegasse o pito. Sorte pior tiveram os empregados da Santa Geralda, demitidos assim que Sizenando descobriu a indisciplina.

Agora, depois de muito tempo obrigado a calar-se, já com os cabelos tingidos de branco, ele vivia de novo o sonho, voltava à trincheira. Tinha certeza de que a vida podia ser melhor, que era injusto morrer trabalhando, viver de olhos baixos, isso não era vida. Chegou ao sindicato antes do sol nascer e para organizar a divulgação das decisões da assembleia na categoria.

— Se concentra, Flora — disse Aurélio, com firmeza, a uma das meninas, que estava digitando mensagem no celular.

— Errei alguma coisa? — preocupou-se ela.

— Cê tá mandando mensagem pro grupo errado. O pessoal da Santa Inês num tá em greve.

A informação básica tinha sido enviada logo depois da assembleia para os operários das três santas — Adelaide, Delfina e Geralda — e agora ele tratava de mandar detalhes sobre as decisões, os nomes da comissão de negociação, a proposta aprovada, enquanto Genésio, Nicanor e Itamar percorriam o distrito industrial com o carro de som, conclamando à greve, visitando cada uma das três empresas, distribuindo os folhetos impressos durante a noite no próprio sindicato.

Ao contrário das outras três, a Santa Inês não tinha caído na esparrela de suprimir meia hora do intervalo do almoço, redução proibida por lei, porque não aceitou o acordo firmado com o sindicato. Ademais, era pequena, tinha um turno só, não precisava encurtar o turno do dia para pagar menos adicional noturno para o da noite, como as grandes. Quando pipocaram as ações coletivas contra elas, primeira providência da nova diretoria do sindicato operário, Celestino mandou um *eu avisei* maldoso para Heinz, feliz por não ter caído naquele conto do vigário. As ações correram rápidas, as provas eram abundantes, as empresas não tiveram como negar. A primeira sentença foi dura porque a infração era muito grave, e balizou as outras duas, e as empresas decidiram tentar resolver as coisas à maneira delas, porque recorrer era pior, não tinham como defender a bobagem que fizeram.

Quintiliano soltou um palavrão.

— Então, tô errado também — explicou, quando os outros olharam para ele.

Flora quis saber o que fazer com os que tinham direitos a receber e trabalhavam na Santa Inês. Havia operários que tinham sido lesados nalguma das três e depois mudado de emprego.

— Por enquanto, nada. Os caso deles é individual e continua no Jurídico. Mas fica tranquila, minha filha — experiente, o operário amaciou a voz. — Eles num tá esquecido. A greve vai ajudá o acordo deles também.

Andando pela sala, atento ao trabalho dos mais jovens, parou atrás de Valéria, que se mantinha ocupada respondendo a perguntas dos operários da Santa Adelaide, sorriu, a menina era incansável. Na sala vizinha, onde Marieta e Olímpio enviavam emails para os ativistas de base, com minuciosas instruções para a mobilização dos operários, ele parou para um dedo de prosa, dedicando aos dois atenção especial para elaborar as respostas, ali precisavam de mais qualidade, não podiam deixar dúvidas.

Foi de Elísio a ideia de modernizar o sistema de comunicação do sindicato usando a tecnologia, sem perder o contato pessoal nas portas de fábrica, para multiplicar a velocidade da informação e a capacidade do sindicato de estar com toda a categoria a qualquer hora. Apesar de gostar bastante de andar entre os mais jovens, e dessa nova forma de comunicação, Aurélio estava ansioso para terminar a tarefa, queria participar da conversa ao velho estilo, olho no olho, no portão da fábrica, sentindo a alma de cada um. A molecada mandava bem nas mensagens, não era preciso mais do que tirar uma outra dúvida, como aquela da Santa Inês, não precisavam de mais nada.

— Depois do almoço, vô pras porta de fábrica.. Arguém qué me acompanhá?

Para alegria dele, que achava que todos iam preferir os celulares, Valéria e Flora levantaram o braço. Olímpio abriu um sorriso e prontificou-se também, mas, com um gesto, o sindicalista disse não:

— Ocê e a Marieta ficam por aqui. Num podemo deixá os companheiro sem resposta. Cêis cuida disso hoje, e amanhã vão pras fábrica com nóis.

Enquanto falava, Aurélio indicou os diversos celulares nas mesas das moças:

— Cuida desses aí também.

Ele percebeu a decepção de Olímpio mas ficou satisfeito quando o jovem operário, sem reclamar, disciplinado, levou os aparelhos para sua própria escrivaninha.

A pequena comitiva chegou ao portão da Santa Delfina logo depois da uma da tarde. Aurélio, Flora e Valéria sorriam ao mesmo tempo ao ver os operários parados, às centenas, talvez mais de mil, no pátio externo, conversando, tinha até gente do segundo turno, a greve havia crescido. Itamar, acompanhado por ativistas de base, andava por entre os diversos grupos, ouvindo, tirando dúvidas, estimulando. Muitos checavam os telefones e Aurélio se perguntou quantos deles estariam conversando com Olímpio e Marieta naquele instante.

— Falaí, Aurélio — cumprimentou Manoel, um operário antigo, ferramenteiro do segundo turno. — Sempre na luta, hein!

— Tudo bem, companheiro? Chegou cedo hoje! Conhece Flora e Valéria?

Manoel não conhecia e sorriu ao estender a mão encardida de graxa, que o sabão não tirava mais, *muito prazer*.

— Como tão as coisa? — perguntou Flora, retribuindo o sorriso e apertando forte a mão calejada.

— Olha, tá todo mundo satisfeito, tá fartando só um baraio — riu. — Vim mais cedo pra ficá com a peãozada, tem muita gente nova, carece de apoio. Tem quase ninguém lá dentro hoje.

Aurélio abriu mais o sorriso, feliz, Manoel era veterano, de fé.

— A fábrica deu sinal de vida?

— Por enquanto, nada. A moça do RH deu uma espiada aqui, mas num conversô com ninguém.

— Então, semo só nós com a gente mesmo. — brincou Valéria.

— A gente pode dizê que sim, moça — respondeu Manoel, o sorriso alargado.

— Melhor companhia não tem — completou Flora.

Despediram-se do operário e andaram por algum tempo entre os homens, cumprimentando aqui e ali, parando de vez em quando para uma conversa mais espichada, Aurélio sempre atento à expressão, ao olhar, às palavras dos grevistas, querendo compreender o sentimento de sua gente, conectar sua alma à de todos, confortando, apoiando, estimulando, contando história, sendo parte de um único corpo, uma única alma. Flora e Valéria, indiferentes aos olhares de muitos para seus corpos bonitos, quase não havia mulheres no chão de fábrica, prestavam atenção nas conversas, atentas a tudo, raramente intervindo, aprendendo. Encontraram Itamar no meio do burburinho meia hora depois.

— Cadê os ôtro, Ita? — perguntou Aurélio.

— Tão por aí... — respondeu Itamar, enquanto apertava as mãos das moças. — A gente se separô pra conversá com mais gente. Quem ficô nos celular?

— Olímpio e Marieta — respondeu Flora, parecendo preocupada.

— E cêis resolvero ví pra briga... — disse Itamar, sorrindo paternal para as operárias.

Flora correspondeu ao sorriso dele, relaxando.

— Ah, que bom que cê aprova.

— As coisa acontece aqui fora, companheira. Num é nos celular. É aqui que a gente enfrenta os patrão, que a greve tem vida.

Valéria sorriu mais e tocou no braço de Itamar:

— A gente tem muito que aprendê cocêis.

— Tudo nóis temo muito que aprendê com todo mundo — disse Aurélio.

— Nada ainda? — perguntou Valéria, esticando os olhos para a fábrica.

— Nada. Já mandemo a ata pro sindicato patronal e pras trêis fábrica, mas até agora num tem porra nenhuma — respondeu Itamar com um gesto de despedida, o olhar inquieto.

As operárias permitiram-se ficar admirando o sindicalista enquanto ele se afastava. Aurélio conferiu as horas, ainda tinham tempo para pegar a troca de turno na Santa Geralda.

— Ocêis nunca tinha feito porta de fábrica? — indagou ele.

— Só na Santa Geralda, trabaio lá — respondeu Valéria.

— Eu também, só na Santa Adelaide — completou Flora.

— O que é que tão achando?

— Muito legal, aprendendo muito, meio assustador — elas se atropelaram.

— Aqui fora é muito diferente do ambiente lá dentro — refletiu Flora. — Aqui, a gente vê os companheiro como eles são, todo mundo é livre. Lá dentro, não.

— É verdade — continuou Valéria. — Lá dentro não tem essa liberdade. A gente tem que tomá cuidado com o que fala, tem que olhá pro chão...

— É mais legal aqui fora — retomou Flora. — Num tem mão boba, num tem chefe querendo se esfregá.

— Aqui, o tempo aqui é nosso — filosofou Valéria. — Lá dentro é do patrão, é do medo.

As meninas tinham instinto.

3

Joel chegou em casa ainda excitado da assembleia, não tinha conseguido falar com Amélia durante o caminho. Em casa, quis comer alguma coisa mas não tinha fome. Tomou banho, pensou em ligar para ela, mas desistiu, era tarde da noite, andou vezes sem conta pela sala antes de ir para a cama, onde permaneceu inquieto e acordado. Era alta madrugada quando conciliou o sono, e mesmo assim acordou várias vezes até mergulhar, quase de manhã, num sono profundo.

Estava ainda na cama quando o celular tocou.

— Onde você está? — perguntou, seca, a voz aflita de Amélia.

— Você ficou sabendo o que fiz ontem? — respondeu ele, atordoado, estranhando o tom dela. — Foi sensacional! Deixei aqueles palhaços sem reação, eles não esperavam. A sua ideia foi maravilhosa, tive que mudar as palavras, como você disse, mas foi um espetáculo. E consegui entrar na negociação. Agora, eles vão ter que me engolir e...

— Cala a boca, cara — gritou ela. — Você não ganhou nada ainda. E você vai estragar tudo se não estiver na porta de fábrica. Você está?

— N-não...

— Então, de nada adiantou o escarcéu de ontem. A turma do Itamar já está no portão da fábrica, conversando com os colaboradores, ganhando terreno enquanto você taí dormindo...

— Tá bom, tá bom, vou já pra Santa Delfina.

Ele ouviu um suspiro.

— Nada disso! Vai para a Santa Geralda. Na Santa Delfina, o pessoal já te conhece. Você tem que conhecer gente nova. Você não vai a lugar nenhum se ficar só com aqueles palhaços que você levou ontem.

Como ela sabia quem ele tinha levado?

— Porra, Amélia, são meus amigos...

— Não servem pra nada, nunca fizeram nada. Rubens está contratando gente boa para te apoiar.

Ele ficou sem resposta. *Contratando? Que tipo de gente?*

— Vai para a porta da Santa Geralda, vai conhecer gente lá. Concentre-se nisso, e deixe o resto com a gente — concluiu Amélia.

Ele se vestiu rapidamente e saiu ainda tonto, querendo entender esse negócio de contratar gente. Quando chegou na Santa Geralda, o pátio cheio de trabalhadores, sentiu um frio na barriga. Na rua, a camionete de som do sindicato e, mais ao fundo, uma viatura da polícia militar. Será que havia acontecido alguma coisa?

Estacionou na quadra seguinte, e voltou sobre seus passos, para o bar em frente à fábrica, entupido de trabalhadores. Precisava urgente de café e novidades. Pediu um pingado e um pão com manteiga, sob os olhares divertidos dos demais, que ostentavam suados copos de cerveja.

— Saí de casa muito cedo, sem café... — justificou-se. — Por que a polícia tá aqui?

— Porque tem greve rolando aí, dorminhoco — respondeu Durvalino, um operário de cabelos ralos.

— Mas... aconteceu algum problema, briga, alguma coisa assim...?

— E polícia precisa disso pra bater em trabaiadô?

O operário gargalhou, acompanhado pelos outros, Joel entendeu que riam dele, mas deixou passar, brigar não o ajudava em nada.

— Itamar foi lá conversá com eles e eles dissero que tava só assistindo, pra garantí nosso direito de greve, prevení confusão — comentou um dos assistentes, com ar de quem não acredita.

— A gente é que é o pobrema deles, não os patrão — explicou outro, rugas vincando o rosto.

Joel não queria ouvir mais, aquele papo já estava dando nos nervos, engoliu rapidamente o café e saiu em direção ao pátio. Depois, se Itamar estava lá, ele também tinha que estar.

A Santa Geralda, maior empregadora de Livramento, com dois mil e trezentos empregados, prensava portas, capôs e paralamas de automóveis e caminhões de duas marcas famosas, e suas máquinas, de vez em quando, decepavam algum braço, matavam alguém. Os constantes acidentes geravam bate-bocas quase todos os dias e não raro um operário mais teimoso tinha que fazer uma visita à sala do gerente Sizenando Terra, o que nunca acabava bem para o empregado. As punições aumentavam ainda mais a tensão, Hermínio não fazia nada, não queria fazer nada, aquilo não afetava o lucro, deixa estar.

Joel caminhou entre a massa ressentida, tentando puxar conversa, mas era difícil, ninguém o conhecia, ninguém confiava nele, podia ser um espião de Sizenando, recebia respostas enviesadas, desconfiadas. Conseguiu apresentar-se a alguns, infiltrou-se numa roda de amigos, encontrou no chão um exemplar do boletim do sindicato falando sobre a assembleia, viu seu nome citado, integrante da comissão de negociação, encheu-se de orgulho. Limpou o pó do panfleto, dobrou-o cuidadosamente e o guardou no bolso de trás da calça. Para a posteridade.

Depois de uma hora sem conseguir se enturmar, nem conversar sobre greve nem conhecer nenhuma história de acidente de trabalho, dessa desgraça queria distância, cansou-se e foi tentar a sorte na Santa Adelaide, onde outra multidão ocupava o pátio, também vigiada pela polícia militar.

A fábrica era menor, mil e oitocentos empregados, e fazia embreagens e peças de reposição para caminhões. Tinha nascido de uma ferraria pelas mãos de um imigrante italiano e crescido rapidamente, transformando-se, em poucos anos, na primeira grande indústria da cidade. Sempre dirigida pelo velho Alboreto, a empresa foi herdada por Giovanni, que deu-lhe outro impulso, conseguindo contratos em outros Estados e até no exterior. O clima parecia menos tenso, os operários mais receptivos, e Joel deixou-se ficar, quem sabe aqui conseguiria conversar mais, quem sabe ganhar um ou dois apoiadores.

O celular vibrou e ele viu a mensagem do sindicato informando que a patronal havia marcado negociação, *finalmente!* Aliviado, descobriu a porta de um bar — sempre havia um em frente a uma fábrica — e foi para lá. Desta vez, para uma cerveja, quem sabe conseguia soltar o Joel das piadas, falar sobre a negociação, sobre suas ideias, sobre o que queria fazer no sindicato, quem sabe conhecia alguém, *uma cerveja bem gelada e um torresmo, meu amigo.*

4

— A greve vai ser forte — disse Romeu, ao telefone, para Rubens, de manhãzinha. — Preparem-se.

O ex-militar tinha frescos na memória os acontecimentos do dia anterior, quando ele e um grupo seleto de seus homens infiltraram-se na assembleia dos trabalhadores para estudar o inimigo. Concentraram-se em ouvir enquanto caminhavam devagar, parando numa ou noutra roda, medindo cada homem de alto a baixo, pesando riscos. Romeu logo identificou a equipe de Belinati, quatro homens fedendo a polícia, um deles metido a malandro, cabelo comprido, calça rasgada no joelho, mencionou o fato a Rubens: com polícia perto, ia precisar de mais gente, o serviço ia ficar mais perigoso, mais caro. Identificou também gente que observava tudo, como eles, talvez operários espionando para o patronal ou para as fábricas, não tinha como saber. Havia raiva nos olhos de cada operário, nada de bom se anunciava.

O sol caía com mais rapidez quando o zunzunzum das conversas cresceu de repente e chamou sua atenção. Os operários olhavam para o corredor de entrada e Romeu virou-se para lá, e pela fotografia que Rubens lhe enviara, reconheceu Itamar, à frente de um grupo de trabalhadores. Ele não conhecia pessoalmente aquele crioulinho de cabelo cortado rente, acima do peso, se o encontrasse na rua não daria nada por ele, não olharia duas vezes, e demorou-se a observá-lo, para gravar sua figura, seus movimentos.

— A quadra estava dura de gente, Rubens, e não tinha ninguém pra defender as empresas. Vocês estão abandonados. A próxima vai pegar fogo.

— Eu sei, meu caro. Pra isso preciso dos seus bombeiros...

— Teve falação pesada de ente das três fábricas, depois mando *e-mail* com os nomes, mas um deles me chamou a atenção, um tal de Joel, não me lembro de onde, meio cru, discurso forte, mas de quem tá chegando agora. Esse cara tem pinta de que vai longe.

Rubens ouviu satisfeito, seu pupilo estava no caminho certo.

— Qual sua avaliação pra próxima? — perguntou o rapaz.

— Vou precisar mais de trinta homens, talvez uns quarenta, como te havia dito, e vou ter que contratar uns independentes.

— Vai ficar caro, o doutor vai chiar.

— Azar dele. Serviço não me falta.

— Mande o orçamento, eu cuido dele.

— Preciso de confirmação em vinte e quatro horas, tenho outros clientes no aguardo.

Para Rubens, o prazo não era problema.

— Sobrepreço de costume? — perguntou o assessor, sabendo a resposta, pensando em reforçar o caixa.

5

Era quase meio-dia quando os metalúrgicos se acomodaram nas poltronas da sala de espera, Itamar e Genésio muito tensos, enquanto Joel parecia feliz. Meia hora depois, quando Genésio já andava de um lado para o outro, Rubens veio buscá-los, a diretoria patronal tinha chegado.

Heinz os recebeu sorrindo na porta da sala de reuniões. Giovanni, Hermínio e Antonia, deixaram-se ficar na grande mesa, com papéis e canetas à frente. Itamar apresentou Joel, Flora e Valéria e pediu que nomes deles constassem da ata como delegados de base, eleitos pela assembleia, Heinz assentiu.

Rubens pegou a folha impressa com os nomes dos três para inclui-los na ata.

— Antes de começá — disse Itamar —, tem que garantí o emprego desses representante da base.

— Começamos mal — respondeu Heinz, curioso com a figura de Joel.

— Se num tivé garantia, seu Heinz — interveio Genésio — eles num pode ficá, regra da assembleia, a gente é obrigado a pará por aqui.

Heinz mordeu os lábios, não queria ceder, mas se não concordasse Joel iria embora, e isso não seria bom.

— Não há problema nenhum para mim — socorreu-o Giovanni.

E, virando-se para Hermínio e Antonia, perguntou:

— E para vocês? Algum incômodo?

Nenhum, responderam os dois, e Heinz, aliviado, assentiu.

Itamar continuou:

— A assembleia rejeitô a proposta da Santa Delfina. Também condenô os acordo individual da Santa Adelaide e Santa Geralda, sem o sindicato, a gente já vinha pedindo reunião faiz tempo... foi tudo anulado ontem.

— Com que autoridade vocês anularam? São atos jurídicos perfeitos! — protestou Heinz.

— Num tem nada perfeito, seu Heinz. Num tinha sindicato, num tem validade. A assembleia é soberana. Se ocêis insistí, a gente vai tê que discutí isso na justiça de novo.

— A ideia era agilizar o processo, Itamar — apaziguou Giovanni. — Não havia maldade.

Itamar quase sorriu da cara de pau de Giovanni.

— Tanto faiz, seu Giovanni. Num dá pra aceitá negociação entre a fábrica, poderosa, de um lado, e de um trabaiadô sozinho, que depende do emprego, de outro. Não é justo e...

— Está me chamando de desonesto? — interrompeu Hermínio.

— Calma, gente, não tem nada pessoal. O Itamar só quis dizer que a negociação individual é desigual, injusta. — Apaziguou Jairo, o advogado do sindicato, olhando para o impassível advogado patronal.

Itamar resolveu apresentar a proposta aprovada na assembleia. Setenta por cento do valor da condenação, em seis vezes, sem desconto dos dias parados e garantia de emprego por seis meses.

— Só se vocês quiserem quebrar as empresas, jogar fora mais de cinco mil postos de trabalho — disse Heinz.

— A gente pode executar as ações e penhorar tudo, conforme disse o advogado, mas a gente prefere conversar. O que vocês oferecem? — perguntou Joel.

— Nossa proposta continua em pé — insistiu Antonia.

— Essa proposta foi rejeitada, dona, ela num existe mais — retrucou Itamar. — Num podemo chamá uma assembleia para analisá de novo a mesma coisa. Ocêis precisa melhorá isso, senão a gente não sai do lugar.

— A Santa Delfina não tem como melhorar. — disse Antonia.

Itamar recostou-se na cadeira e estudou cada um dos interlocutores. *Esses cara tá de sacanage.* Com um suspiro, ficou em pé e afastou-se da mesa, num gesto de abandono da conversa.

— Concordo com a anulação dos meus acordos — disse Giovanni —, e acho que o Hermínio também, como prova da nossa boa-fé. Mas não dá para avançar fazer acordo fora da realidade

— Se essa é a posição docêis, a gente num tem mais nada o que conversá.

— A gente não tem como discutir isso — completou Joel. — Ou tem proposta nova...

— Ou o quê? — desafiou Heinz, com os dois punhos fechados sobre a mesa.

— Isso num é diálogo, pessoal... essa proposta aí morreu, vamo avançá — insistiu Itamar.

E continuou:

— Cêis tem que melhorá isso pra gente podê conversá. É o que a gente qué, cada lado cede um pouco. Nóis só podemo levá proposta nova. Se num tem nada novo, vamo informá pra peãozada e vê no que vai dá.

Com a cara fechada, Itamar começou a se afastar da mesa, abandonando a negociação. Giovanni se apressou:

— É razoável, Itamar. Sente-se, por favor. Acho que podemos chegar a alguma coisa conversando. Sessenta por cento fica bem?

— Tá longe dos setenta aprovado ontem. E olhe que a gente já deu um bom abatimento.

— Mas já é uma proposta nova — insistiu Heinz.

— A gente sempre faz acordo na Justiça do Trabalho com sessenta por cento... — insistiu Antonia, pegando a deixa de Giovanni.

— Em ação individual e sem tê greve, sim, dona. Nóis tamo numa situação diferente aqui — retrucou Genésio, cenhos franzidos.

— Calma, podemos melhorar ainda mais — disse Hermínio. Ele continuou:

— Além de sessenta por cento, parcelado em dez vezes, podemos descontar só metade dos dias parados, e acrescentar alguns prêmios na remuneração dos colaboradores, para melhorar o salário.

Prêmios? Que prêmios? Itamar procurou socorro em Genésio, depois mirou os três da base, sem saber o que pensar, mas ninguém parecia saber.

— Sim — continuou o empresário. — Podemos aumentar o salário de vocês com esses prêmios.

Antonia percebeu que os operários não tinham entendido, apressou-se a explicar:

— A gente pode pagar bônus mensais para premiar a assiduidade, pontualidade, produtividade, cumprimento de metas... as possibilidades são infinitas, gente. E vai aumentar o salário.

Itamar percebeu a cara feia que Genésio fez, o olhar confuso das moças, enquanto Joel sorria, e ele não sabia por quê. Ele tinha ouvido uma conversa sobre pagamento de prêmios e metas no sindicato dos bancários, não tinha entendido muito, o pessoal estava reclamando, mas talvez pudesse ser bom, se bem costurado, quem sabe. Preferiu a cautela, nem sim nem não, o melhor era manter a negociação no limite do que entendia, da condenação judicial.

— Vamo deixá isso pra data-base, temo que estudá bem direitinho, discutí na categoria, é coisa pra todas fábrica, não só das três santa — respondeu Itamar, depois de algum silêncio.

— Bobagem — disse Joel. — Se for para melhorar o salário, que venha agora!

Itamar não sabia se o rapaz conseguia entender o que estava em jogo, mas seu instinto lhe dizia para ter cuidado com o que vinha do patrão, o que era bom para a fábrica geralmente era ruim para o operário.

A reunião se arrastou por quase duas horas, Antonia se esmerou em explicar o sistema de salário variável — era assim que ela chamava —, os metalúrgicos lutavam para aumentar o valor da indenização e arrancar garantias imediatas, e Heinz reclamava da crise e da ameaça de falência generalizada. Giovanni até ofereceu estabilidade para todos os empregados, parcelamento do desconto dos dias parados, mas a diferença no índice empacou a conversa.

— Olha, a gente precisa aumentá o índice e diminuí esse prazo — disse Itamar. — Ainda tá muito espichado.

— Itamar, nós estamos oferecendo o que é possível, sem colocar em risco os empregos — disse Hermínio. — Podemos fazer um acordo m maravilhoso, o papel aceita tudo, mas não vai adiantar nada, porque as empresas não vão conseguir cumprir e vão ter que demitir colaboradores.

Sem esperança de conseguir coisa melhor, Itamar levantou-se pela segunda vez.

— Tamo conversado, então. Vamo apresentá isso na assembleia, mas eu num tenho ilusão. Tá longe, acho que não vai dá.

Giovanni esboçou um movimento, queria levantar-se, segurar Itamar, mas Hermínio o reteve pelo braço. Antonia estava furiosa, Heinz bufando. Com um cumprimento de cabeça, Itamar virou as costas e saiu, acompanhado pelos demais, com passos duros, sem olhar para trás.

Só Joel aceitou a mão que Heinz estendeu.

6

O olhar de Giovanni congelou-se na porta por onde a bancada operária saiu.

— Esses safados precisam de uma lição — gritou Heinz com um murro na mesa.

Furioso, quase gritando, Giovanni retrucou:

— Nós é que somos os burros. Com essa teimosia, estamos dando argumento a eles. Para mim, não dá mais. Estou a um passo de estourar meus prazos, e não posso me dar ao luxo de perder clientes, está cheio de urubu louco ver minha desgraça. Ou fazemos uma proposta boa ou a Santa Adelaide vai fazer acordo em separado. Saco cheio dessa incompetência.

Heinz voltou-se para seu diretor, encarando-o, os punhos fechados:

— Incompetente é você, que não consegue nem dominar seu gado. Tivesse resolvido isso logo não haveria essa maldita greve.

Giovanni mordeu os lábios:

— Minha incompetência foi dar ouvidos a você, isso sim. Devia ter negociado com o sindicato desde o início, como eu queria. Mas não, tinha que ouvir meu líder...

— Também tenho prazos vencendo — interveio Hermínio, fazendo uma careta. — Preciso de acordo o mais rápido possível. — E virando-se pra Heinz:

— Vamos bolar uma proposta boa agora, ou vou acompanhar Giovanni. Para mim, setenta por cento é melhor que nada — disse. — E olhando para Antonia:

— Vocês que se fodam!

— É sempre assim — respondeu ela. — Vocês dois só pensam no próprio umbigo.

— É, mocinha, meu umbigo é meu melhor amigo — retrucou Giovanni.

Heinz viu que não tinha mais escolha, rendeu-se. Contra a vontade de Antonia, cuja única sugestão era demitir mais, aceitou retomar a discussão, convencendo Giovanni a ficar. Ao fim de horas, chegaram a algo que julgaram apetecível para a tigrada sindical e enviaram por e-mail.

— Estamos dando o maior tiro no pé — disse Heinz, mas ninguém lhe deu atenção.

7

Depois da última audiência do dia, Ernani suspirou e recostou-se no alto espaldar da cadeira, indignado contra a apatia do promotor. Virou-se para Vicente, que recolhia papéis e se preparava para encerrar seu expediente.

— Doutor Vicente, — disse o juiz —, se a gente não segurar a greve, ela vai contaminar as outras fábricas, os outros sindicatos, a cidade vai virar um inferno.

O promotor conteve a irritação, *esse juizeco está passando dos limites!*

— Eu sei, Excelência, eu sei, a polícia militar já está vigiando, não dá para fazer mais nada, por enquanto.

— Pelo amor de Deus, chega de nhenhenhém, daqui a pouco vão começar a depredar fábricas. Tem que achar um bode expiatório, prender um para dar exemplo, só isso.

Vicente já não escondia o descontentamento, mas juiz é juiz, ainda mais com pai desembargador.

— O doutor Heinz me disse que fez uma proposta irrecusável — mudou de assunto, conciliador.— Ele espera que a greve não passe desta semana.

— Respeito o pessoal do Heinz, mas até agora não mostraram serviço.

O promotor quase ergueu a voz ao responder que estava disposto a tudo para proteger a pujante sociedade sanjoanense, e retirou-se rapidamente, antes de esgotar sua paciência. Não gostava da greve, da corja sindical, e estava fazendo seu trabalho, *quem ele pensava que era?*

Depois que Vicente saiu, Ernani ligou para o Tribunal de Justiça, precisava aligeirar sua remoção para Capital, talvez uma sinecura até que saísse a promoção, mas Lutécio de Oliveira e Sá não estava na sala e não atendia o celular, e o jovem e promissor magistrado decidiu ir para casa, para um bom uísque.

8

Itamar temia a derrota da greve, que afetaria todos não só os acordos judiciais, mas também a campanha salarial, o próprio sindicato, tudo. Levantou-se mais cedo, preparou o café de Lúcia e Anacleto, saiu sem comer, o estômago apertado. A ideia de fazer a assembleia na rua era mais uma preocupação, uma coisa nova, um espaço maior, mais difícil de encher, pareceria vazio se estivesse pela metade. Cabiam ali mais de quatro mil homens, uma enormidade de espaço.

Quando chegou à sede, Genésio já havia saído com o carro de som para a periferia, um reforço da convocação. Ligou para as emissoras de rádio para falar sobre a assembleia, as reivindicações da categoria, mas não conseguiu espaço, não era notícia. Jairo teve que atender alguns vizinhos, preocupados com o barulho, quebra-quebra, a segurança das famílias, outra dor de cabeça.

Ao meio-dia, a diretoria almoçou feijão com arroz e ovo em marmitas frias na sala de reuniões.

— Cêis lembra do Emílio Neto? — perguntou Nicanor.

— Um da Funilaria São José?

— Esse mesmo. Morreu semana passada, na cutelaria. O rebolo explodiu e um pedaço bateu direto na testa dele.

— Num tinha proteção?

— Nada. Nem na máquina nem na cabeça, nada. Tava afiando uma faca, o rebolo era velho, num guentô o tranco, matô o cara.

— Nesse caso, capacete nenhum salvava ele. Nem óculos.

— Verdade, tinha que tê era proteção na máquina.

Emílio era conhecido, um cara antigo e alegre, que estava sempre no sindicato, eles sentiram a morte, mais uma, e terminaram de comer em silêncio.

Por volta das duas da tarde, os ônibus começaram a despejar operários, ondas de gente tomando as ruas em direção ao sindicato, caminhando sem parar, observados pela polícia e pela vizinhança.

Aos poucos, a massa foi se compactando em frente ao caminhão colocado na rua das Rosas, quase defronte ao prédio da entidade, a carroceria virada em palanque, e crescendo em direção à avenida da Liberdade, a leste. Era o principal corredor de ônibus da cidade, dava acesso ao Distrito Industrial e à periferia, ficava a apenas algumas quadras dali, e era por ela que os operários começaram a chegar, em grupos barulhentos. Do lado oposto ao caminhão, carros e motos ocuparam os espaços numa fila que se estendia em direção ao terminal central, por onde chegavam os operários da periferia oeste.

Itamar se enchia de esperança à medida que a rua era ocupada, lenta e barulhentamente, uma festa quando os operários se reconheciam nas proximidades do caminhão, trocando memórias e abraços, mas o nó na boca do estômago doía, não ficava melhor.

9

Enquanto a diretoria subia ao caminhão-palanque, Itamar examinou a paisagem humana que se espraiava pela rua, um mar agitado, ansioso, havia tensão nos rostos e nos olhos fixos, um rumorejo inquieto. Com meia hora de atraso, Genésio deu início à assembleia, a diretoria já acomodada à mesa atrás dele, convidando Aurélio para presidir a reunião — era costume confiar a honrosa tarefa ao mais antigo, demonstração de respeito e confiança, e depois sentou-se entre Itamar e Nicanor.

No meio da multidão, os investigadores Belinati e Vega observavam, bem como os homens de Romeu, um olho no caminhão e outro na massa, ouvidos atentos, mãos nervosas. Nas janelas dos apartamentos, as luzes acesas denunciavam o medo dos vizinhos, as cortinas escondiam as avós que, contritas, rezavam. Um ou outro marmanjo, talvez já tocado pela cerveja, xingava e enviava gestos agressivos para a multidão, mas ninguém os ouvia, ninguém os via, olhos e almas postos no palanque. Belinati ergueu os olhos para as janelas, divertido, enquanto dois soldados da Polícia Militar observavam de dentro de uma viatura pequena, assustados, nunca tinham visto tanta gente.

Vila Flor, um pacato bairro de classe média, abrigava o sindicato em meio a casas grandes e prédios de apartamentos, pizzaria, padaria, bar, supermercado, açougue e uma pensão familiar. Próximo do centro e dos prédios importantes da cidade — o fórum com seus juízes, a Prefeitura e a Câmara com seus políticos, a igreja matriz e a cadeia —, ao contrário dos bairros operários da periferia, arrastados para longe, confinados. Os vizinhos sabiam da assembleia, como não saber?, com aquela barulheira do carro de som, as faixas na fachada da sede gritando em letras garrafais, o comentário no bairro, um só, a porra da assembleia ia infernizar a tarde de sábado. A preocupação deles era com alguma emergência, por ali havia crianças e velhos que poderiam precisar de médico, por onde sairiam?, e até que horas iria essa coisa se estender?, perguntaram rudemente, sem esconder a contrariedade. Itamar convidou-os para um cafezinho, mas teve que gastar muita saliva e latim, e muitas promessas, claro que poderiam ajudar em qualquer emergência, o médico do sindicato estaria de plantão, que não hesitassem em pedir, e é lógico que eles abririam espaço para qualquer carro ou ambulância, que ficassem todos sossegados.

A multidão, fácil, fácil uns três mil operários, já se comprimia na rua quando Itamar, tenso, recebeu de Aurélio o microfone e começou uma análise curta da greve, enfatizando a força dos operários e chamando a atenção para as dificuldades do movimento, a intransigência dos patrões. Procurava falar devagar, mas acabava atropelando as palavras, tropeçando nelas. Finalizou apresentando a contraproposta patronal, recebida por *e-mail* na noite anterior, depois do fracasso da reunião. A assembleia reagiu com vaias e assobios e palavrões à proposta da Indústria, e com gargalhadas quando alguém imitou um porco, *eu me chamo Heinz oinc oinc.*

— Vamo logo, porra! Ainda tenho que tomá uma cerveja! — gritou um gaiato, provocando risos em Durvalino, que cutucou Custódio, *esse negócio vai acaba ficando bom.*

Aurélio, novamente com o microfone na mão, avançou para a beirada da carroceria, feliz, nunca tinha visto assembleia assim:

— Todo mundo qué acabá logo, companheiros — disse ele. — Por isso, a gente tem que sê rápido nas falação, combinado? Alguém aqui qué falá a favor da proposta? — perguntou, recebendo uma saraivada de vaias e palavrões. — E contra?

— Eu falo: é uma merda! — gritou Durvalino, provocando mais risos.

Bora lá!

Itamar, de braços cruzados, sorria aliviado. Aurélio seguiu o estatuto e colocou a proposta formalmente em votação, rejeitada sob vaias por unanimidade.

— Agora, temo que discutí nossa proposta — continuou. — Vamo fazê silêncio pra gente resorvê isso ligeirinho.

Aurélio virou-se para chamar Itamar, mas Joel, atento, o interrompeu.

— Peço a palavra, seu Aurélio. Tenho uma proposta aqui pra falar.

— A diretoria fala primeiro, Joel. Lhe passo o microfone em seguida.

— Não tem privilégio aqui, não — protestou Joel, quase gritando. — Sou da comissão de negociação igual a Itamar. Pedi a palavra primeiro, quero falar primeiro — disse, aproximando-se de Aurélio.

Itamar parou, surpreso, e o microfone foi parar nas mãos de Joel. Itamar quis retomar, mas Aurélio não deixou, melhor evitar confusão, manter a unidade, a ordem de falação não mudaria nada. Os investigadores prestaram mais atenção ao palanque, aquilo não parecia ensaiado.

Joel se adiantou e começou a falar, enquanto Itamar, contrariado, voltava para o fundo do palco e Aurélio pedia calma aos diretores, Genésio mordendo o beiço de raiva. No meio dos operários, a tropa de Romeu e a milícia de Rubens aplaudiram o orador, *dá-lhe, Joel!*

— Meus amigos. Isso aqui tá lindo. Nunca teve nada assim. Tem um monte de amigo meu, gente de todo canto da cidade. Tô muito confiante que a gente vai resolver essa greve hoje. Os patrões precisam respeitar a gente. Sou da Santa Delfina e o que acontece lá é covardia. Eles não têm consideração. Tem pai de família no sufoco, gente antiga com medo do facão, muita gente boa já perdeu o emprego, na Santa Geralda o Sizenando toca o terror, passou da hora de acabar com isso. Temos que usar nossa força para resolver essa cagada que os patrões tão fazendo, porque as coisas são iguais na três Santas, que de santas não têm nada.

— Santinhas do pau oco — completou Durvalino, com as mãos em concha na boca.

— Vamos trabalhar para um consenso, meus amigos — continuou Joel. — Vamos fazer a paz. O que vi do sindicato até agora foi só confronto, briga, não tem nenhum interesse em resolver nosso problema, igualzinho dona Antonia, que só sabe xingar, dar gancho, demitir. Itamar só quer aparecer, e o que a gente tem que pensar é no que é bom para todo mundo, e não provocar mais confronto. Isso é o que Itamar e os patrões querem e isso não contribui, não ajuda a gente, só piora tudo. Quem tá sentindo a lambada no lombo somos nós, o chão de fábrica, e não dona Antonia, nem o Itamar, sentados no bem bom do ar condicionado.

Itamar fez um gesto de impaciência, aquilo estava passando dos limites, mas Aurélio pediu calma com a mão, e ele se aquietou.

— O que proponho é simples — continuou o orador. — Pagamento de sessenta e cinco por cento do valor da indenização, o que já é mais do que a Justiça do Trabalho dá, em três vezes, para facilitar o pagamento. Desconto de apenas metade dos dias parados, em doze parcelas, a gente nem vai sentir isso. E estabilidade de três meses, acho que isso dá pra eles aceitarem. E aqueles prêmios que estão na proposta patronal são importantes para nós, é mais salário. Prêmio é salário, minha gente, dinheiro no bolso, comida na mesa, pessoal, é disso que a gente tá falando. Tá muito vago, concordo, mas podemos melhorar isso depois, fábrica por fábrica, por que abrir mão agora?

A proposta tinha saído da mesa de Antonia para seu *e-mail* por meio de Amélia, e ele tinha que dar o melhor de si, conseguir aprovação da assembleia para fechar acordo na segunda-feira. E ele se esforçou falou e falou mais, a palavra se soltando, cada vez mais fácil, e ainda continuaria falando, se Aurélio, percebendo repetição dos ataques, não o interrompesse, ganhando uma vaia tímida.

Aurélio encarou a assembleia, procurando a origem da vaia, e chamou Itamar ao microfone. De cara fechada, o sindicalista caminhou ao centro do palanque, mas hesitou antes de começar a explicar a proposta da diretoria. Genésio tinha-lhe dito para primeiro atacar a proposta de Joel, mas ele, embora quisesse devolver a agressão, preferiu evitar briga.

— O objetivo da diretoria e da comissão de negociação — disse — é conseguí o índice mais melhor do que é conseguido nos acordo individual na justiça. A gente num consegue mais do que sessenta por cento nas reclamação trabalhista, porque esses acordo são feito sem greve, sem pressão, no individual, e os juiz apoia, porque qué acabá logo o processo. Agora é diferente, acordo coletivo com máquina parada é diferente. E a gente num pode esquecê que cada dia parado custa muito mais pro patrão do que eles deve pra gente. A gente qué setenta por cento pra chegá num consenso com a patrãozada, eles pode pagá, mas sabemo também que temo que cedê um pôco pra fazê acordo. Pra ajudá o pagamento, a diretoria propõe prazo de até seis mêis, dá um bom valor por mês. Os coitado dos patrão tem que tê um prazinho, tadinho deles. Sem desconto dos dias parado, companheirada, nenhum desconto no salário por causa da greve. Greve é direito, tá na lei. Ninguém pode sê penalizado por exercê um direito, de jeito nenhum. E queremo seis mêis de estabilidade, pra dá tempo de acalmá as coisa e garantí tranquilidade pra todo mundo.

Nesse ponto, Itamar parou para tomou fôlego. Sentiu o apoio dos companheiros, Aurélio apontou o pulso e mandou um sinal de positivo, havia tempo ainda. Itamar então continuou:

— E esse negócio de prêmio, companheirada, é uma coisa pra gente pensá melhor, porque vai além das três fábricas, é coisa da categoria inteira, só podemo falar nisso na data-base, quando a gente for discutí a convenção coletiva. Agora não. Mas a gente num pode esquecê que patrão só oferece as coisa que interessa pra eles. Se tão dando prêmio sem ninguém pedí, alguma coisa tem, perdendo num tão. Melhor a gente fazê um estudo, conversá no chão de fábrica, e esperá a data-base. Cautela e canja de galinha não faiz mal a nenhum, dizia minha avó, e ela tinha razão.

Com o canto do olho, Itamar viu Joel gesticular um não com o dedo indicador, para alguém que ele não conseguiu perceber, calou-se por um segundo e continuou defendendo a proposta da direção sindical. Atacou os patrões, que tentavam tumultuar a negociação, voltou a insistir até que achou que estava se repetindo, e estava, e Aurélio pediu o microfone de volta.

Hesitou por um momento e então alguém gritou:

— Fora, pelego!

Itamar empalideceu. *Pelo amor de Deus, pelego, não, caralho!* Sem sucesso, tentou identificar a origem do grito. Gaguejou alguma coisa, e então veio outro grito, de outro lugar:

— Vendido!

Aurélio percebeu que a ofensa atingira Itamar, calado com o microfone na mão, outras ofensas explodiram, e então vozes se levantaram em sua defesa, dividindo e agitando o mar de operários, o nervosismo se espalhava, alguém puxou *palmas para Itamar*, que vieram em meio a vaias e assobios, o barulho só aumentou.

Aurélio ergueu o braço pedindo silêncio, sem sucesso, o microfone inerte. Itamar conversou com Genésio, procurando entender o que estava acontecendo, por que essas ofensas, do nada? Ninguém entendeu.

— Companheiros, a gente tá decidindo nossas vida aqui, e precisamo se acarmá — gritou Aurélio, com o braço erguido, a mão espalmada pedindo calma. — Briga entre a gente só interessa pro patrão. A gente tem que se acarmá pra avançá mais rápido. Tem uma cerveja esperando a gente...

Aos poucos, a balbúrdia foi dando lugar ao zunzunzum desajeitado, e ele abriu a palavra para a defesa das propostas, mas ninguém quis falar. Ele repetiu, olhando para todos os quadrantes da assembleia, para a mesa, e voltou-se novamente para a multidão na rua:

— Pelo jeito, não temos mais nenhuma proposta nova, e ninguém quer defender nenhuma das duas aqui.

Calou-se e examinou a multidão. Nada.

— Em votação, então — disse por fim, elevando a voz. — Primeiro, a proposta Um, do companheiro Joel.

Pacientemente, Aurélio repetiu os termos da proposta. Falava devagar, pausadamente.

— Quem concorda com essa proposta, ergue o braço.

Um punhado de mãos se ergueu, primeiro tímidas, em vários lugares, depois crescendo até formar um contingente, embora fosse visível que a maioria mantinha o braço abaixado. Itamar respirou aliviado. Genésio sorriu. Aurélio sentiu confiança para avançar, mas não conseguiu. De diversos pontos, operários começaram a gritar, a esmurrar o ar, a vaiar e assobiar.

— Já ganhou, porra! — protestou uma voz, e depois outra, e outra.

— Acabou! Vam'bora!

— Chega de falação! É sábado à noite, dia de mulher e cerveja!

Ninguém, exceto Joel, sabia quem gritava, e um número cada vez maior de homens aderia aos protestos.

Na noite anterior, Rubens reuniu no sítio de Heinz um grupo grande de operários recrutados em diversas fábricas, para explicar as tarefas deles. Uma delas era vaiar Itamar, a outra era tumultuar a assembleia, fazer dela uma bagunça, impossível de controlar.

— Vamos falar primeiro, para que a proposta do Joel seja a primeira a ser votada. Isso é fundamental. Se não derem a palavra ao Joel, vamos começar a vaia até ele poder falar. Todo mundo tem que conseguir o máximo de votos, fazer barulho. Podem xingar Itamar à vontade, sem dó. Depois que a proposta do Joel for votada, a assembleia tem que acabar. Vamos tumultuar, garanto que se vocês gritarem bem alto, provocarem os colegas do lado, o tumulto vai ser grande, podem até começar um empurra-empurra, não vai ter jeito de continuar.

— A gente é muito pouco aqui — replicou um operário. — Como vamo pará uma assembleia?

— Vai ter mais gente lá para apoiar vocês, não se preocupem. Apenas comecem a confusão, vai a ser a senha para os outros agirem. Se a confusão for bem feita, vocês ganham mais uma graninha.

— E se não der certo?

— Vai dar — concluiu o assessor de Heinz, com segurança.

A balbúrdia aumentou, o empurra-empurra ondeando, alguém ensaiou dar um soco na cara de outro, mas foi contido a tempo. Um operário xingou outro, mais ofensas contra Itamar, mais apoios à proposta de Joel, em meio a mais empurrões, a turma do deixa-disso começando a perder o controle.

Itamar virou-se para Genésio:

— O que tá acontecendo? O que é isso?

— Num tou entendendo nada...

— Parece coisa ensaiada... — disse Nicanor

— Vamo votá a segunda proposta, companheirada — gritou Aurélio ao microfone, tentando retomar o controle. — Vamo aligeirá isso pra podê í pra casa. Vamo lá, vamo votá a proposta da diretoria..

— Pelego!

— Safado!

— Tá votado! Bora pra casa!

Gritou mais alto, mas não conseguiu ler a proposta Dois. Alguém em algum lugar levantou alguma coisa, um bastão, um pedaço de pau, talvez, e baixou com força nas costas de outro, e num outro canto a mesma coisa aconteceu, as vítimas se esparramaram sobre os vizinhos, abrindo uma clareira, um soco acertou um olho, e a briga rebentou, outros bastões apareceram, gritaria, empurra-empurra, *filho da puta!*, a correria começou, a confusão se alastrou, um operário foi atingido na cabeça e caiu, desacordado, a massa se dispersou aos encontrões, procurando uma saída, correndo para todos os lados, alguns pularam muros, outros tentaram reagir, outros socorrer os feridos, e nada mais restou da assembleia senão a fuzarca que Rubens queria.

Diante do corre-corre, da gritaria, os soldados de plantão na viatura pediram reforços, o batalhão de choque estava estacionado nas proximidades, pronto para agir, e depois os soldadinhos ficaram quietinhos, os vidros erguidos e as portas travadas, armas na mão, rezando.

Belinati e Vega se misturaram aos que fugiam, abrindo caminho às cotoveladas, desviando de gente e de bastões, e, já no carro, informaram ao delegado, que ordenou que permanecessem no local, mas não se envolvessem, apenas reportando.

Sem aviso, Genésio saltou do caminhão e correu em direção a um bolo de gente, para tentar desarmar um agressor. Itamar, congelado em seu lugar, viu Genésio se metendo no meio da confusão, teve um sobressalto e saltou para o asfalto em direção à pancadaria, atirando-se contra o valentão que tinha o bastão levantado, pronto a bater em alguém. O outro se desequilibrou com o imprevisto, deixou cair bastão, fugiu empurrando o pretinho insolente, misturando-se a todo mundo. Itamar conseguiu pegar o bastão e quis revidar, mas o capanga já tinha fugido, não por medo ou coisa assim, mas porque não lhe convinha mais ficar ali, sua turma também se pôs em fuga, a missão estava cumprida. Itamar tentou correr atrás dele, o bastão na mão, ódio nos olhos, mas o som de sirenes o fez estacar e rodar nos calcanhares, seu lugar era com os companheiros. Esquadrinhou a área, operários jaziam inertes, desacordados, alguns tentavam se levantar, outros sentaram na sarjeta, havia sangue nas cabeças, nas camisas e no chão, havia gente correndo, vários carros de polícia chegavam, barulhentos, as luzes no teto piscando, aumentando o caos, e pôs-se a procurar Genésio, em meio a encontrões e gritos, um mundo no qual ele não sabia o que era nem o que fazer.

Aos encontrões e saltando por cima de operários caídos, Itamar encontrou o amigo sangrando no chão, largou no chão o cassetete e ajoelhou-se ao lado dele, *o que fazer para ajudar?*

Os policiais estacionaram as viaturas no meio da rua a trinta metros do caminhão, bloqueando a passagem, e desceram prontos para o combate, cassetetes e escudos prontos para entrar em ação. Não demorou quase nada para cercarem os operários que estavam por lá. O comandante do pelotão, um capitão gordo e míope, constatando o grande número de feridos, chamou o SAMU.

Ajoelhado, Itamar segurava o pulso do companheiro sem enxergar nada.

Genésio estava morto.

O inferno

1

A porta estava trancada mas Joel, aos murros, conseguiu com que o advogado o deixasse entrar. Lá dentro, um assustado Quintiliano, olhar estático, Flora e Valéria chorando num canto, o medo sólido paralisando tudo.

— Cadê o Itamar? — berrou, enquanto levava Jairo pelo braço a um canto.

— Num sabemo — respondeu Quintiliano, ausente, mas Joel pareceu não ouvir.

— Fudeu! A greve acabou, doutor — disse ele ao advogado. — Segunda-feira todo mundo volta ao batente, com o rabo entre as pernas. Vai ser uma tragédia.

Quintiliano despertou do torpor e aproximou-se dos dois.

— E o que a gente pode fazê? A polícia tá lá fora, prendendo todo mundo, num sei se a diretoria escapa. E a gente tá preso aqui, num tem como fugí.

Joel olhou para ele com raiva, Flora soltou um soluço, Jairo caminhou em direção a Quintiliano:

— Joel tem razão, Quinti. Temos que achar uma solução. É provável que a diretoria, ou parte dela, seja presa e passe uns dias na cadeia. Os patrões não vão perdoar essa greve, pode escrever. A categoria só têm vocês, por enquanto.

— Não dá pra esperar, na semana que vem já foi tudo pro brejo. — interrompeu Joel. — Tem que ser agora.

— Num podemo fazê nada — disse Valéria, chegando ao grupo, enxugando as lágrimas.

Ela mostrou o celular, com mensagem de que ambulâncias do SAMU estavam levando vários operários para o pronto-socorro e que havia um grupo grande detido pela polícia.

— Vai todo mundo em cana! — exclamou Quintiliano.

— E eles vão revistar esse prédio — disse Jairo. — Com gente ferida, não vão liberar nosso pessoal tão cedo. Vai ser uma confusão dos diabos.

Joel encarou o grupo, respirou fundo, e ordenou:

— Tenho uma ideia, gente. Vamos fazer a ata da assembleia com a proposta que foi aprovada...

— A porra da sua proposta, né, Joel?! — protestou Quintiliano. — Já entendi...

Mas Jairo pensava diferente.

— Ou essa ou nenhuma, porque a outra não foi nem votada. É melhor do que nada, Quinti... — ponderou.

— Vão à merda cêis tudo! Aquela porcaria num é decente! Nem maioria teve.

— Como cê sabe? Quantos voto teve a outra? — apoiou Valéria, com medo de voltar para a fábrica de cabeça baixa, mãos vazias, encarando o riso idiota dos fura-greves, o deboche do chefe.

Quintiliano não achou argumentos e se afastou resmungando, derrotado. Joel insistiu. Flora juntou-se ao grupo e abraçou Valéria, um abraço choroso interrompido por ruído de passos rápidos no corredor. A polícia esmurrou a porta, *abram a porta! abram ou nós arrombamos!*, eles se entreolharam, Joel pensou rápido:

— Peguem os celulares e *notebooks* do sindicato e vamos cair fora daqui. Se a polícia prender a gente, vai foder tudo.

Valéria correu para a sala de Genésio, onde estavam os celulares, e os enfiou em sua mochila, enquanto Flora guardou os *notebooks* do sindicato na sua bolsa. Quintiliano esboçou um protesto, tentou impedir o *roubo do patrimônio do sindicato*, mas Jairo o afastou.

— Temos que ir para um lugar seguro e decidir o que fazer — disse o advogado.

Saíram correndo pela porta dos fundos e atravessaram a quadra às escuras até o muro e, subindo nos entulhos ali encostados, saltaram para o outro lado.

No momento em que venceram o muro, ouviram o aríete da polícia arrebentar a porta de madeira maciça, e os passos dos coturnos dos soldados ganhando o corredor com estardalhaço. Joel pressentiu o grito de Flora e a calou com a mão sobre sua boca, Valéria cingiu-lhe o ombro, empurrando-a suavemente para a frente. Jairo pegou em silêncio a bolsa dela.

Avançaram curvados, protegidos pelo escuro da noite, em silêncio, torcendo para que a polícia não os seguisse, os vizinhos não os percebessem, com medo dos cachorros que quase sempre havia, mas nada disso aconteceu, e eles conseguiram sair por uma cerca de arame farpado para um terreno baldio lateral e dali para a rua.

No caminho, o celular de Joel tocou. Era Amélia, mas ele recusou a chamada.

Atentos ao tráfego e pessoas, eles correram em direção ao centro. Dobraram esquinas, esconderam-se em cantos escuros, esgueiraram-se entre veículos estacionados, até as proximidades de um restaurante, onde o movimento de gente era maior e eles puderam se misturar para tomar fôlego e achar táxis para levá-los à casa de Jairo. Joel estava concentrado, não poderia perder aquela oportunidade, sua oportunidade. Ele via Valéria afogueada, resoluta, podia sentir o cheiro do suor dela, suor de fêmea, admirou sua força e beleza. Flora, mais novinha, choramingava, parecia a todo instante que ia desabar. Joel a desprezava, assim como desprezava a Quintiliano, desconfiava que trariam problemas. Duas viaturas policiais passaram por eles, escandalosas em luzes e sirenes, os policiais metendo a cara fora da janela, olhando sem ver nada, mas logo se empurraram para um táxi grande que parou para o aceno de Flora, para alguma coisa ela servia, pensou Joel, antes de entrar olhando para todos os lados.

O advogado morava sozinho num apartamento de dois quartos, um deles transformado em escritório. Não havia decoração nas paredes ou sobre os móveis simples e sólidos.

— Bonito mocó, doutor — comentou Joel. — É seu?

— Quem me dera — respondeu o advogado, tirando os *notebooks* da bolsa de Flora.

Enquanto Jairo ligava os computadores, Flora e Valéria tiravam os celulares da mochila, dispondo-os no tampo da mesa, como haviam aprendido com Aurélio, onde estaria ele agora? Flora notou que dois aparelhos eram os de Itamar e Genésio. Sem saber o que fazer, entregou-os ao advogado, que os guardou em sua própria mochila, sem dizer palavra, e começou a redigir as mensagens que as duas ativistas enviariam para os grupos de operários das três fábricas.

— Diga que haverá negociação nas próximas horas e que... — sugeriu Joel.

Quintiliano interrompeu.

— Gente, precisamo pensá bem no que tamo...

— Vamos fazer logo essa porra, antes que a gente perca a oportunidade — interrompeu Joel. — A essa hora, os patrões já devem estar festejando. Não temos outra saída, e não temos tempo.

— E quem garante que o patronal vai aceitá essa proposta? — questionou Quintiliano.

— O que a gente tem a perdê? — interveio Valéria. — Se a gente num fizé nada, vamo voltá com o rabo entre as perna.

Bingo!

— E se alguém anulá o acordo na Justiça? — insistiu Quintiliano.

— Se os patrões assinarem, não vejo como — apaziguou Jairo, iniciando a redação da ata. — Na pior hipótese, ganhamos tempo. Mas hoje não temos alternativa, ou a gente faz isso ou os patrões vão nos atropelar.

O celular de Joel tocou de novo, era Amélia, mas ele recusou a chamada. Todos olharam para ele, curiosos.

— Não tenho tempo para atender a família agora. Bora lá, gente.

Jairo pôs-se a redigir a ata, um texto sucinto, apenas com as deliberações, sem mencionar a briga, enquanto Flora e Valéria enviavam pelos celulares a mensagem que ele já havia preparado.

— Ocê vai fazê de conta que num teve o barulho, dotô? — protestou Quintiliano

— Puta que pariu! — explodiu Joel. — A gente está tentando salvar o que pode e você só atrapalha. De que lado você está, seu filho da puta?! Se não vai ajudar, cai fora, porra. Vai te catar!

Joel continuou a ofender Quintiliano, a voz alterada, sem dar tempo de reação ao outro. Quintiliano que se pusesse no seu lugar, *não te enxerga?*, *se não quer trabalhar vai para casa!*, *sindicato é lugar de macho*. As moças tentaram acalmá-lo, mas ele não ouvia nada, gesticulava e avançava sobre o outro, alterado, como se fosse bater nele, até que Valéria e Jairo o seguraram pelo braço, *calma, companheiro, a gente vai consegui, calma!* Quintiliano pálido, encostara-se à parede, sem voz.

Jairo retomou o trabalho, dando razão a Joel, Quintiliano estava atrapalhando mesmo, só não podia ir embora naquele momento, precisava assinar a ata.

— Pronto, acabei, fiz uma ata curta e grossa — disse, quando Joel pareceu se acalmar, indicando a tela do *notebook* — quanto menos falar, melhor. Vejam se tem alguma coisa pra mudar.

Joel e as meninas curvaram-se e leram o texto rapidamente. Joel leu duas vezes. Quintiliano deixou-se ficar, sem olhar nada. "Ocêis faiz o que quisé, com esse cara não falo mais", disse, apontando Joel, que o ignorou. Ninguém fez qualquer reparo e Jairo imprimiu o documento. "Todo mundo assina aqui", determinou Jairo, puxando Quintiliano pelo braço para encabeçar as assinaturas.

— Temos os *e-mails* individuais do patronal? — quis saber Joel, explicando que só enviar para o sindicato poderia não ter efeito, era noite e a notícia sobre a pancadaria na assembleia ia correr mundo, um rastilho de pólvora. Tinham que negociar já no dia seguinte, antes de o pessoal voltar ao trabalho.

— Boa ideia, Joel — entusiasmou-se Valéria.

Jairo enviou a ata para os *e-mails* do sindicato patronal e os pessoais dos empresários. Por cautela, mandou uma cópia para todos os diretores do sindicato dos metalúrgicos e os de Joel, Flora e Valéria. Na mensagem, pedia reunião urgente para negociar a proposta.

Flora e Valéria enviaram a ata pelos celulares para toda a categoria, não apenas para o pessoal das três fábricas, a pedido do advogado.

Eles relaxaram depois dessas providências. Joel sugeriu uma cerveja em algum lugar, mas Jairo recusou. Tinha que ir à delegacia para prestar assistência aos metalúrgicos presos. Tinha que falar com Lúcia. Tinha que saber notícias de Genésio. Flora e Valéria também recusaram, queriam ir para casa. Sem dar resposta, Quintiliano virou as costas e foi embora, *ocê me paga seu fiodaputa.*

Na rua, Joel sorveu o ar frio e, enquanto caminhava à procura de um bar nas redondezas, ligou para Amélia, queria dividir com ela seu heroísmo.

2

Depois que as ambulâncias saíram, sirenes e luzes pedindo passagem, Itamar sentou-se no chão no meio de um grupo de operários, cercado por policiais militares armados com metralhadoras e protegidos com coletes a prova de balas, escudos e capacetes, prontos para enfrentar o inimigo. O sindicalista torcia as mãos, aflito, vendo companheiros desacordados, pensando em Genésio, *hospital hoje em dia faz milagre, ele vai escapar.* Em toda parte, manchas de sangue no asfalto, alguns cassetetes de metal, desses que encolhem para caber dentro da calça, de um paletó, e se esticam, uma parte saindo de dentro de outra, até se transformar em arma letal. Mãos na cabeça, os operários olhavam-se e aos policiais, sem entender. Os policiais, de cara fechada, satisfeitos pela rica pescaria, mais um feito glorioso da gloriosa Polícia Militar. Um sargento muito velho recebia ordens de um capitão gordo e dava ordens aos soldados, gritava com os operários e andava de um lado a outro, organizando a vigilância e, com ajuda de dois soldados, afastando os operários das manchas de sangue.

A tropa de Romeu se dispersou e conseguiu fugir, ilesa, correndo em direção ao centro, onde se escondeu pelos bares, à espera da calma do ambiente. Romeu e Anselmo sentaram-se sozinhos numa mesa de padaria, pediram lanche e refrigerante, Romeu enviou mensagem para Rubens, *tudo certo*, digitou.

De plantão em casa, Rubens respondeu à mensagem de Romeu com outra, perguntando se podia ligar, ex-militar disse que não, contrafeito, *civis não têm noção da realidade*. Uma viatura policial passou pela porta do bar, em alta velocidade, sirenes abertas e luzes coloridas ligadas, girando no teto, calando a conversação no bar, Romeu apenas sorriu — *idiotas*.

— Me dê detalhes — dizia a mensagem de Rubens.

— Agimos na hora certa.

— Detalhes, por favor.

— Assembleia dissolvida — digitou o ex-militar, já irritado com a insistência.

Anselmo, até então concentrado em seu próprio celular, ergueu a cabeça e fez sinal de positivo com o polegar, todo mundo em segurança, ninguém ferido.

— O pessoal está querendo saber a hora de voltar pra casa — disse.

— Mais uma hora, hora e meia, acho eu, esperem meu aviso — respondeu Romeu.

— A família do Joãozinho já voltou da festa — acrescentou Anselmo, lendo a mensagem mais recente.

O ex-cabo da PM João Maria comandava cinco atiradores e sua tarefa era criar distração. Percorreram, de carro, os bairros de classe alta e média alta, disparando para o ar, trocaram de carro e se esconderam em dois bares próximos ao luxuoso La Licorne, afastando a polícia da perseguição aos colegas — afinal, proteger as famílias de bem e seu patrimônio tinha prioridade sempre. Os homens queriam mais diversão, continuar queimando munição, mas Romeu vetou, a missão estava cumprida, nada de riscos desnecessários.

— Você está aí? — digitou Rubens, ante o silêncio de Romeu.

— Estou — respondeu ele. — Não há detalhes.

— Tinha muita gente?

— Mais de dois mil.

— Nossa! Como vocês conseguiram?

— A gente sempre consegue.

Com sua tropa toda protegida, Romeu relaxou e passou a encarar com humor a curiosidade de Rubens.

— Ninguém reagiu?

— No primeiro barulho é cada um por si.

— Onde vocês estão agora?

Romeu ergueu os olhos para o companheiro e riu:

— Um cliente muito xereta...

Anselmo não gostava de xeretas, mas Romeu o acalmou esfregando o indicador no polegar, indicando que pagava bem.

— Longe daí — digitou, sorrindo.

— Boa viagem — resignou-se Rubens, não teria mais detalhes.

— Apague esta conversa — concluiu Romeu.

A viatura passou de novo fazendo escândalo, os dois riram e brindaram, ninguém podia com Joãozinho.

Em frente ao sindicato, dentro de uma área grande isolada com fita amarela e preta, técnicos da polícia técnica recolhiam cassetetes, enfiando-os em um saco plástico, amostras de sangue, roupas dos trabalhadores, procuravam provas, com suas luvas, pinças e cotonetes, pegando com delicadeza sabe-se lá o que. Um soldado arrecadava celulares e carteiras, colocando tudo num saco plástico preto. Itamar não percebeu quando ele pediu:

— Celular e carteira aqui dentro, vagabundo!

O operário mirou o soldado sem entender, sem reagir. O soldado insistiu, levantando a voz. O sindicalista, então, com o olhar parado, lacrimejando, não se mexeu.

— Mais um chorão aqui, sargento. E esse deve estar pra lá de Bagdá!

O sargento se aproximou e encarou Itamar.

— Muita maconha, vagabundo?

E, sem resposta, deu um tapa em Itamar, sonoridade que se espalhou no ar quente da noite.

— Celular e carteira, mané! — gritou o sargento, empurrando o saco de lixo para o peito de Itamar.

O operário, lentamente, tirou a carteira do bolso e jogou dentro.

— Tô sem celular...

— Revistem o zé rucla aqui — ordenou o sargento. — Ninguém anda sem celular hoje em dia. Se tiver um com você, entregue já, se não quiser levar um cacete.

Enquanto o soldado revistava Itamar, um cabo se aproximou, devagar.

— Não tinha ninguém lá dentro, comandante. Tivemos que arrombar a porta.

— Apreendam tudo: computadores, celulares, livros da contabilidade, tudo!

O cabo bateu continência e rodou nos calcanhares, escondendo uma careta. Os caras já tinham fugido com tudo, tinham que fazer isso mesmo. Seu pai era metalúrgico, e só não estava ali porque o choro da mãe o havia impedido, grande era o medo da operação policial que o filho disse que ia haver, melhor ficar em casa, deixar que os outros resolvessem.

Ele desceu pelo corredor até a porta lateral, destruída. Na sala, as luzes iluminavam os soldados esperando ordens, querendo sair dali.

— Recolham os computadores, vamos levar para a Polícia Civil junto com os presos. Arrombem os armários da sala da presidência..

Depois, na sala de Jairo, deitou ao chão papéis que julgou inúteis, canetas, escaninhos, e tudo o mais que havia em cima das mesas, mas não levou uma só pasta de processo, com medo de prejudicar alguém, sua família, todo mundo tinha direitos a receber, não era policial para prejudicar os outros, o sargento que se foda!

Itamar, a cara contraída, observava o movimento mas não conseguia entender nada.

— Genésio vai saí dessa — disse para si mesmo.

Aurélio, a seu lado, o encarou, incrédulo.

— Ele morreu, Itamar.

— Não, companheiro. A ambulância levô...

Aurélio não respondeu nada porque outra confusão parecia estar começando. Alguns homens se levantaram e se afastaram para as calçadas, outros foram erguidos por seus companheiros e soldados, luzes fortes ofuscaram os dois operários.

Dois ônibus horrendos, nem verde nem cinza, estacionaram no meio da rua, e, de cassetetes na mão, os soldados conduziram os trabalhadores para dentro, empurrando-os com a ponta da arma. Um deles bateu na perna de um operário mais lento, mas a reação dos outros foi débil, quase nada, e ele aproveitou para bater em outro, *anda logo, idiota!*

— Pra onde vão levá a gente? — perguntou Itamar ao sargento.

— Pro inferno, vagabundo, que é o lugar de vocês! — respondeu o velho sargento.

Itamar baixou a cabeça e deixou-se ir, o pior estava para chegar.

3

Depois que as operárias saltaram do táxi em frente à casa de Valéria, Jairo e Quintiliano continuaram até o sindicato para buscar seus carros. O advogado ruminava os acontecimentos da noite, calculava riscos, o sindicalista permanecia enfezado, não queria papo. A polícia já tinha ido embora, a maioria das janelas dos apartamentos estava às escuras, só uns poucos curiosos, copos na mão, debruçavam-se nos gradis procurando movimento. Jairo insistiu para que o sindicalista fosse à negociação, era importante para a categoria, mas o outro não respondeu, nem sim nem não.

— Coaquele fiodaputa num dá, dotô.

— Pense nos seus companheiros, Quinti. Se você não for, não sai acordo, fode tudo.

Quinti continuou calado, o advogado insistiu, mas o operário deu-lhe as costas e foi para seu carro.

Com os olhos ardendo de sono, Jairo tomou o caminho da delegacia. Do carro, ligou para Lúcia, mas ela já sabia das prisões dos membros da diretoria, más notícias voam.

— Genésio morreu — disse ela.

Más notícias nunca chegam sozinhas.

As ruas calmas, desertas, escondiam o sofrimento operário, enquanto em cada mansão dos bairros elegantes, esquecidos os tiros e as correrias policiais de seriado de TV, ocorria uma festa regada a vinhos e champanhes importados. O advogado sabia que, para o bem e para o mal, a história estava sendo escrita. Livramento fervia, nunca mais seria água morna.

Nas proximidades da sede da Polícia Civil, entrou num bar lotado, queria sondar o ambiente, mas ninguém sabia nada, só fofocas, boatos, histórias contraditórias, mal contadas, por quem só sabia falar. E para quem só queria condenar, a prisão dos sindicalistas era prova de algum malfeito deles.

Na delegacia, uma pequena multidão lotava o saguão e aguardava notícias dos parentes. Lúcia, desfeita em lágrimas, havia deixado Anacleto com uma vizinha, estava cansada de pedir informações ao recepcionista. Jairo a cumprimentou e eles saíram dali, fugindo do ar pesado, e se sentaram nos degraus da escada de acesso ao estacionamento.

— Temos que ter calma, dona Lúcia. Isso aqui vai varar a noite.

— Quem matô o Genésio, dotô?

— Ainda não se sabe.

Ela tremia, chorava, ele a abraçava para a consolar, aquecer, a cabeça zunindo de coisas a fazer, prevendo o sofrimento que os diretores iam enfrentar.

— Tão dizendo que foi Itamar...

— Nem pensar, dona Lúcia. Itamar nunca mataria ninguém, muito menos Genésio.

— Eu sei, mas tão falando...

— Tudo boato, ninguém sabe o que fala. Não leve a sério.

Ela escondeu o rosto entre as mãos, sacudida num soluço. Jairo apertou-a ainda mais contra seu ombro, não sabia mais o que fazer, dizer mais o que?, e tanta coisa a fazer, e sem material para trabalhar, o sono chegando.

Um alvoroço no saguão anunciou a liberação de um velho operário, o rosto machucado, claudicante, estancando ao ver a multidão que o encarava cheia de ós e ais. Jairo tentou aproximar--se dele, mas família e amigos rodearam o homem, e o advogado teve que contentar-se em ouvir à distância, mas não conseguia nada, resolveu esperar o velho na saída.

— Sou advogado do sindicato, companheiro — disse, quando o velho passou por ele, amparado por sua filha. — Vim aqui apoiar vocês.

— Obrigado, dotô — respondeu o homem. — O que eu preciso agora é descansá.

— E comer, pai — disse a jovem.

O homem quis dar um passo, mas Jairo ficou à frente dele.

— Preciso de sua ajuda, companheiro. Tem muita gente lá dentro?

— Dois ônibus cheio, dotô.

O filho mais velho, cabelos prateados, tentou afastar Jairo, mas o homem não permitiu e continuou:

— Eles botaro a gente de pé com a cara contra a parede, no estacionamento, tão chamando um por um.

— Alguém já saiu?

— Num sei, num consegui vê nada, num podemo desviá o olho da parede.

— O delegado falou alguma coisa sobre Itamar, Genésio?

— Não, ninguém comentô nada disso — respondeu o velho, arfando. — O rapaiz perguntô sobre os dois, a diretoria do sindicato e...

— Olhe, doutor — interrompeu o filho mais velho. — Minha mãe tem pressão alta e tá em casa, de cama. Meu pai tá cansado... vamos deixar pra amanhã?

Jairo resignou-se, apertou a mão do homem e se afastou. O operário tinha os olhos vermelhos, caminhava com dificuldade, melhor que descansasse, refrescasse a memória, podia ajudar mais depois.

Em seguida, o advogado voltou à recepção e tentou forçar sua entrada, tinha que falar com a diretoria, mas o jovem recepcionista fez questão de mostrar que estava armado e que não era de conversa. Ele voltou para a escada, tinha que denunciar isso à ordem dos advogados na segunda-feira, se tivesse tempo.

— Vai ser uma longa noite, dona Lúcia.

Ela encarou com olhos molhados aquele quase garoto e se enterneceu, era muita coisa de uma vez só. Mas lembrou-se de Vitória, agora viúva e de suas órfãs, e voltou ao choro.

Um segundo operário foi liberado, mas também não sabia nada. Mais de meia hora depois, um terceiro e, depois de um tempo mais longo, mais um. Todos os interrogatórios seguiam a mesma linha — o assassinato de Genésio por Itamar. Um deles informou que viu Itamar entrando na sala do escrivão, e achava que ele já tinha sido liberado.

Isso fez renascer a esperança de Lúcia e aumentou a preocupação de Jairo, *se Itamar foi liberado porque não saiu ainda?* Lúcia ligou para o celular do marido, mas o toque veio da bolsa de Jairo, ele havia se esquecido do aparelho.

A madrugada avançou e a lenta liberação de operários prosseguiu até o sol nascer. Um funcionário veio até o saguão e informou que os depoimentos estavam suspensos por algumas horas, e pediu que todos desocupassem a delegacia. Apesar da insistência de alguns em obter informações, tinha pai diabético, gente com pressão alta, problema cardíaco, a mãe passando mal em casa, nada comovia o rapaz, que apenas repetia seu roteiro, *todos os detidos estavam incomunicáveis e seriam liberados após o interrogatório*. Jairo insistiu, argumentou com a ilegalidade da prisão, sustentou a prerrogativa de advogado em falar com o cliente, pediu para falar com o delegado, mas não conseguiu nada. O funcionário repetiu a ordem para que todos se retirassem, mas ninguém o atendeu, e ele voltou para dentro, também não sairia se estivesse no lugar deles. Preocupada com Anacleto, Lúcia decidiu voltar para casa, deixando Jairo encarregado de informar a ela notícias do marido.

Ele ficou parado na calçada, vendo-a caminhar em direção à parada de ônibus, o carro da família preso na garagem do sindicato, pensando em impetrar um *habeas corpus*. O sindicato ia ficar sem comando, paralisado, precisavam daquela estrutura funcionando, era urgente libertar a diretoria. No escuro, sentado no assento traseiro de seu carro, sacou o celular e, um olho na tela e outro na porta da delegacia, começou a redigir uma petição, as palavras fugindo, se embaralhando, o texto cada vez mais difícil de escrever, mas ele insistiu até ser vencido, o telefone deslizando para o chão, inútil.

4

Uma segunda-feira sem audiência era um dia no paraíso. Nada de testemunhas espertinhas, a ignorância das partes, os rábulas sorrateiros. Em dias assim, Ernani acordava mais tarde, de bom humor e só ia para o trabalho depois de ler as notícias do dia, e naquela manhã, deliciava-se com as manchetes sobre a pancadaria, *bem feito!, desses animais não se pode esperar outra coisa*. O acordo, noticiado em manchete, ilustrado com uma grande fotografia de Heinz apertando a mão de Quintiliano, com Joel ao lado, prova cabal da generosidade das classes produtoras, que sempre quiseram negociar, buscar o consenso. Outra foto, menor, ilustrava a notícia da prisão de Itamar, com o rosto do sindicalista de frente, um retrato de documento, feio e sem retoque. Um parágrafo ocupou-se de Genésio, informando que ele, ao contrário de Itamar, queria o fim da greve. As duas notícias compunham um quadro completo da cidade, envolta num confronto entre uma turma de baderneiros contra a liderança empresarial, responsável e compassiva.

Perto da hora do almoço, foi para seu gabinete no Fórum, revigorado, pensando em ligar para o pai, mostrar como sua aquela vitória policial sobre a baderna, a prisão dos agressores, algo que não aconteceria se ele não tivesse insistido com o promotor, um banana. Mal começou a ligar o computador, porém, foi interrompido por Vicente, que se apresentou em seu gabinete sem aviso prévio, trazendo Heinz a reboque. O juiz abriu um sorriso ao cumprimentar o empresário, que conhecia de raspão, em festas e eventos, um aliado importante, quem sabe pudesse dizer umas palavrinhas ao pai.

Depois de servir água e café às visitas, o juiz deixou de lado as amenidades e revelou que estava impressionado com a violência do sábado, um morto e vários feridos, que horror! Sempre classificou sindicalistas como desajustados, pessoas com problemas com autoridade, gente de criação defeituosa, aproveitadores, mas nunca tinha presenciado nada como aquilo.

— De fato, Excelência, um horror! Nós também fomos pegos no contrapé — respondeu Heinz. — E não é a primeira vez que isso acontece...

O juiz arregalou os olhos e Vicente, rápido, explicou:

— Tivemos um princípio de greve na fábrica da família do doutor Heinz no ano passado que terminou em pancadaria também. Não houve nada de mais grave, só alguns hematomas, e a imprensa não chegou a saber.

— Um incidente lamentável — completou o empresário. — Essa tigrada vive brigando entre si por tudo e por nada... um jogo de vaidade, mas felizmente não houve mortos naquela ocasião, Excelência. Mesmo sabendo que esse pessoal é capaz de tudo, estamos chocados com o assassinato.

Ernani aproveitou a deixa.

— Essa violência era previsível, doutor Heinz, pelo menos para mim. Preveni o promotor a respeito, pedi ação policial mais dura. Não se deve esperar nada de bom dessa negrada. Ainda assim, não esperava que fossem tão longe.

— É por isso, Excelência — disse o empresário, de repente lembrando-se de Romeu —, que temos que agir com mais firmeza. Isso é uma escalada. Além do morto e de uma penca de feridos, houve até tiroteio. Por sorte, não tivemos mais tragédias. Mas, se a gente não for duro, daqui a pouco a polícia perde o controle e vamos ter fábricas invadidas, bancos depredados, esse pessoal não tem limites.

Ernani e Vicente concordaram, em sincronizados acenos de cabeça.

— Como está o inquérito, doutor Vicente? — perguntou o juiz.

— Mal, Excelência. Só temos as impressões digitais do suspeito na arma do crime, em meio a outras, não identificadas. O delegado passou o domingo inteiro interrogando os colaboradores presos e ninguém viu nada ou sabe de algum motivo. Parece que o suspeito e a vítima eram amigos e compadres, cresceram juntos e frequentavam as respectivas casas.

— Algum motivo tem que haver, só não estamos vendo. Pode ser uma história do passado, uma disputa que deixou cicatrizes...

— Parece que eles disputavam o poder no sindicato — sugeriu Heinz.

— É possível, doutor. A polícia tem que cavar mais fundo. Pressione mais, doutor.

— Eu já faço isso, Excelência. Venho falando com o delegado desde sábado e acompanho todos os detalhes do inquérito.

O juiz impacientou-se.

— Parece que não tem sido suficiente, doutor. Convoque o delegado, o chefe dos investigadores, converse cara a cara com eles, mostre autoridade!

O promotor discordava, pressionar a polícia não adiantava nada. Ernani subiu o tom de voz. Atento às reações do empresário, pressionou mais.

— Por telefone é fácil mentir. Vá até a delegacia e veja por si mesmo. Cutuque esses caras, senão eles se encostam, se a gente deixar, nos fazem de gato e sapato.

Vicente encarou Ernani, e respondeu com um pouco mais de firmeza.

— O delegado já interrogou mais de sessenta e sete detidos. Estou em cima dele. *Data venia*, não tem corpo mole ali...

— O senhor foi à delegacia? — perguntou, autoritário, o juiz.

— Não, Excelência... por enquanto, não é necessário.

— Então vá, doutor!

Vicente olhou feio, estava se esforçando para permanecer calmo, ignorar o showzinho do juiz, uma besta, mas não ia alimentar uma cena entre eles na frente de Heinz, mudou o rumo da conversa.

— E sobre a greve, doutor Heinz, como estão as coisas?

— Está tudo calmo agora. Apesar da tragédia, chamamos uma reunião com o sindicato e conseguimos fazer um acordo, o que foi bom para ambas as partes. Não podíamos deixar o pessoal voltar para o trabalho com a imagem do assassinato, sem acordo nenhum, não seria justo, só ia criar ressentimento.

— Parabéns pela generosidade, doutor. Imaginei que essa confusão iria desmoralizar a greve.

— Sim, Excelência, e ajudou a desmascarar essa liderança ignorante, mas não seria humano de nossa parte deixar as pendências sem solução. Temos que zelar pelo nosso maior patrimônio, que são os colaboradores, e eles não podem pagar pela burrice de suas lideranças.

— Acho que os empresários, capitaneados aqui pelo doutor Heinz, mostraram muita maturidade para lidar com o assunto, Excelência — interveio Vicente. — Aliás, a classe empresarial tem sido muito generosa para a cidade. O doutor Heinz lidera um grupo grande de empresários que contribui mensalmente para manter a segurança pública em Livramento. Se não fosse ele, a polícia não teria como trabalhar, teríamos o caos.

— Generosidade do amigo — respondeu Heinz, fingindo humildade.

Ernani aproveitou a oportunidade.

— Muito obrigado, Doutor Heinz, por tudo o que tem feito pela comunidade. As autoridades precisam retribuir essa confiança com trabalho sério em defesa da lei e da ordem. Por isso, volto a insistir que temos que ser duros com esses criminosos, a polícia não pode mais fazer corpo mole.

— Também acho, Excelência — respondeu Heinz. — As autoridades podem contar com os empresários, mas a polícia tem que agir mais depressa. Se as viaturas estivessem presentes nos portões desde o início, a coisa não teria descambado.

E, voltando-se para o promotor, velho amigo:

— Sabemos que o senhor enfrenta dificuldades com a polícia, doutor Vicente, não vamos subestimar a preguiça deles. Vamos ajudar o senhor. Pode dizer ao delegado e ao comandante da PM que eles vão ter verba maior este mês para gastar no que quiserem com o pessoal, horas extras, prêmios, o que for necessário para motivar essa cambada a fazer o seu trabalho.

Vicente assentiu, calado.

A conversa poderia tomar toda a manhã se Heinz não tivesse um compromisso agendado. Ele pediu licença e saiu, deixando o promotor a sós com o juiz.

Ernani ainda estava irritado, mas mudou o tom e o tema. Informou que havia despachado o *habeas corpus* impetrado por Jairo para a libertação de Itamar, e enviado o processo para a promotoria.

— Acho que a promotoria poderia requisitar informações do delegado para depois se manifestar sobre a liberação do suspeito.

— Farei isso, Excelência. Assim que a assessoria me enviar os autos.

— Estou muito preocupado com esse caso, doutor. A violência que o suspeito demonstrou, as consequências que isso trouxe... temos um morto, dezenas de feridos, e isso tudo aponta para dias negros, doutor. Temos que proteger a comunidade dessa bandidagem, a qualquer preço.

Vicente também pensava assim e se comprometeu a acompanhar o caso com muito carinho. Quando estava saindo do gabinete, ouviu às suas costas a última recomendação do juiz: — E ache esse motivo, pelo amor de Deus!

Embora lucrativa, a interrupção do promotor arruinou a disposição do juiz. Cuidadosamente, arrumou todos os papéis de sua escrivaninha, verificou no computador os processos pendentes e, fazendo uma careta, afrouxou a gravata, apagou as luzes e saiu. Os processos podiam esperar.

Da estrada, ligou para seu pai, informando que estava a caminho. Ernani sabia que o Excelentíssimo Senhor Doutor Desembargador Lutécio Guimarães de Oliveira e Sá, não gostava de surpresas e que um aviso assim, em cima da hora, não melhorava muito as coisas. Por isso, quando o pai permaneceu em silêncio, tranquilizou:

— Preciso tratar de alguns assuntos pessoais também, e retorno hoje ainda.

— Não vai ver sua mãe? — haveria alívio no tom de voz do pai?

É claro que não!

— Infelizmente, não vai dar. Talvez no fim de semana...

— Estaremos fora no fim de semana. Melhor combinarmos depois.

Ótimo!

— De qualquer maneira, vou dar uma passada no Tribunal para ver como anda minha vida funcional. O senhor poderá me receber por alguns minutos?

O desembargador ficou em silêncio por longos segundos antes de responder.

— Claro. Estarei em meu gabinete a tarde toda.

Livre para almoçar sozinho, Oliveira ligou para Irma. Precisava do corpo da mulata para esquecer Livramento, a incompetência policial, a prepotência paterna. Combinaram um jantar e depois dormir na casa dela.

Chegou ao sempre movimentado gabinete do desembargador Oliveira e Sá, cheio de assessores, secretárias e escriturários, depois de perambular por alguns gabinetes para colocar-se a par das fofocas. Passou pela sala da Presidência do Tribunal apenas para confirmar a suspeita de que o pedido de sua nomeação para a assessoria aos desembargadores, passo importante para o *lobby* da promoção, descansava em algum lugar remoto, junto com muitos outros. O juiz não sabia se o torpor era da presidência ou má vontade de seu pai, mas suspeitava que seu velho não estava se dedicando tanto ao assunto.

O velho jurista o recebeu, ansioso para remetê-lo de volta.

— Que bom que veio, meu filho! Sua mãe sente muito sua falta.

Velho hipócrita!

— Mande um beijo para ela. Diga-lhe que logo estarei aqui e ela vai cansar de me ver.

O desembargador Oliveira e Sá hesitou um instante.

— Ainda ontem falei com a presidência a respeito.

— Tenho certeza que sim, pai.

Trocaram amabilidades protocolares e uma que outra farpa, mas o juiz não deixou que a conversa se transformasse em mais uma briga, tinha outros interesses.

— Tenho um caso muito grave em Livramento e vai chegar em breve ao Tribunal. A polícia prendeu um sindicalista que matou um colega e o advogado impetrou *habeas corpus* hoje de manhã.

— Uma coisa horrorosa, vi pela TV. E como posso ajudar?

O juiz queria que o desembargador-pai conseguisse que sua decisão fosse mantida, para manter o facínora na jaula, contou em cores fortes a tragédia, a violência na assembleia, os feridos, em detalhes sangrentos, alguns criados na hora.

— Não é a primeira vez, pai, mas foi a mais grave até agora.

Oliveira e Sá concordava com a cabeça, "que horror!", dizia movendo a cabeça.

— E depois que a polícia interveio, prendendo quase cem arruaceiros, ainda teve vandalismo, um quebra-quebra, tiroteios pela cidade, coisa que nunca tinha acontecido. Se o Tribunal não me ajudar a enfrentar esses bandidos, vamos perder o controle, vai ser uma carnificina.

— Ainda bem que não morreu mais gente — disse o desembargador.

Patriarca da família, Oliveira e Sá vinha de linhagem de proprietários de grandes plantações de café e rebanhos de gado de leite e corte, frequentadores da Corte, de coronéis e presidentes de tribunais. Pensou um pouco antes de responder:

— Você está enfiado mesmo num fim de mundo.

— Sim, preciso sair logo de lá, pai.

— Concordo, filho, estou fazendo de tudo.

— E por que a coisa não anda?

— Tem muita gente na frente, tem juiz mais antigo na espera também. Estou trabalhando um cargo de auxiliar numa vara criminal importante na capital, até desenrolar as coisas por aqui.

O juiz sabia que o pai, desembargador mais antigo, ex-presidente da Casa, de linhagem nobre, tinha influência suficiente para furar qualquer fila. Se ele estava relegado é porque o pai não queria ou queria pagar outros favores. Resolveu fingir alegria com o aceno desse carguinho, agradecer ao pai, ao menos estaria mais perto do Tribunal, era o suficiente naquele dia. Depois veria, tinha outros contatos na Corte, favores a cobrar, daria seus pulos quando a hora chegasse.

Desceu ao térreo pelas escadas, evitando os fofoqueiros de elevador, pensando que atalho fazer na burocracia, os favores de seu pai que se fodessem, sem depender dele seria até melhor.

O dia estava acabando, o trânsito já estava impossível, e ele agradeceu aos céus por ter deixado o carro estacionado fora do centro, longe do trânsito e dos olhares curiosos. Em meio ao alarido de buzinas e freadas e caminhou em direção ao metrô, que o levaria até Irma. Sabia que a cabrocha o esperava com um jantar com muita pimenta e dendê, uma cama quentinha, que o faria esquecer de tudo. Mais de uma vez, cogitou apresentá-la aos pais, talvez casar-se com ela, escandalizar todo mundo, mas não podia, aquela ligação tinha que continuar assim como sempre fora, não estava disposto a jogar fora sua carreira.

5

O interrogatório de Itamar foi o último e o mais demorado, já na manhã de domingo. Ele era o principal suspeito do homicídio, preso ao lado do cadáver, com a arma do crime, manchado de sangue da vítima. O delegado o pressionou, mas ele não sabia nada, só tentou reanimar o companheiro, o bastão tinha tirado da mão de um desconhecido, um que estava batendo nos trabalhadores, não tinha cara de operário, não se vestia igual a operário. Tinha tentado ajudar Genésio mas chegara tarde demais. A vítima era seu amigo de infância, eram companheiros no sindicato, nunca tiveram nenhuma briga ou disputa de qualquer natureza, nem sobre a greve nem sobre nada. Ouviu de novo e de novo as mesmas perguntas e repetiu as mesmas respostas várias vezes, até quase perder a paciência. Tinham começado juntos a oposição sindical. Não, não tinha nenhum interesse em matar Genésio, era seu melhor amigo, de infância. Não sabia onde estava seu celular, talvez tivesse perdido na confusão, talvez deixado no sindicato, embora o delegado garantisse que não fora encontrado, então ele não sabia onde estava. Depois, com sede, fome, exausto, foi trancado numa cela. Felisberto, o velho carcereiro, voltou-se para ele depois de trancar a porta e disse:

— Não me dê trabalho, garoto. Eu não sou flor que se cheire.

Antes que Itamar pudesse responder, virou-se e saiu, mancando com a perna direita.

O sindicalista examinou a cela, acostumando os olhos à escuridão, mas não viu ninguém em pé nas outras celas, e não reconheceria mesmo que houvesse. Sentou-se no catre e afundou a cabeça entre as mãos, com o cotovelo apoiado nos joelhos. Isso não está acontecendo. É um truque do delegado para mantê-lo preso, para acabar com a greve. Genésio está no hospital, mas vai ficar bom e tudo vai se resolver.

Levantou-se e andou até o fundo, com nojo do cheiro de urina e mofo, com sede e sem coragem de beber a água da torneira. As paredes laterais, de alvenaria, isolavam as celas. Voltou à grade frontal, testou sua resistência, abanou a cabeça repetidamente, mas ninguém estava olhando. Gritou um não, alto, mas só ouviu um riso em resposta, e ficou com mais raiva. Quase socou a parede, mas viu uma sombra chegando e parou a tempo de preservar os ossos.

— Cala a boca, menino — disse a sombra. — Já perdi o meu fim de semana por sua causa. Posso foder com sua vida aqui, entendeu? Cala a boca e vê se dorme um pouco.

De novo, o carcereiro saiu sem esperar resposta, o filho da puta. Xingou baixinho, chutou a parede, tentou se lembrar de

Genésio, mas as imagens que insistiam em aparecer eram a de Lúcia e a de Anacleto. Que merda! Como eles estariam? Genésio saberia o que fazer, era mais ladino, mas estava morto, diziam, e ele era o principal suspeito. O delegado não podia pensar assim, era o seu melhor amigo. Com certeza as coisas ficariam mais claras no dia seguinte, depois que todo mundo visse os fatos, o delegado conseguisse enxergar a verdade.

Aos poucos, os ruídos foram diminuindo, até o silêncio dominar tudo. Itamar sentou-se no colchão de espuma, sentiu o catre, encostou-se na parede, cruzou os braços, e chorou de raiva. Sua vida tinha virado um desastre, e ele não via saída. Adormeceu, mas não por muito tempo, vieram buscá-lo no início da tarde para outro interrogatório. Novo mas igual, as mesmas perguntas, as mesmas respostas, durante horas, e o carcereiro disse que ele tinha sorte, ao contrário do anterior, esse delegado não gostava de tortura. Foi devolvido à cela, com mais sede, com alguma fome, mas o estômago estava apertado. Dormiu o resto do dia, encolhido.

De manhã, Felisberto serviu o pão dormido com margarina e a caneca de café preto para seus hóspedes. Itamar não se mexeu quando ele chamou, mas o carcereiro não se incomodou, talvez pensando que ele estivesse dormindo. Deixou a caneca no chão, o pão sobre ela e caminhou para a cela seguinte.

O sol da segunda-feira avançou e, depois do almoço — arroz, feijão e ovo — que Itamar, apesar da fome, tampouco comeu, foi anunciado que o preso tinha visita do advogado. Itamar levantou--se num pulo.

Jairo tentou abraçá-lo por entre as grades, mas Felisberto, atento, pigarreou e gesticulou para que eles se afastassem. Jairo obedeceu, não queria irritar o carcereiro.

— Impetrei *habeas corpus* hoje — disse. — Se o juiz der liminar, na quarta ou na quinta-feira, com alguma sorte, você está livre.

— Hoje não?

— Não. O promotor tem que se manifestar primeiro, então vai demorar um pouquinho.

Jairo explicou que o *habeas corpus* era só um pedido de liberdade, nada mais, o juiz não podia decidir sobre culpa ou inocência dele, só a legalidade da prisão, e quis explicar mais sobre a natureza jurídica urgente dessa medida, a obrigação de rapidez do juiz, mas o prisioneiro não o deixou continuar, havia coisas mais importantes a tratar.

— E Lúcia? Falou com ela? E Anacleto? Como está?

— Está tudo bem com eles, fique descansado.

— E Vitória?

O advogado não disse, jamais não diria que ela estava passando à base de calmantes, as gêmeas chorando sem parar, teve que mentir para não agravar mais a dor do sindicalista, estavam reagindo bem.

— E a greve?

— Conseguimos fechar um acordo ontem à tarde — e contou em detalhes as aventuras da noite.

Itamar conseguiu até rir ao imaginar a rocambolesca fuga pelos quintais, sequestrando equipamentos, fugindo de cães e da polícia.

— Graças ao Joel... — concluiu Jairo, enfatizando que foi o operário da Santa Delfina quem havia tomado a frente e conseguira encontrar um meio para salvar a greve, inclusive na negociação.

Itamar não gostou, ali tinha treta.

— E como foi a conversa? Muita briga?

— Alguma, como sempre, mas não muita. Heinz estava manso, Antonia até simpática. A maior briga foi antes. Quinti quase saiu no tapa com Joel, tive medo que ele não aparecesse na negociação mas ele foi, graças a Deus. A negociação foi rápida até, em uma hora tínhamos tudo assinado.

Jairo tirou o jornal da bolsa e mostrou a capa, anunciando o fim da greve e o acordo firmado, graças à boa vontade da classe patronal, dizia o jornal, Joel na foto de capa, com Heinz e Quintiliano, sorridente.

— Foi fácil demais, num achô, não? Se a gente fosse patrão, ia fazê acordo nessa situação, a greve desmoralizada? — questionou Itamar, e continuou, apontando a foto do jornal com o queixo:

— Sei não, esse Joel... num confio nele, não.

Nem Jairo confiava, mas o advogado reconhecia que, se não fosse ele, não haveria nada, a categoria teria que voltar ao trabalho exposta à retaliação patronal, mas não disse nada, não tinha nada a dizer. Itamar perguntou sobre a situação no sindicato, o ambiente entre os funcionários.

— Fui lá hoje bem cedo, o serviço pareceu normal, mas os funcionários estão confusos, tristes, com medo, mas estão todos lá. O resto da diretoria foi solta ontem, o último foi Aurélio, já quase de noite, devem ir pra sede mais tarde, ou amanhã.

— Dá uma ajuda pra eles tudo, dotô.

— Ajudo, sim, pode deixar.

A visita deixou Itamar com vontade de fazer alguma coisa para ajudar os companheiros do sindicato, só não sabia o que, ficou matutando quando o advogado saiu para conversar com o delegado, estudar o inquérito, os depoimentos, o tamanho do buraco em que seu cliente havia se metido.

Quando Jairo saiu, o operário pegou o prato de comida fria e comeu tudo, estava morrendo de fome e o estômago já não tinha o nó de antes.

6

Um silêncio mais pesado carregava o semblante de Felisberto quando ele abriu a porta do corredor para a visita de Aurélio, mas Itamar não percebeu. Desde a noite anterior, quando soube que a polícia tinha liberado o corpo de Genésio para a família, ele se deixara ficar no catre, revivendo a pancadaria, a morte do amigo, a assembleia inacabada, a prisão, o acordo feito com o patronal, uma história ainda mal digerida. Por que Genésio teve que morrer? Quem eram aqueles caras? Bate-paus, com toda a certeza, mas contratados por quem? Joel? Os patrões? E com que facilidade aqueles patrões, que nunca faziam fácil nenhuma conversa, tinham fechado o acordo apesar do fim da greve morta, um acordo que nunca quiseram, muita história ainda alguém tinha que contar...

O boa tarde alto de Aurélio, como sempre, interrompeu a linha de seus pensamentos, ele ergueu os olhos para a grade, onde o mais velho já se acomodava na cadeira que Felisberto o permitiu trazer da carceragem.

— Ganhou cadeira cativa, companheiro? — tentou brincar.

Aurélio não achou graça, nem Itamar riu da própria piada.

— Como foi o enterro?

— Tava todo mundo arrasado. Vitória tentou se segurá, abraçada coas menina, mas num guentô, choro do início ao fim, de cortá o coração da gente. Quando ela acariciô a cabeça dele, cochicho alguma coisa antes do beijá ele, até eu chorei. Quem não tava trabalhando foi no velório ou no enterro, tava bonito de vê.

— Queria tá lá pra consolá a família.

— Sentiram tua falta, Lúcia ficou o tempo todo com Vitória e as menina. As duas mais parece irmã que ôtra coisa.

— Ele era muito querido, um amigo especial pra nós. E como tava Lúcia?

— Basta mulher forte! Ajudou em tudo, amparô Vitória, cuidô do Anacleto, das gêmea, fez sala no velório, tadinha.

Aurélio estancou a narrativa por um momento, suspirando, mas continuou:

— O irmão do Genésio largô falação, dexô o padre de lado, Genésio num era dessas coisa, nem sei quem chamô, falô bonito sobre a vida do nosso companheiro, o time de futebol, as amizade da infância que ele tinha até hoje. Falô no teu nome, disse que num acreditava no que tavam fazendo cocê, que cê era o melhor amigo dele.

Aurélio parou de novo.

— A Vitória pediu pra eu lê a carta que ocê escreveu pra ela.

— Mesmo? Mas era pra ela, pras menina... tava cheia de erro

— Mesmo assim. Ela pediu, eu li. O Jairo deu uma consertada nos erro, era bonita mesmo.

Na carta, Itamar pediu a Vitória que se lembrasse com orgulho de Genésio, *um cara que sempre tinha honrado seus princípios, homem de caráter, leal, corajoso, pai da ideia e da força da oposição sindical. Genésio tinha orgulho dela e das filhas, falava sempre que eram vocês que o inspiraram. Cada coisa que ele fazia no sindicato, dizia que era pra vocês. Ele vivia pra vocês. Dizia que tudo isso era pra melhorar a vida de vocês e pra que as meninas pudessem estudar, ser alguém. A única tristeza dele era quando chegava um desempregado no sindicato e não tinha nenhuma vaga pra ele na bolsa de empregos. Ou quando ficava sabendo de um companheiro machucado na fábrica, se doía demais, já queria saber como ia ficar a família, se precisavam de ajuda.*

Ficaram os dois em silêncio, os prisioneiros das outras celas também se calaram, em respeito ao falecido, apresentado a eles pela dor Itamar, um menino que não deveria estar ali.

7

A felicidade de Custódio, líder de linha de capôs da Santa Geralda, era tão grande quanto a quantidade de gente pisoteando o gramado, invadindo e sujando todos os cômodos de sua casa, o cara mais feliz do mundo. Não imaginava a confusão que Joel armaria quando concordou em sediar sua festa de lançamento da candidatura, num sábado à tarde, com um telão no jardim para o pessoal assistir ao jogo, mas não se importava. Joel merecia, era o amigo de todas as horas.

Eles se conheceram num torneio de truco do sindicato, numa festa de fim de ano, para isso servia a entidade, e improvisaram uma dupla vitoriosa, e repetiram a surra nos colegas no torneio seguinte. Construíram uma bela parceria de boteco, olhada de soslaio pela mulher de Custódio, que achava Joel moleque, namorador, temia que Custódio embarcasse nas rotas do mais novo, e ela imaginava onde ele passava as noites de solteirice, nos bares e lugares mal afamados.

— Tá na hora de casá, num tá, Joel? — disse ela numa tarde.

— Não ainda, dona Filomena, falta achar a mulher certa.

— Em buteco num vai tê...

E Custódio riu dela:

— Deixa, minha preta, ele tem tempo ainda...

Ele a chamava assim, e ela de gordo o chamava, uma brincadeira que se faziam, nascida nas brincadeiras de cama, não eram nem uma coisa nem outra. Joel apenas sorriu para ela um sorriso de que ela não gostou, de quem espreita uma oportunidade, que apenas confirmava que ele não prestava, e que levaria seu homem para o mesmo caminho, se ela vacilasse. Quando eles começaram com essa bagunça de política, ela até gostou, Custódio começou a trazer mais dinheiro para casa, e enchia a cabeça deles com outras coisas, afastava as sirigaitas, e por isso não se importou quando Custódio falou do lançamento da candidatura na casa deles.

A maioria dos convidados era de empregados das três grandes, mas havia também de algumas outras, convidados de Joel e Custódio. Rubens e Amélia ajudaram, financiando carnes e cervejas, mandando contratados — Amélia chamava de alugados — muitos interessados só no churrasco, mas Joel não se importava, pescaria os melhores, queria conte ter gente, depois fazia a seleção.

O candidato se sentia em casa, conversando um pouquinho com cada um, ora servindo um petisco, ora um copo de caipirinha, ora só uma piada. Quando podia, tirava uma *selfie*, ou fotografava um grupo; às vezes, subia nalguma cadeira e tirava muitas fotografias mostrando muita gente. Custódio, que trouxera Honorato, chefe de linha na Santa Adelaide, Durvalino, da Santa Geralda e seu antigo parceiro de truco, Cassiano, da Santa Delfina, para ajudar a servir e quem sabe compor uma equipe de apoio, caminhava ao lado do candidato, concordando com tudo, fotografando.

— Você quer mesmo ser sindicalista, Joel? — perguntou Cassiano, vizinho de máquina de Joel.

— Eu já sou, meu amigo, e vou renovar o nosso sindicato — respondia ele, e emendava contando a história do acordo que salvou a honra dos metalúrgicos.

— Não tínhamos nada. A assembleia tinha se dispersado e a polícia estava cercando os que ainda estavam por ali...

— Aquilo virou um inferno — intrometeu-se Tonico, encarregado da limpeza da Santa Geralda. — Consegui fugir por pouco.

— ... e eu percebi que a gente tava no sal — continuou Joel, sem dar trela. — Tinha um corre-corre dos diabos, a polícia batendo, prendendo gente. Podia ter fugido pelo outro lado, até dei uns passos, mas tive a visão de que a greve tinha acabado ali, e a gente sairia desmoralizado se não fechasse algum acordo.

Narrou, aumentando um pouco aqui, muito ali, a fuga pela vizinhança, pulando cercas, fugindo de cachorros, sempre com a polícia no encalço, atirando, as luzes das casas se acendendo, gente gritando, e eles carregando os celulares e *laptops* do sindicato.

— O pior aconteceu no dia seguinte. Conseguimos uma negociação para o domingo à tarde, mas o mar não estava para peixe, não. O gordo...

— O presidente do patronal? — perguntou Custódio.

— Isso. Ele não queria nada com a gente, achava que nossa proposta era um exagero, mas eu bati na mesa, cheguei a gritar com ele, e ameacei que a revolta podia ser maior, ter mais quebra-quebra, bagunça pior que a daquela noite. Aquele franguinho do advogado ficou branco dentro do terno, foi muito gozado. Mas a dona Antonia entendeu o recado e ajudou a gente. Foi ela que virou o cara da Santa Adelaide...

— ... o Giovanni — aduziu Honorato.

— ... o Italiano, o bico doce — disse alguém, provocando risos.

— Isso... e ajudou a gente a pressionar os outros e no fim conseguimos passar aquilo, e acho que foi um acordo razoável, a proposta da diretoria era horrível, exagerada, não ia dar em nada — arrematou o candidato.

— Foi um puta negócio! — rebateu Tonico, ex-empregado da Santa Delfina, tinha ido só para cavar uma boquinha, ganhar uns trocos.

— Foi o possível — continuou o candidato —, mas isso só deu certo porque a gente tinha conseguido se enfiar na comissão de negociação, acabar com o monopólio da diretoria e com essa mania de fazer reunião secreta com os patrões... se não fosse isso, a gente não ia conseguir porra nenhuma.

Alguém gritou um apoiado e Joel, eufórico, ergueu um brinde:

— À vitória!

Enquanto Joel circulava, conversando, Custódio e Honorato fotografaram e recolhiam contatos de todos para montar um grupo de mensagens da campanha. Todo mundo queria estar nesse barco, ou pelo candidato ou pelas festas que viriam ou pelas perspectivas que uma campanha sempre oferece, sabe-se lá. Numa das fotos, a figura de Joel aparece contra o sol quase no horizonte desenhando-lhe uma auréola dourado, o braço elevado e o dedo em riste, uma bela foto para o cartaz da campanha, sem dúvida.

8

No início da noite, Felisberto acompanhou Jairo e Lúcia até a cela de Itamar. O negrinho lhe parecia boa gente, uma esposa tem o direito de ver o marido, ainda mais que nem condenado era ainda. Quando isso acontecesse, levariam o cabra para a penitenciária, eles comeriam o pão que o diabo amassou, mas ainda não precisavam sofrer essa privação. O carcereiro conhecia o lugar para onde mandariam Itamar, não desejava isso para ninguém, sabia que o sindicalista não sobreviveria muito tempo lá. Uma pena, tão moço.

Ao som da voz da mulher, o operário levantou-se depressa, e em dois passos chegou à grade. Lúcia, olhos úmidos, aproximou-se e estendeu-lhe os braços, mas Felisberto pigarreou alto, nenhum contato físico ele tinha ordenado antes, e Itamar se afastou.

O carcereiro fez cara feia e voltou para a carceragem, fechando a porta atrás de si, fazendo de conta que eles seguiriam a regra, sabendo que não. Itamar beijou Lúcia, lábios entre duas barras de ferro. Chorando, ela contou sobre a vida sem ele, dela e de Anacleto, um a tristeza só, o menino falava no pai o tempo todo, não conseguia entender o que estava acontecendo. Contendo suas próprias lágrimas, o prisioneiro segurava-lhe as mãos, tentava consolá-la.

— Vamo vencê essa guerra, meu amor — ele repetia. — Eu num fiz nada, é só o tempo deles entendê isso.

Eles conversaram mais com os olhos, as mãos se namoraram, furtivas, até que Felisberto interveio, o tempo dela tinha acabado, ainda tinha o advogado, *é bom não abusar, dona*. Ela chorou mais, Itamar acarinhou-a mais uma vez.

Depois que ela saiu, Jairo informou que o processo do *habeas corpus* ainda estava com o promotor.

— Ele vai despachar amanhã, talvez.

— Pra que tanta demora, doto?

— É assim mesmo, Ita. O promotor está usando o prazo da lei.

— Ele podia era usá um pouco essa cela aqui...

Jairo riu, tinha merecimento.

— Estou fazendo tudo o que posso, Itamar. Passei a noite pesquisando uma maneira de acelerar o processo, mas não achei um artigo de lei em que me apoiar.

— Vamo tê que achá um caminho, dotô.

Jairo meneou a cabeça, "se tiver um jeito eu acho", disse. Itamar ainda fez mais algumas perguntas sobre o processo, e ficou matutando, meio ausente da conversa.

O prisioneiro voltou para o catre, depois que Jairo saiu, mas ouviu a voz de Aurélio que chegava, cumprimentando o carcereiro e tornou à grade, queria notícias do sindicato.

— A polícia revistou o sindicato de novo — informou Aurélio —, mas num encontrou nada. Os celular e *notebook* tão guardado em lugar seguro.

Os grupos de discussão estavam ativos, continuou o mais velho, com muita troca de mensagens, mas a opinião geral sobre a prisão de Itamar não era unânime. Havia muita gente dizendo que ele era culpado, que os dois tinham conflitos, até que Lúcia e Genésio tiveram um caso.

Itamar ouviu, horrorizado:

— Quem faiz essas fofoca?

— Ninguém sabe, elas aparece e toma conta de tudo.

— E esses celular, *notebook*, isso vai dá pobrema, num vai?

— A polícia num vai sossegá enquanto num achá, num vai dexá nóis em paz. O que cê acha que a gente deve fazê? — perguntou Aurélio.

— Eu? Como vou sabê?

— Tu é que manda, Ita..

— Mando porra nenhuma! Tô na cadeia, cara...

— Ocê continua sendo o que sempre foi, aqui ou lá fora. Num mudô de caráter, só de lugar. Pensa com tua alma: o que cê faria se tivesse na tua sala do sindicato?

A cadeia, o choro de Lúcia, a enrolação do promotor, a cara do delegado, tudo se misturou e explodiu na cabeça e no coração de Itamar:

— Mas eu num tô na minha sala, nem na minha casa, eu tô na cadeia, caralho!

— Cê é o mesmo cara que puxô a oposição, que derrubô a pelegada, que liderô a greve, isso num vai mudá nunca, teja onde tivé — respondeu Aurélio. — Mas por enquanto, essa aqui é a tua sala, num tem jeito. Pensa no que a gente vai fazê com os celular e os *notebook* porque a gente tem que resorvê isso logo.

Depois que Aurélio foi embora, Itamar sentou-se no catre, afundou a cabeça nas mãos e rilhou os dentes para não chorar de raiva.

A arte mais fina

1

De frente para o chefe, Rubens estendeu-lhe a planilha com a prestação de contas da campanha de Joel, mas Heinz recusou o documento com um gesto seco e uma careta. Só queria saber se o candidato estava indo bem, se era um dinheiro bem investido.

— Ele é bom, sim. A campanha ainda está lenta, doutor, mas é assim mesmo, tá começando agora, ganhando apoios pouco a pouco, tá avançando. Todo dia falo com a Amélia para tomar pé da situação.

Heinz sorriu, a sorte tinha virado.

— Ótimo! O próximo passo será afastar Amélia, quero Joel debaixo de minha bota, sem intermediários.

Sem intenção de obedecer, Rubens anotou o desejo do chefe, *pode deixar, doutor,* e tocou no ponto que mais o interessava.

— O caixa está muito baixo, doutor. Precisamos dar mais impulso à campanha...

Rubens narrou o churrasco de lançamento — um sucesso estrondoso! —, a contratação de apoiadores, os planos para outros eventos festivos, o início promissor das aulas do sindicalista Paulo Furacão, o melhor treinamento da praça, o estouro do orçamento com Romeu.

— Furacão disse que ele tem potencial, mas vai precisar de muitas aulas, muito chucro.

Heinz suspirou. Com Cláudio tinha sido mais barato... o antigo serviçal era um sindicalista pronto, só tivera o trabalho de negociar seu preço.

— O que estraga nossa democracia é a falta de liberdade sindical, meu rapaz — disse, aborrecido. — Os colaboradores estão presos nessa camisa de força de um sindicato só, não têm o direito de se organizar como querem. Um dia, teremos liberdade sindical, se Deus quiser, e aí vamos poder montar quantos sindicatos quisermos...

— Meu Deus, doutor! Se um sindicato só faz esse estrago, imagina dois, três...

— Ao contrário. Se tivéssemos liberdade sindical, não precisaríamos dessa trabalheira toda. Criava-se logo o sindicato do Joel e cada empresa negociaria com o sindicato que quisesse. A tigrada poderia até fazer barulho, mas só os filiados no sindicato escolhido teriam aumento... E se preciso fosse, montava-se mais um ou dois ou três sindicatos, em cada empresa. Liberdade sindical, meu caro, é do que precisamos neste país. E mais, o colaborador ia assinar a ficha de filiação no melhor sindicato junto com o contrato de trabalho, sem enrolação.

Quem sabe não seria bom financiar alguns estudos técnicos, teses acadêmicas a favor da ideia, comprar pareceres de uns bambambãs, arrumar uma bolsa de mestrado, de doutorado, quem sabe no exterior, um livro ou dois, quem sabe...

Desse sonho, Rubens já tinha ouvido falar incontáveis vezes.

— Pode ser, doutor — interrompeu Rubens —, prometo que vou organizar alguma coisa, mas só depois de ganhar essa eleição, e não está nada fácil.

— Vê o que eu digo? Quanto é custosa e trabalhosa essa estrutura sindical autoritária?

Heinz olhou sério para Rubens, mas, ante o silêncio do assessor, pigarreou e continuou:

— Está bem, faça o que for preciso, hoje mesmo vou reforçar o caixa.

— Enquanto não pudermos montar os nossos... — concluiu Rubens, com olhar malicioso

Heinz sorriu, esse dia haveria de chegar, mas o rapaz estava certo, a prioridade era derrotar a turma do Itamar. Com ele preso e condenado, ia ser mais fácil, mas Heinz não tinha por hábito dar sopa para o azar, fazia tudo como se Itamar, Deus me livre!, estivesse solto.

Para manter Furacão longe de olhos curiosos, ele mandou alojá-lo em seu sítio, perto do rio, onde treinaria Joel. Ficava mais barato e discreto que um hotel, ele conseguia vigiar melhor professor e aluno e, além disso, Paulo Furacão merecia um agrado. Antigo dirigente sindical dos têxteis no Estado por quase três décadas, nunca tinha dado a mínima chance à oposição. Sua rede de informantes e seu bom relacionamento com os empresários custaram os empregos de todo mundo que tentou se levantar contra ele. Aposentou-se na presidência, rico, mudou-se para uma casa de praia, de onde só saía para dar seus cursos de política sindical, como ele chamava, um curso prático sobre como tomar e manter o poder. Seus lucros cresciam na proporção do sucesso de seus pupilos..

— Um bom homem — comentou Heinz, satisfeito. — Sabia que participamos juntos de várias negociações salariais? Um negociador duro, inteligente. Mereceu a fortuna que ganhou, vai nos ajudar muito!

2

As visitas diárias a Itamar transformaram a cadeia, trouxeram vida à rotina, forneceram temas para conversas, até o humor de Felisberto, o manco, melhorou. Os outros presos, que mal viam os defensores que a Justiça nomeava, aproveitaram para consultar Jairo sobre seus problemas. Para recompensar a tolerância cada vez maior do carcereiro, Lúcia começou a levar bolos e doces de chocolate para ele, e depois para os demais funcionários, e até para os presos levava. Nem o delegado resistiu, ele que sempre preferia ficar à parte desses agrados. Afinal, apesar de tudo aquele crioulo era uma exceção, um preto de alma branca, e os doces de Lúcia eram uma delícia.

A mordomia foi sugestão de Nando, vizinho de cela de Itamar, que estava ali aguardando julgamento.

— Já vai pra dois ano, meu chapa — disse sobre seu tempo de cadeia.

— Dois ano?! — empalideceu o operário, vendo-se no lugar do outro.

— Eles vão renovando o prazo, dizque eu sô perigoso, que num tenho casa nem família...

— Cê foi acusado de quê?

— Dizque eu arrombei a casa de um bacana, que robei umas coisa. Mas num foi eu. Me prendero porque eu já tinha uma bronca antiga, uma bestêra que fiz na fábrica.

— Cê feiz o que?

— Levei umas ferramenta, chave inglesa, alicate, essas coisa, pra fazê uns serviço por fora no fim de semana, pra reforçá o salário. Ia devolvê na segunda-feira, mas num deu tempo, algum fiodaputa me dedou. Perdi o emprego na hora, tive que fazer acordo com o promotor, serviço comunitário, essas coisa, perdi o réu primário.

— E depois?

— Fiquei na rua, quem era lôco de me contratá? Vendia umas porcaria na praça. Depois que me prendero de novo, a muié perdeu a paciência, voltou pra casa da mãe, levô os menino, num tiro a razão, tá no direito dela querê criá as criança certinho.

Itamar sentiu o coração apertar, perder Anacleto...

— A casa era de um médico — continuou Nando —, que eu tinha brigado antes, no hospital, não tratou direito o Joca, meu filho, disse o diabo pra ele. Quando ele deu parte do rôbo, eu já era fichado, a polícia foi direito em casa...

A história de Nando comoveu Itamar, o coração apertado de saudade de Anacleto, mas Nando riu: era assim mesmo, preto e pobre não tem querer.

— Tu qué sê bem tratado aqui? Dá comida, eles amolece.

— Comida?

— É, esse povo é igual nóis, sê polícia num é fácil, no meio da bandidage, e veve no arroiz, fejão e ovo, num tem moleza. Manda teu povo trazê doce, bolo de aniversário, salgadinho, essas coisa, eles gosta, é um agrado, cê num ia gostá?, cê vai vê que eles vai ficá agradecido.

Com o tempo e a ajuda das operárias e das mulheres dos metalúrgicos, Lúcia começou a levar esses mimos para a delegacia. Não tardou muito, Itamar conseguiu ganhar a simpatia de quase todo mundo, da chefia à faxina, passando pelas celas dos que cumpriam penas, com ou sem sentença, e que também acabavam ganhando consulta grátis de advogado.

Numa de suas visitas, Lúcia deixou caderno e caneta para o marido escrever ao filho, impedido de entrar na carceragem por causa da idade. Na visita seguinte, ela contou que Anacleto reclamou da letra do pai.

— Ele aprendeu a lê!? — espantou-se Itamar.

— Não, claro que não — respondeu ela, rindo. — Eu que li pra ele, mas o menino tem bom gosto, tá uns garrancho feio de vê — riu, riram.

Anacleto tinha gostado da carta do pai, mas achou muito curta, queria que ele escrevesse mais, prometeu até aprender a ler, se ele melhorasse a letra.

Itamar passou a escrever todo dia, tomou gosto e passou a escrever também para a diretoria do sindicato, opinando sobre problemas e situações que Aurélio trazia.

Na primeira delas, sugeriu que os celulares fossem entregues para a polícia, não havia nada a esconder, mas não os *notebooks*, cuja existência era desconhecida, e o sindicato precisava deles. Os computadores de mesa estavam todos na delegacia, e Itamar temia que nunca mais fossem devolvidos.

Aurélio parava sempre no saguão para conversar com os operários, presença que sempre crescia e avançava pelo fim de semana. Itamar sabia que eles estavam ali e mandava às vezes um bilhete, estimulando-os a apoiar e frequentar o sindicato, sugerindo vigilância no chão da fábrica, recomendando muito cuidado com a proposta de remuneração variável, os tais prêmios, agradecendo a solidariedade. Os operários acabaram por fazer amizade com os funcionários, e conseguiram visitá-lo de vez em quando, mandar livros e revistas, livros de história, de política, que ele lia e relia, dia e noite, rabiscando as páginas, fazendo anotações, escrevendo parágrafos inteiros no seu caderno, esforçando-se para entender aquele mundo novo, querendo mais.

Adotou o costume de escrever todas as manhãs, a conversar com Aurélio sobre as coisas que aprendia, as ideias que às vezes lhe surgiam, isso o ajudava a passar o tempo. Eram pensamentos que, sem que ele percebesse, o faziam olhar as injustiças fora da cadeia, tão violentas quanto sua prisão.

3

O sucesso do primeiro churrasco eleitoral animou Joel, não imaginava que a campanha pudesse ser tão divertida. Tinha conhecido muita gente, arrecadado um bom dinheiro, essa era a parte de que gostava mais, e Honorato já tinha conseguido criar grupos de mensagens e *e-mails*. Às vezes queria que Amélia participasse, com seus olhos da cor do céu, e para ela foi a sua primeira ligação depois da festa, ainda meio bêbado, para se deleitar com sua voz.

Por isso, quando Honorato o convidou para uma rodada de cerveja num bar da periferia, ele aceitou de cara. Custódio colocou-se contra, o ambiente não era controlado, diferente do churrasco, que só tinha convidados. Poderia haver apoiadores de Itamar, todo cuidado era pouco.

Tinha sido sempre assim desde que conhecera os dois, o que era bom para um deles era ruim para o outro, um era atirado, o outro retirado, e já tinham chegado a brigar feio por causa de coisa nenhuma, uma divergência de nada, mas o bom era que sempre chegavam a um acordo.

— Não se preocupe, Custa, não vou falar mal de ninguém.

— Claro que vai, você tá em campanha, é normal. Mas sempre tem um gaiato, um provocador, todo cuidado é pouco, o que nós menos precisamos é de confusão.

— Tem confusão, não, amigo — respondeu Honorato. — A gente dá a volta, pra isso estamos aqui.

Joel sorriu, agradecido à lealdade dos dois, com eles podia conversar tudo, exceto os acertos com Rubens, o rapaz estava se tornando cada vez mais importante para ele, não só por causa do dinheiro, mas também na política e na nova vida que estava levando, e adorando. Às vezes, por ordem de Rubens, dormia no sítio, depois que Furacão ia embora, e sempre ganhava umas amigas para dividir a cerveja e a cama. Nessas noites, cada vez mais frequentes, ele se esquecia dos olhos de Amélia, do cheiro de Valéria, das meninas dos sábados de antigamente.

O bar se encheu com a perspectiva da chegada do candidato, das cervejas grátis. Quando Joel chegou, apertando mãos e distribuindo abraços, alguém ergueu um copo vazio para brindar, um pedido de cerveja que ele não podia recusar. Encostado ao balcão, um operário mais velho, copo de cachaça na mão, barba grisalha por fazer e a roupa suja de graxa, disparou:

— Num tem candidato que resiste a uma cervejinha com os pobres...

Custódio se alarmou, mas Joel apenas riu e mandou abrir uma garrafa de cerveja ao estranho. Erguendo o copo em direção a ele, disse bem alto:

— Um brinde aos candidatos pobres, que bebem com os pobres, no bar dos pobres.

O homem riu e ergueu seu copo em resposta. Depois de um gole, disse a Joel:

— Gostei docê, pensa ligeiro. Mas diga lá, candidato, por que cê é candidato?

— Digo, mas primeiro me diga o seu nome, gosto de saber com quem converso.

— Josafá — respondeu o homem, estendendo a mão. — Vinte ano de chão de fábrica. Me metero num grupo de mensagem, tua cara tá lá quase todo dia, nem me perguntaram.

Joel sorriu:

— Sou candidato pra melhorar o sindicato, amigo. Os caras que tão hoje na diretoria não dão conta do recado. Não sabem conversar, não sabem negociar, não falam com os patrões, e assim não conseguem nada.

— Que eu saiba, o sindicato dos metalúrgico tem que conversá com os metalúrgico...

— Claro, mas se não dialogar com os patrões não vai conseguir nada para a categoria. Veja essa greve. Pura lerdeza da diretoria. Tinha que ter chamado os patrões para negociar logo que saiu a sentença, não ficar esperando cair do céu...

— Tá errado, candidato, eles procuraro, sim. Faiz uns trêis ou quatro meis, saiu no boletim do sindicato.

Não podia perder a calma diante da provocação de um zé-ruela, Furacão o tinha preparado para esses momentos, segurou o sangue que queria lhe subir à cabeça.

— Eu li, meu amigo, mas não acreditei. Tanto que não saiu mais nada.

— A Santa Geralda e a Santa Adelaide começaro a negociá direto com o pessoal, fizero de conta que não tinha sindicato. Negociá é jeito de dizê, eles obrigaro o pessoal...

— E esse é outro problema que a gente tem que resolver. O sindicato não sabe se impor. Tem que ter presença firme e não deixar espaço pra essas coisas. Eles são muito burocráticos. Devem ter mandado uma cartinha e ficaram sentados, esperando.

Esquecido de seu propósito de não atacar ninguém, continuou:

— Agora, então, piorou. O sindicato vive só para defender Itamar, não faz mais nada, nem o advogado para mais na sede. Como se Genésio não fosse metalúrgico, não tivesse direitos. E a categoria tá com os processos abandonados, é só Itamar daqui, Itamar dali...

O homem se desencostou do balcão, descansou ali seu copo e olhou firme nos olhos de Joel. Custódio percebeu que a coisa poderia descambar e interveio.

— O Josafá aqui é um velho amigo meu, Joel. Ele é do tempo de antes do Cláudio. Já ia no sindicato naquela época...

— Você devia ser bebê de colo naquela época, né Joel? — brincou Honorato, provocando risos.

Josafá riu também, desarmado.

— Honorato era aprendiz numa galvânica, a gente chamava ele de Honório... — disse. —era magrinho o moleque...

Joel riu, aliviado.

— Cê sarou bem daquela vez? — perguntou Josafá a Honorato.

— Nunca. O pulmão meio que queimou, nunca mais tive fôlego.

— Taí uma coisa que a gente tem que mudar, pessoal. O sindicato tem que negociar mais saúde e segurança pra nós, não só salário.

Josafá concordou com Joel. Custódio sorriu, e Honorato concluiu:

— Se o sindicato tivesse conversado mais na época, as coisas teriam sido diferentes pra mim.

Josafá, já meio bêbado, balançou a cabeça, mas não tinha resposta, e Joel aproveitou para voltar ao seu programa eleitoral, de negociação pragmática, sem ideologia, afinal os patrões não são inimigos dos colaboradores, sem eles não haveria emprego, e Josafá concordou com a cabeça, falar era impossível.

4

Foi Aurélio quem trouxe a notícia ruim, o juiz tinha negado o *habeas corpus*, mas Itamar se abalou pouco, o juiz parecia pender para o outro lado desde o início, sempre nas colunas sociais, nas festas dos empresários.

— Esperá o que desse filho da puta?

Aurélio concordou.

— Querendo ou não, o juiz faiz o jogo dos patrão — disse. — Se eles vencê, vai sê um baita retrocesso pra nóis. Os sindicato vai sê tratado feito bandido. Na ditadura era assim.

— E quando que deixô de sê? — indignou-se Itamar. — Quando é que a polícia foi decente com a gente? Num é só sindicalista, não. A periferia, os preto, os pobre, pra eles a gente é tudo malandro, vagabundo, elemento. A gente é tudo suspeito — disse, lembrando a história de Nando, preso sem provas, condenado sem julgamento, porque tinha antecedentes.

Aurélio concordou com a cabeça.

— O Jairo é um leão vai no fórum todo dia, tá fazendo tudo pra te livrá da cadeia.

— Com esse juiz num sei se tem jeito.

— Jairo acha que aqui nóis perde, tá apostando no Tribunal.

— Ele vai lá conversá? — perguntou Itamar, erguendo a cabeça de repente.

— Num sei, num me falô nada.

— Ele tem que í lá. Ficá só no computador num vai me tirá daqui, não.

— Ele me disse que é muito difíci conversá com o juiz do Tribunal, mais difíci que o daqui, num é quarqué um que consegue, não.

— Num tem vida fácil pra pobre, nem pra advogado de pobre, companheiro. Ele tem que achá um jeito se virá. No meio dessa burocracia tem gente, temo que acha os caminho.

— Tá bem, vô dizê que é ordem tua.

Itamar fez uma careta.

— Nada de ordem, Aurélio. A gente num é milico, num tem ninguém melhor que o outro pra mandá e desmandá. Conversa com ele, tenta convencê. Se não conseguí, pede pra ele falá comigo.

Itamar confiava em sua capacidade de argumentar, de fazer política, de convencer pela inteligência, negociando, construindo o consenso, sem impor, era essa sua maior habilidade, a única coisa certa a fazer. Para ele, bem pior que a falta de liberdade, era o isolamento, a falta de gente para conversar. Não conseguia entender como um juiz, um cara que decidia a vida dos outros, ficava encastelado, sem conversar com os advogados, sem olhar nos olhos do réu. Quando ele fosse juiz, conversaria com todo mundo, e não acreditaria em qualquer coisa que viesse da polícia. Sabia que Jairo teria dificuldade porque acreditava demais na lei e nos livros e tinha pouca vivência, mas ele o convenceria de que a lei eram os homens que faziam, e cada um o seu o seu jeito de ler a lei, como tudo no mundo. Insistiu mais, tinha que convencer o mais velho sobre a necessidade do advogado ser mais do que técnico, que ele teria que fazer política, conversar com todo mundo, não só com o juiz.

— E cê acha que ele pode convencê arguém, se ocê mesmo diz que tá todo mundo contra nóis, que não tem jeito? — replicou Aurélio.

— Se não conseguí convencê o juiz, pode convencê o funcionário do juiz, tem também trabalhador ali, gente que nem nóis, que pode tê influência no juiz. Pode descobrí que pito os cara toca, achá um caminho pra dá a volta. Perdê tempo num vai, pode tê certeza. E se isso num dá certo, nada mais vai dá.

Aurélio também gostava de conversar no chão de fábrica, no bairro, entender o companheiro, abrir as ideias do outro, aprender com ele. O que Itamar dizia fazia sentido, Jairo tinha que ir ao Tribunal, não só para aquelas sessões que ele falava, com capa preta, tinha que ir conversar, olho no olho, achar um caminho.

Depois que o mais velho saiu, Felisberto veio até a grade trazendo uma fatia do bolo trazido por Lúcia.

— Dia agitado, menino?

— É bom. Num tem rotina.

— Ouvi a conversa de vocês. Você sabe, o delegado manda, tenho que xeretar...

— Tem nada, não.

O velho riu sacudindo os ombros.

— As coisas são como são, faço o que me mandam. Mas faço do meu jeito. Não é porque te espiono que escuto tudo, ou conto tudo tudo o que escuto.

Itamar riu, o carcereiro era boa gente.

— Esse delegado é novo aqui, né?

— É, tem pouco tempo aqui, tem umas ideias diferentes, mas tem o promotor no cangote, tem que ter jogo de cintura.

— Mas ele é autoridade, pode fazê o que quisé, até reconhecê que eu sô inocente.

— É difícil, mas até isso pode, se tiver peito, mas duvido.

— Ele faz o jogo dos patrão?

— Faz o jogo dele, e agradar o promotor faz parte disso. É o papel dele.

— O papel dele é investigá, não fazê joguinho...

— Ele faz o que pode, assim como eu. Se ele fizesse tudo o que mandam... você nem queira imaginar...

O carcereiro apanhou o prato vazio que o prisioneiro lhe estendia.

— Presta atenção, cara, você também tem um papel. Mesmo aqui você pode fazer muita coisa pro seu povo.

— Ficá preso num ajuda muito, né?

Felisberto piscou um olho e mancou até a porta da saída.

5

Embora fosse o mais novo dos desembargadores do Tribunal de Justiça, Rodrigues Pereira acumulava um comprido currículo, na advocacia e na magistratura. Corpulento, mas não gordo, começou a cultivar a barba com bigodes retorcidos quando a moda se iniciou, e continuou com os pelos na cara depois que a moda passou. Filho de mãe solteira, ele estudou graças ao trabalho dela, de sol a sol lavando roupa, costurando, fazendo faxina, e aos programas do governo, que financiaram seu curso.

Apaixonado pelo Direito, acreditava que as leis regulavam tudo na vida de todo mundo, em todos os lugares, o tempo todo. E o Tribunal era o templo onde esse deus onipresente se manifestava, curando as feridas que os homens causavam na ordem social.

Poucos anos depois, a qualidade de suas sentenças, sua análise técnica e minuciosa das provas, e sua firmeza com que presidia as audiências chamaram a atenção do desembargador Oliveira e Sá, sempre de olho em novos talentos, que o convocou para sua assessoria. Desde que assumiu o cargo numa Vara Criminal perdida no interior do Estado, não teve um só ato anulado pela Corte, uma só sentença derrubada, sua carreira era perfeita. Assessorou o gabinete do desembargador e o acompanhou, depois, durante o mandato na presidência, fazendo admiradores por onde passava. Seu currículo, além das amizades que soube cativar, construíram uma carreira rápida e sólida, e sua posse no cargo de desembargador atraiu deputados e senadores, representantes do governo e da oposição, empresários, uma apoteose.

Por sua história na instituição, Rodrigues Pereira fez questão de receber com um abraço caloroso o desembargador Oliveira e Sá quando ele, sem aviso, enfiou-se pela porta de seu gabinete.

— Mas que surpresa, Excelência!

— Ora, meu amigo, deixemos essas excelências para os outros...

— O senhor sabe que não consigo — respondeu Rodrigues Pereira, conduzindo seu mentor até o centro da sala, onde havia uma mesa de reuniões, e notou que a expressão tensa no rosto do outro.

— Problemas? — perguntou.

— Uma preocupação, que acho que o amigo pode me ajudar a resolver.

E emendou a informação de que havia chegado um *habeas corpus* da comarca de São João do Livramento, um caso horroroso, um sindicalista assassinado por um colega, um negrinho de maus bofes, o pessoal da secretaria o havia informado que o processo havia caído com seu pupilo.

Rodrigues Pereira sentiu-se desconfortável, olhou de viés, perguntou o motivo da preocupação.

— O inquérito está correndo, a prisão preventiva foi decretada a pedido do Ministério Público, como tinha que ser, o crime foi bárbaro, gerou um clamor social muito intenso.

— Mas...

— Não há uma prova contundente. Encontraram impressões digitais na arma, um bastão metálico, mas há outras impressões, e não acharam ninguém que tenha visto o bandido agredir a vítima.

— E qual o motivo do crime?

— Isso ainda não foi estabelecido. De qualquer maneira, o inquérito prossegue e segundo meu filho...

— Seu filho?

— Ah... esqueci de mencionar que o juiz do caso é meu filho... enfim, as perspectivas são boas, embora a investigação demande ainda algum tempo, mas se o homem for posto na rua, vai sumir na mesma hora. É um malandro, não tem propriedades na cidade, cai no mundo e desaparece.

— Mas se não há provas...

Oliveira e Sá franziu o sobrolho.

— É apenas uma cautela para que a polícia possa descobrir as provas, concluir o inquérito com calma, uma proteção para a sociedade.

Aquilo o incomodou ainda mais, cansou de ver esse argumento em pedidos de prisão sem prova, sem motivo estabelecido, negava todas, exigia prova. Mas não queria prejulgar, era o filho de seu mentor e amigo, tinha que ver o processo. Tinha que ter cautela, em todo caso, o velho desembargador gozava de muito prestígio e diziam, à boca miúda, que costumava manipular a distribuição dos processos, para cair com quem ele quisesse. Será que era esse o caso?

— Está bem, Excelência — respondeu, por fim. — Vou atender à sua preocupação, se não houver nenhuma ilegalidade no inquérito ou na ordem de prisão preventiva. Deixe-me analisar o processo.

Oliveira e Sá levantou-se e o abraçou em agradecimento, dizendo-se emocionado.

Confio em você, e qualquer dúvida pode falar comigo. Pode ter certeza de que a cidade vai ficar aliviada, meu amigo.

Rodrigues Pereira retribuiu o abraço, devia muito àquele homem. Deixou-se ficar na mesa de reuniões, cofiando as pontas retorcidas do bigode, pensando. Decidiu que, dali em diante, acompanhar cada passo do inquérito, queria entender o que estava acontecendo.

6

A tradição das festas de primeiro de maio começou pelas mãos do velho Alboreto, antes até que houvesse sindicato, uma festa para agradar seus colaboradores. Tão grande foi o sucesso que o saudoso prefeito Toniquinho de Almeida resolveu incluir a data no calendário oficial da Prefeitura, com o apoio das forças vivas de Livramento, os clubes de serviço e a associação comercial, que sempre lhe rendiam dinheiro farto e palanque. Nem a prefeitura nem tais forças deixariam a irresponsabilidade de meia dúzia estragar a festa de todos, o congraçamento social.

Atentos, os jornais publicaram o tradicional caderno especial em comemoração à data, recheado de anúncios caros e fotografias de patrões e empregados se abraçando, homenagens aos operários do ano, aos comerciários campeões de venda, com ampla divulgação do calendário de atrações da Grande Festa, com destaque para o campeonato interfábricas de futebol, que reunia vinte e seis equipes de toda a região, e o torneio de truco, com prêmios em dinheiro para cinco primeiros colocados entre os noventa e quatro competidores.

A Prefeitura e a Associação Comercial sempre doavam os troféus para os torneios, o Sindicato da Indústria patrocinava jogos e guloseimas infantis, os vereadores investiam suas presenças mas não doavam nada. No início da tradição, havia um palanque para as autoridades discursarem, a banda militar dava uma canja, mas os fracassos de público e o avanço da música mecânica enterraram as duas tradições.

A prisão de Itamar, porém, trouxe para o primeiro plano o protesto dos sindicatos, coisa que antes ficava relegada uma meia dúzia de gatos pingados panfletando nas ruas e levando à praça faixas de protesto que ninguém lia. Os sindicatos resolveram ocupar o espaço mais central da cidade, a praça da República, e escolheram a liberdade de greve como tema central. Faixas gritavam "Abaixo a repressão", "Genésio está vivo", "Liberdade para Itamar", além de outros dizeres mal humorados. Em alguns cartazes, a foto do sindicalista preso parecia a de um cristo negro — sacrilégio! blasfêmia!, sentenciou o padre ao benzer o mais novo pavilhão da fábrica de bolachas Santa Maria.

Bandeiras de todos os sindicatos, federações centrais sindicais e partidos de esquerda tremulavam em mastros de conduíte, acima das cabeças de milhares de operários que povoaram o lugar, a maioria com suas famílias, crianças encarapitadas nos ombros dos pais, ou brincando no jardim sob o olhar terno das mães.

Os oradores se revezaram no palanque, discursando sobre a difícil conquista da liberdade sindical, a repressão policial às greves na História, especialmente durante a ditadura empresarial--militar de 64, a prisão e assassinato de sindicalistas, as tentativas de destruição das entidades pela asfixia financeira, pela divisão das categorias, pela prisão e morte de sindicalistas no país todo, o menosprezo pelos acordos coletivos. Um orador denunciou que, desde o fim da ditadura, mais de oitenta sindicalistas haviam sido assassinados no país, e a polícia não tinha resolvido nem dez casos. Falaram sobre Itamar, para eles uma forma de repressão ao direito de greve, de castigo à classe operária de Livramento. Pediram a punição para os assassinos de Genésio. Os submarinos patronais, atentos a cada fala, anotaram tudo para relatar depois aos chefes, quem sabe ganhassem uma promoção.

Na vez dos metalúrgicos, Aurélio pediu um minuto de silêncio para Genésio e, depois de informar as condições da carceragem e convidar os companheiros a visitar Itamar, tirou uma folha de papel do bolso e anunciou que ele enviara uma carta.

A ideia tinha surgido quando, numa de suas visitas, o velho sindicalista informou que os sindicatos pensavam em dedicar o ato do primeiro de maio à libertação dele.

— Vai sê um dia de luta pela liberdade, pela democracia, e pela tua liberdade.

Itamar fez uma careta, não gostou da ideia de virar mártir, mas o outro retrucou, a expectativa era a de um grande ato popular.

— Falá sobre meu caso pode sê ruim, a imprensa vai dizê que

tô me aproveitando, mas talvez pode fazê sentido se a gente conseguí ligá isso à nossa luta.

— Mas tá ligado, Ita, cê num foi preso à toa, não. Cê tá sendo usado de exemplo, eles tão dando um recado pra todos os sindicatos.

— Talvez cê tem razão. Tão querendo dizê que greve é caso de polícia, que sindicato é criminoso.

— ... e que vão mandá pra cadeia quem fizé greve...

— Acho legal lutá por liberdade, mas num acho direito fazê de mim um cristo.

Aurélio concordou, com um gesto de cabeça. Itamar continuou:

— Que é que ocê acha de eu mandá uma carta pro ato? Alguém do sindicato pode lê. Tenho escrevido bastante, tô cumas ideia que achava bom falá pra todo mundo.

— Boa ideia, Ita, falá sobre o que?

— Sobre sindicato. Só vô precisá do Jairo pra dá uma boa consertada no portuguêis.

A carta foi escrita em dois dias, e Jairo não só fez a revisão como preparou o texto para publicar no *Ação Operária*, o boletim da entidade. Elísio tratou de publicá-lo também na versão *online* e enviou por *e-mail* para todos os operários da categoria e sindicalistas da cidade.

O caso de Itamar era conhecido, causava comoção, gerava piedade. Muitos dos que se espremiam na praça o haviam visitado na delegacia, outros já tinham experimentado a cadeia, por causa de uma bebedeira ou briga de bar. Joel e seus amigos, misturados à multidão, perceberam que não seria lucrativo vaiar, mas recusaram-se a aplaudir, guardando um desrespeitoso silêncio em braços cruzados.

A carta do prisioneiro se concentrava na união e mobilização da classe operária para resistir à ofensiva patronal contra os direitos dos trabalhadores. Dizia que, para alcançar seus objetivos de lucro, os patrões queriam enfraquecer os sindicatos e dividir as categorias profissionais, e que essa tática tinha que ser rechaçada.

— Essa agressão patronal — leu Aurélio —, é a confissão de que o sindicato é ferramenta eficaz de resistência à ganância das empresas, que colocam o lucro acima da dignidade dos operários. Sabem que não podem fazer tudo o que querem enquanto houver sindicato. Se eles conseguirem destruir nossas entidades, a classe operária vai voltar ao tempo da escravidão. Eles sabem disso, companheiros, por isso nos atacam de todos os lados. Corrompem trabalhadores, como é o caso notório do foragido Cláudio, que tantos males causou aos metalúrgicos. Seduzem os trabalhadores com falsas promessas e com engodos de ganhos, que nunca cumprem. Usam a polícia contra nossas greves, como os fazendeiros usavam os cachorros contra os escravos fugidos. Se a gente não tomar cuidado, vai voltar a moda da chibata em praça pública.

Com exceção da turma de Joel, o público irrompia em palmas a cada momento, para explodir ao final, quando o sindicalista encerrou desejando "vida longa aos sindicatos, vida eterna à classe operária."

Enquanto Aurélio lia, o olhar de Guerino, presidente do sindicato dos têxteis, controlava a equipe de segurança montada por Amadeu, um companheiro da Tecelagem Santa Eugênia, que fazia academia e ganhava um extra na segurança de bares e festas. Amadeu chamou amigos decididos a descer o braço em qualquer um que quisesse encrenca. Seus homens vestiam camisetas vermelhas, identificadas nas costas com a palavra SEGURANÇA, em letras enormes, ai de quem se atrevesse.

Na plateia, Belinati e Vega, junto com espiões da Polícia Militar, monitoravam discursos e palmas para depois reportar a seus chefes, informações que acabariam na mesa de Heinz.

No final da tarde, Lúcia visitou Itamar, surpreendendo-se com o número de operários no saguão da delegacia em pleno feriado. Estava alegre, o ato fora bom, e trazia Anacleto pela mão, feliz por, finalmente, poder ver o pai, uma concessão do coração mole de Felisberto.

O carcereiro, desta vez, não ficou à porta, ouvindo. Depois que percebeu Itamar e Lúcia chorando, abraçados ao filho, resolveu deixá-los em paz.

7

O melhor das aulas com Paulo Furacão era passar o domingo no sítio de Heinz, comer e beber como príncipe, ouvir a aventuras do mestre entre uma aula e outra. Mas às vezes Joel não queria nem levantar da cama, a ressaca da campanha latejando na cabeça. Eram dias em que as horas se arrastavam, como naquele em que o velho começou a falar sobre como usar os estatutos do sindicato contra a diretoria. Depois do almoço, um joelho de porco assado, ele não queria mais nada senão vadiar. Mas Furacão insistiu:

— Nada disso, Joel, você tem muito o que aprender ainda.

— Pois é, mas tem muito tempo, né? A eleição é só daqui a dois anos...

— E você acha que isso é muito? Se a gente tivesse aula todo domingo, como eu queria...

— Deus me livre!

— A gente tem que aproveitar o tempo, porque logo, logo o Rubens te solta no mundo, vai ter que voar sozinho.

— Não vejo a hora!

O velho percebeu que não era o dia do aluno, estava disperso, incomodado. Insistiu mais um pouco, por dever de ofício, mas se convenceu que continuar seria perda de tempo. Azar, com aula ou sem aula, o dele estava garantido. Foi ao bar e serviu duas doses caprichadas do uísque de Heinz.

— Está acontecendo alguma coisa, garoto? — perguntou, sentando-se ao lado de Joel e entregando-lhe um dos copos.

O rapaz bebeu um gole da bebida, que maravilha!, e respondeu:

— Não, nada especial. Apenas tô cansado, é reunião quase toda noite, churrasco na casa de um, encarar bêbado no bar, ouvir conversinha de otário, preciso de uma pausa.

Paulo sorriu, provocou:

— Eleição é assim, é trabalho duro.

— Eu sei, eu sei...

— Então, o que é, desembucha logo!

Joel soltou um longo suspiro, bebeu um gole ainda maior de uísque, e mexeu com o dedo o gelo no copo antes de responder:

— Será que vale a pena? Será que tô fazendo certo, que dá pra ganhar? Não sei.

— Ninguém sabe. Por isso, política é arte, tem ciência, mas também tem que ter intuição, sensibilidade.

— E Itamar? Como enterrar esse salafrário?

— Itamar tá na cadeia, esquece. Pensa na tua campanha.

— É, mas tá sempre em evidência, todo mundo só fala nele. De repente, sai da cadeia e me fode a vida.

Furacão levantou-se para servir-se de mais uma dose, uísque bom aquele, Joel lhe estendeu o copo vazio, também queria mais.

Quando voltou ao sofá, o velho sindicalista respondeu:

— Mais um motivo para você estudar os estatutos.

— Estatuto não é voto, chefe. É um negócio chato que não leva a lugar nenhum.

— Joel, você tem que dominar o sindicato, conhecer a estrutura da entidade, cada detalhe é importante. Você já começou a filiar gente?

— Ainda não.

— Pois trate de começar. Só os sócios votam. Associar gente vai ajudando a fazer seu eleitorado.

— Porra, tô denunciando essa diretoria de tudo o quanto é falcatrua, todos os dias. Isso não faz meu eleitorado?

— Faz, também, mas não é suficiente. Tem que ter muito mais.

— O que posso fazer pra manter aquele bosta do Itamar na cadeia? Esse filho da puta me tira do sério.

— Você já está fazendo, lançando acusações contra ele, ajudando a polícia.

Rubens juntou-se a eles na terceira dose, quando o sol já descaía para o horizonte. Trazia o pagamento do professor e uma notícia para o aluno.

— Doutor Heinz decidiu acelerar sua formação, Joel, vamos ter aula todos os domingos a partir de agora.

— Putaqueopariu! Assim, não tem saco que aguente! — protestou.

Paulo riu enquanto guardava o dinheiro na carteira e Rubens explicava que Heinz achava que ele ainda estava muito verde, mas Joel sentia falta de dormir até tarde no domingo, de se embebedar no sábado sem se preocupar com o dia seguinte.

— O garoto acha que estatuto é chatice, quer dirigir uma entidade que não conhece. Precisa deixar de preguiça.

Depois que Paulo foi embora, Rubens explicou que Heinz entendia o lado dele e que esse aumento de aulas seria remunerado, era trabalho, afinal, e que era preciso organizar logo a oposição sindical.

— Seu Paulo me disse que vai falar sobre isso na semana que vem.

— Para isso, você terá que se esforçar mais. Essa história de não querer estudar os estatutos é burrice. E você não tem querer aqui, tem que aprender tudo o que o Paulo ensinar, ou então a gente para o projeto, acaba a grana.

Joel entendeu o recado, estudaria os estatutos, estudaria em casa, à noite até, qualquer coisa para ganhar dinheiro, mas não naquela hora, quando os vapores do uísque lhe traziam os olhos de Amélia no cheiro de Valéria.

8

Lá estava o pontinho de luz piscando na tela, indicando a chegada do inquérito, mais um pedido de adiamento, sem dúvida, o delegado era um vagabundo, oito meses para resolver um caso fácil, de solução pronta. Sem muito entusiasmo, abriu o arquivo e começou a ler os novos depoimentos. Um após o outro, ninguém tinha visto nada, ninguém sabia se Itamar era violento, ninguém jamais tinha visto Itamar brigar com Genésio, ninguém sabia de qualquer malfeito do investigado nas finanças do sindicato. Ninguém conhecia os homens que iniciaram a briga, e muitos afirmaram mesmo que eles não pareciam operários, tinham a cara estranha. Repetição de todos os depoimentos anteriores, uma merda, pra que registrar isso? Vicente não reprimiu uma careta, certo de que Itamar era culpado e quanto mais as testemunhas se calavam mais certeza ele tinha, vagabundos agiam assim, espalhando medo para ganhar o silêncio.

A nova perícia confirmou a presença das digitais de Itamar no cassetete, nem perdeu tempo lendo. Mas leu com muita atenção o último depoimento, prestado por Anselmo Resende, testemunho combinado entre Rubens e Romeu dias depois do barulho na assembleia. Romeu concordou sob a condição de que seu braço direito só depusesse na polícia, nada de Justiça, nem pensar, e concordava apenas daquela vez, para quebrar o medo dos trabalhadores, estimular outros depoimentos. Anselmo se apresentou ao delegado espontaneamente, para auxiliar a Justiça.

Ele relatou que ia a caminho da pensão Luar de Almería, naquela mesma rua, para arrumar sua mala e voltar para São Paulo. Era casado, pai de dois filhos, e representava um conceituado laboratório farmacêutico. Passou pela assembleia no momento da briga, gente correndo para todo lado, chegou a pensar em entrar em algum quintal.

— Foi horrível, doutor. Parecia uma guerra civil, mas só um lado estava armado. Não reconheci ninguém, mas é natural, não sou daqui. Meu trabalho é visitar as farmácias da cidade e região. Era o meu último dia, e eu estava indo para a pensão quando passei pelo local. Levei alguns encontrões, quase me derrubaram, tive que me desviar de uns dois ou três caras com bastões, não consegui ver a cara deles, não senhor, estavam fugindo, tinha muita gente correndo.

A testemunha se esmerou na descrição da pancadaria, mas logo chegou ao que interessava:

— Vi quando dois negros brigavam no meio da rua, um deles armado e o outro não, apenas tentando se defender. O que estava com o porrete era mais baixo, gordinho, mas conseguiu acertar a cabeça do outro, e continuou batendo depois que ele caiu. Quantas vezes, doutor? Não sei, umas três ou quatro, talvez, não contei. Sei que o mais alto ficou estendido no chão. O crioulinho largou o porrete e se ajoelhou ao lado do corpo e gritou por socorro. Acho que o valentão gritou para disfarçar, talvez, não sei. Não conheço nenhum deles, não senhor, não sei se os reconheceria, foi muito rápido.

O delegado mostrou algumas fotos para o depoente.

— Não quero cometer injustiça, preciso olhar bem. Esse aqui não é, não, o cabelo deles não era branco. Esse aqui tem a cara muito quadrada. Esse aqui, com certeza, é o que morreu. Quase careca, magro, é ele. Esse aqui... parece o cara que matou... deixa eu ver melhor, tem mais fotos dele?, não?, que pena, vou olhar bem. Sim, a carapinha é a mesma. O nariz chato também. E esse olhar de bandido, é ele, com certeza, é ele! Não, não sei quem é, não, senhor, mas sim, doutor, não tenho nenhuma dúvida, foi esse que bateu com o porrete na cabeça do outro até matar.

O promotor exultou quando o delegado registrou que a testemunha reconheceu Itamar como o agressor de Genésio. Estava ali a confirmação da autoria. O relatório final do inquérito confirmou a convicção policial de que Itamar era o assassino. Entusiasmado, abriu o editor de textos e começou a redigir. Carregou o texto que já tinha rascunhado e o foi adaptando para o depoimento de Anselmo, chamando a atenção para a qualidade da testemunha, um respeitável pai de família, e sua cautela na identificação do assassino. Chamou a atenção também para a dificuldade que o delegado tinha encontrado para coletar os depoimentos, com certeza porque as testemunhas estavam amedrontadas pelo assassino, prática muito comum dos bandidos para calar seus acusadores. Felizmente, a paciência da polícia tinha vencido a lei do silêncio, e Itamar iria pagar pelo seu crime.

Quando terminou de redigir a peça acusatória, inseriu-a no sistema, ligou para Heinz informando a novidade e foi para casa, desfrutar seu charuto predileto e o melhor uísque escocês, com consciência do dever cumprido.

Efeito e intenção

1

A notícia ocupava quase toda a primeira página do *Diário*, com a foto do promotor dominando a matéria:

O Ministério Público, na pessoa do Promotor de Justiça doutor Vicente Augusto, ofereceu ontem denúncia contra o presidente do Sindicato dos Metalúrgicos, Itamar da Silva, pelo homicídio de Genésio Costa, ocorrido há oito meses. No jargão jurídico, denúncia é a petição em que o promotor acusa o réu do crime e pede a abertura de processo-crime. O Juiz de Direito da Comarca, doutor Ernani de Oliveira e Sá, determinou a autuação do processo para a coleta das provas. Segundo fontes do Poder Judiciário, inúmeras serão as testemunhas a serem ouvidas nessa fase, sem previsão de data para término. O réu, Itamar da Silva, está preso desde abril e seguirá na carceragem da delegacia até o julgamento.

Entrevistado, o promotor se disse "confiante na condenação do réu, cuja culpa será amplamente demonstrada, acima de qualquer dúvida, no decorrer do processo". A pena, esclareceu "o ilustre Promotor, deverá ser alta diante da presença dos agravantes, que também serão minuciosamente demonstrados." Procurado, o juiz "recusou-se com delicadeza a comentar, emitindo lacônica nota em que, depois de pedir escusas pelo silêncio, explicou-o como sendo 'imposição do princípio da imparcialidade do juízo'".

A *Folha Liberal*, bissemanário de baixo coturno, usou a primeira página inteira, reproduzindo praticamente toda a matéria publicada pelo concorrente, mas teve o cuidado de entrevistar também o delegado de polícia, o doutor Luizinho, migrante que amava a cidade como se filho da terra fosse, e do comandante da PM, o bravo capitão Fontenele, cuja agilidade na intervenção preveniu a ocorrência de tragédia maior. O que o jornal não pôde publicar foi a entrevista com o facínora, apesar de garantir ao juiz que não faria perguntas relativas ao processo, para não comprometer a imparcialidade da Justiça, mas sua Excelência decidiu negar a autorização, argumentando que qualquer manifestação do réu poderia afetar a lisura do trabalho judicial.

A denúncia também surpreendeu Aurélio, porque Jairo estava certo que não havia prova contra Itamar, e ele correu para a delegacia para confortar o amigo, que estava ficando cada vez mais confiante no arquivamento do inquérito.

Heinz explodiu de alegria ao ler a notícia no café da manhã, mas não perdeu muito tempo a comemorar, ainda não era o desfecho e ele só ficaria feliz quando o petulante estivesse na penitenciária, lugar ao qual pertencia, junto aos outros facínoras, e tratou de organizar o próximo passo. Sem sair da mesa, mandou mensagem de celular para Hermínio, Giovanni, Antonia e Andreatta, convocando-os para uma reunião extraordinária, para tratar das providências que a nova fase do processo exigia.

Quando a informação já explodia no chão de fábrica pelos celulares dos operários, Aurélio chegou à delegacia para contar a novidade a Itamar, mas Felisberto já se havia antecipado, quando levou a ele o café da manhã.

— Tô fudido e mal pago! — explodiu Itamar, assim que Felisberto o informou. — Como eles consegue, caralho? Eu não fiz porra nenhuma!

— Acredito em você, muita gente aqui acredita, você vai derrotar essa sujeira. Tenha fé.

— Na Justiça? Em Deus? Fé na putaqueupariu!

— Em si mesmo, menino, em seus amigos. Você vai reverter isso!

Nando, na cela vizinha, meteu o bedelho.

— Tu num tá sozinho, mano. Tem adevogado, uma pá de gente que te apoia. Vai pra cima.

— Cêis tão me pondo maluco, caralho.

Felisberto saiu, abanando a cabeça, Nando voltou para o fundo da cela antes que o seu café esfriasse. Itamar sentou-se no catre, sem fome, a cabeça latejando de raiva, tentando pensar, as palavras de Felisberto se misturando com as de Nando, emaranhadas com as de Aurélio, suas conversas, as cartas, um turbilhão de coisas. Sem perceber, tomou um gole de café e mordeu a fatia de pão com margarina, e afundado em pensamentos também não viu quando Aurélio chegou.

— O que é que nóis vai fazê, companheiro? — perguntou ao mais velho.

— Jairo tá trabaiando nisso. Dizque vai seguí teu conselho, vai pra São Paulo falá no Tribunal, me pediu pra í cum ele.

— Bão! Temo que falá com todo mundo. As testemunha, o delegado, os cara das prova, o promotor, esse juiz...

— O juiz acho que num adianta nada. Ele é unha e carne com o promotor, num vai amaciá...

— Esse cara me dá nojo, Aurélio. Até meu sonho de sê juiz ele tá levando embora...

— Ainda tem esse sonho?

Itamar pensou antes de responder. Não tinha pensado nisso, ainda queria ser juiz?

— Sei não. Num sei mais o que vai acontecê comigo.

Aurélio sentiu o olhar do amigo se toldar, de um cinza diferente, não era tristeza, não era aflição, era uma luz nova.

— Vamo pensá no teu processo.

— Tenho pensado muito nisso tudo, companheiro, não só no processo. Lúcia e Anacleto, como vão vivê? Genésio não me sai da cabeça, Vitória, as menina... a situação delas vai piorá muito...

Aurélio fez um gesto de aprovação, mas não o interrompeu.

— E tô vendo que todo mundo tá cum medo. Tamo tudo nóis preso no medo, temo que arrebentá isso!

— Ninguém sabe direito o que fazê, tamo meio perdido.

— Mas nóis precisa reagí. Os patrão tá de olho, num podemo vacilá. Essa denúncia vai sê foda. Cê vai vê, eles vai ví pra cima de nóis.

— A gente pensa igual, cê num tá sozinho. Num parece, mas cê tá presente até nas reunião da diretoria, nos assunto da intersindical, todo mundo concorda cocê..

Felisberto se aproximou dos dois, trazendo uma fatia de bolo para o prisioneiro.

— É de onte, Berto?

— Não, Itamar, é de agorinha. Tua mulher acabou de chegar.

Itamar sorriu, triste, sentindo o peso da denúncia. Aurélio se despediu com um tapinha nas costas do amigo.

Nando aproveitou para pedir um pedaço de bolo, Itamar deu a fatia inteira, ver Lúcia lhe bastava.

2

O principal objetivo do Sindicato da Indústria naquele ano, baixada a poeira da greve e da violência na assembleia, passou a ser a implantação do salário variável, um marco nas relações de trabalho. Convencido de que aquilo era o futuro, Heinz já tinha decidido implantá-la até em sua própria tecelagem, sem acordo sem nada, incentivando as outras empresas do seu ramo a fazer o mesmo.

Além do salário variável, ele pretendia implantar na sua fábrica o sistema de meritocracia que Rubens tinha garimpado nalguma revista estrangeira. Os americanos sabiam das coisas, essa coisa de avaliação de desempenho era genial.

— Os colaboradores de cada equipe analisam o trabalho de seus colegas — explicou-lhe o assessor. — Depois, a chefia avalia seus subordinados, e essas avaliações vão para os Recursos Humanos, para pontuar e determinar as necessidades e méritos de cada um, e remete tudo para a diretoria.

— E quem avalia as chefias? — perguntou Heinz.

— Na sua fábrica, quem o senhor quiser.

Perfeito.

— E as equipes não avaliam os coordenadores de linha, as chefias...?

— Nem pensar, doutor! Só a chefia tem a visão do quadro geral e a imparcialidade para isso.

Precisava avançar com as mudanças na metalurgia. Eram o maior e mais rico setor, se eles não aderissem, suas ideias fracassariam nas tecelagens.

A diretoria patronal começou a chegar e Rubens voltou para seu cubículo.

Andreatta, o novo rico, foi o primeiro, ansioso por mostrar serviço. Era um fracassado, pensava Heinz, nunca ia passar do serviçal que sempre fora, mas recebeu-o com um sorriso e um abraço.

Heinz interfonou para a copa, pedindo a café e bolachinhas, reprovando, em silêncio, o terno barato, de mau gosto, do outro.

— Seu Heinz, a coisa não tá boa pro meu lado, não, senhor.

— Diga como posso ajudá-lo, meu amigo.

— O pessoal não gostou nada desse negócio de prêmios. Teve um cara que me enfrentou na reunião, dizendo que isso não prestava.

— Eu me admiro pelo gosto de vocês de fazer reunião com os colaboradores...

— Não tem outro jeito, não...

— Tem, sim, se você quiser. Baixa um comunicado dizendo que a empresa decidiu conceder os benefícios, para melhorar a vida deles. É o que eu fiz na minha. Se alguém abrir a boca, vai pra rua!

— Eu até tentei, mas não deu certo, não. Começou um zunzunzum lá dentro, ameaçaram greve, tive que gritar com uns vagabundos lá.

Giovanni chegou trazendo Antonia a tiracolo, seguido por Hermínio.

Heinz pulou a conversa fiada, foi direto ao que interessava.

— Tenho acompanhado a implantação da nova política salarial na metalurgia, com preocupação. Por que é que vocês estão patinando?

— Estamos avançando — respondeu Giovanni. — Estamos conseguindo convencer os colaboradores, apesar da resistência do sindicato e das lideranças da greve.

— Essas lideranças são um estorvo, um atraso de vida — emendou Hermínio. — Mas a gente não está demitindo ninguém ainda, para não reacender o ressentimento.

— Por mim, já tinha mandado todo mundo embora, cambada de sem-vergonha — continuou Antonia.

— Devagar, mocinha — repreendeu Heinz —, de uma vez só não dá certo, mas já acabou a estabilidade do acordo, e não ninguém pode criar cobra Temos que ter um planejamento para demitir os safados, mais do que isso, um plano para que eles não encontrem mais emprego em Livramento. Mas tem que ser devagar, ir medindo a reação deles, até chegar nos graúdos.

— Isso é idiotice — protestou Giovanni. — Não vou mandar um cara embora se ele for importante para mim. Tenho que apoiou a greve, mas tem conhecimento do trabalho, tem experiência, não dá para mandar embora.

— Te vira, Italiano! — ordenou Heinz. — Faz coração duro, ninguém é insubstituível.

— Também tenho esse problema, gente! — disse Hermínio.

— Então, vão foder vocês dois.

— Pois eu vou demitir esses moleques de uma vez, me livrar logo.

Giovanni riu, Antonia era pior que Heinz.

Aos poucos, Heinz conseguiu convencer Giovanni e Hermínio a usar a demissão dos piores, para quebrar resistências. Antonia, que insistia no facão coletivo, teve que ceder à maioria e agir com mais sabedoria. Combinaram demitir as pequenas lideranças aos poucos, com informação ao sindicato patronal, que espalharia os nomes para todas as indústrias, uma lista de excomungados. Combinaram também um prazo para implantação definitiva do sistema variável.

A cereja do bolo era Itamar. Sindicalista, só podia ser demitido depois do fim do mandato. Mas Heinz não aceitava isso, fosse empregado dele, sindicalista ou não, já estaria no olho da rua:

— O Felix aqui é a chave do nosso problema. Ele tem que demitir Itamar.

— Como? — admirou-se o ex-metalúrgico.

— Vamos parar por aqui, Heinz — protestou Giovanni, novamente. — Temos que ser habilidosos, não carniceiros.

— Meu querido, as coisas não funcionam assim mais. Estamos perdendo tempo.

— Estou de acordo, Heinz — Antonia não negava fogo.

— Não dá para demitir Itamar, mesmo que a gente quisesse, e eu quero — disse Hermínio, pragmático.

— Também acho que não dá, ele tem estabilidade — aduziu Felix, meio assustado com a conversa.

— Isso a gente resolve, temos advogados para isso, pode sossegar. Mas ele tem influência, ainda não dá para se livrar dele, mas essa limpa que eu estou propondo vai minar o sindicato, preparar o terreno — respondeu Heinz, a um passo de perder a paciência. — E você, Felix, toma vergonha na cara e demite logo os amigos do bandido, especialmente os que tiverem alguma liderança. Já devia ter feito, aliás. Se a gente fizer direitinho, logo não vai ter ninguém no chão de fábrica para defender o filho da puta.

Sugeriu também uma campanha de informação, via redes sociais, sobre o processo de Itamar, reprodução de depoimentos, da denúncia, de falas do promotor, e tudo o mais que o incriminasse, sendo verdade ou não. Só não disse que a boataria já estava acontecendo, pelas mãos de Rubens na campanha de Joel.

— Já tenho uma equipe montada aqui para disparar essas mensagens para as fábricas. Bastará vocês encaminharem para os colaboradores. Ele tem que ficar mais sujo que pau de galinheiro.

Só Giovanni não gostava da política de Heinz, mas foi voto vencido. Antonia, por motivo diverso, também saiu contrariada, achava que era muita colher de chá. Heinz e Hermínio, porém, estavam plenamente satisfeitos.

Félix Andreatta, em sua primeira reunião com os mandachuvas, estava aturdido, tentando assimilar. A maioria dos que estavam com ele tinham sido colegas de chão de fábrica anos antes, quando a Zeta era só setor da fábrica e ele era só mais um empregado, não estava nada feliz em ter que demitir alguns deles. Consolava--se em saber que agora fazia parte da elite que manda na cidade, participava da mesa do banquete, *o resto que se foda.*

3

O testemunho de Francisco Menezes, o Chico Mineiro, operário de meia-idade, franzino, cabelo cor de areia desbotada, era o mais esperado. Ele surgiu depois que o processo crime já tinha sido iniciado, e o promotor se deliciou quando ele disse ao delegado que a pancadaria tinha sido iniciada por gente da diretoria.

— Vossa Excelência quer que eu o mande conversar com o senhor? — perguntou, macio, o delegado ao promotor, tentando ganhar pontos.

— Não é preciso, Doutor, o depoimento é suficiente, vou juntar ao processo e convocar o homem — respondeu Vicente, avesso a receber qualquer um em seu gabinete.

Nas cadeiras que o juiz mandou colocar na sala de audiência para acomodar o público, grande graças à imprensa, amontoavam-se, ansiosos e falantes, advogados, estagiários, curiosos, jornalistas. Itamar, ao lado de Jairo, de frente para a testemunha, procurava olhar fixo para a parede, o rosto impassível. Vicente não escondia a alegria, Jairo consultava papéis.

— Senhor Francisco, vamos ser rápidos aqui para economizar o tempo de todo mundo. O senhor disse ao delegado que o sindicato começou a briga. Quero apenas que o senhor confirme — começou o juiz, amistosamente.

Chico Mineiro, porém, disse que não tinha sido bem aquilo, o que irritou o juiz, que insistiu, *o senhor mentiu?*, Chico se calou, o juiz o intimidava, mas pior do que a cara foi a visita que Aurélio lhe fez em casa:

— Cê tá quereno o que, Orélo? Vô mintí não.

— Num quero que o cê minta, não, Chico. Quero que cê me diz se tudo o que tá aqui é verdade — insistiu Aurélio, mostrando o depoimento dele juntado no processo.

Chico pegou o papel e leu devagarinho.

— Disse isso não, sô!

Aurélio quase não acreditou, santa hora que decidira falar com o operário.

— O que cê disse, então, pra tá desse jeito?

Chico explicou, e Aurélio exigiu que ele esclarecesse ao juiz quando fosse testemunhar no Fórum, que dissesse a verdade, se é que era homem. Chico engoliu a ofensa, disse que sim, ia consertar aquilo.

Os olhos de Chico percorreram a sala e encontraram os de Aurélio.

— Num minti não, seu dotô promotô. O hómi num intendeu o que eu disse, porque num falei que foi o Itamar, pelamordedeus. Foi que, no começo do furdunço, eu achava que podia sê eles, só que podia sê, entendeu?, e podia num sê, foi o que eu disse, podia sê, porque a coisa tava mar parada pro lado deles, mas num afirmei afirmado que era eles os brigão. Capai. Isso não.

— O delegado entendeu mal, então, senhor Francisco — pressionou o juiz.

— Craro, seu dotô! — disse a testemunha, voltando-se para Oliveira. — Ele tava correno daqui prali, o coitado, ia e adespois vortava, ficava um poco e saía de novo, coitado, tinha muita atrapaiação naquele dia, e eu acho que foi por causa disso que ele entendeu daquele jeito.

O sangue subiu ao rosto de Vicente, mas ele percebeu o sorriso leve de Jairo, e teve uma ideia:

— O senhor sabe me dizer quando o advogado do réu visitou o senhor?

— O dotô Jairo? Na minha casa?

— Ah... o senhor conhece o advogado...

O juiz percebeu hesitação da testemunha, pressionou:

— Responda à pergunta, senhor Francisco: quando o advogado do réu Itamar visitou o senhor?

— Craro que eu conheço o dotô Jairo. Ele já foi meu adevogado num processo, imagina o sinhô que o patrão me dispidiu e num pagô meus direito, nadinha...

O juiz pressionou de novo, naquele mato tinha coelho.

— Quando o doutor Jairo conversou com o senhor sobre esse processo aqui, senhor Francisco? Se o senhor não me responder, eu vou processar o senhor...

— Faiz isso não, dotô juiz. Eu respondo. O dotô Jairo nunca foi na minha casa, num falo cum ele desde que ele ganhô meu processo, já faiz mais de ano.

— E ele não falou com o senhor sobre esse processo em lugar nenhum, no sindicato, na rua, ou por telefone?

— De jeito manêra. Ele só falô comigo, pra mais de ano, sobre meu processo, disso aqui nóis nunca falamo, não sinhô.

Vicente, cara de poucos amigos, fez menção de falar, mas o juiz o conteve com um gesto, e passou a ditar um resumo do depoimento para a funcionária. O público continha a respiração, o promotor retomou, Chico respondeu:

— Quem começou aquele motim? Vi, sim, sinhô dotô juiz— respondeu Chico. — Foi uns desconhecido, uns cara forte, com tênis de marca, até contei prum desenhista da delegacia e ele fez a cara dum que eu guardei a fuça, mas num conheço, não sinhô. Pódi sê que era pau mandado de arguém, mas num sei, pódi sê otra coisa tamém, como teve o acontecido quase que nem esse no ano passado, quano começô um pau numa runião dos tecelão, e num foi tecelão quem feiz a bronca, tamém num sei quem eles era.

Com um gesto brusco, o juiz Ernani de Oliveira e Sá calou a testemunha e ditou um resumo dessa fala, omitindo o detalhe do retrato falado, que não escapou a Jairo, que requereu que isso fosse mencionado.

— É irrelevante, Doutor.

— Pode ser que sim, Excelência, mas foi dito e a ata tem que ser fiel à fala, para não manchar o processo.

— Doutor, acho que podemos avançar sem isso.

— Vossa Excelência é quem sabe. Posso pegar a declaração da testemunha depois e juntar no processo.

Era uma porta que Ernani não queria abrir, quem sabe o que o pulha do advogado incluiria no documento? Cedeu.

Depois, o juiz perguntou à testemunha sobre conflitos entre o réu e a vítima.

— Eu mesmo num sei de nada, só vi nas mensage do celular que o Itamar tinha matado o Genésio porque tava seno corneado, isso tem nos grupo. Quem mandou, seu dotô? Sei não sinhô, seu dotô juiz. A engazupada começa do nada, com um que manda pro ôtro, que manda pro grupo e aí tá feita a disgraceira, ninguém mais sabe mais quem começou, e pódi ser quarqué um.

— O senhor presenciou, viu, alguma vez, alguma coisa entre eles? — insistiu .

— Não, seu dotô, nunca vi nada, não sinhô. Itamar e Genésio era cu e carça, num se largava pra nada. Se a Vitória brigava com a Lúcia? Como vô sabê? Num conheço elas, não, dotô. Dizque são muito chegada, mas num sei dizê.

— E de que grupos o senhor está falando, seu Francisco? — perguntou Vicente.

— Dos colega, dotô. História tem muita, seu dotô. O povo gosta de falá, cruzcredo. Tem essa uma, e tem uma otra de que o Itamar metia a mão na grana do fundo de greve, isso é de revortá quarqué um que sabe como funciona no sindicato. É um comitê que toma conta, eles adora fazê comitê, comissão, grupo disso, grupo daquilo, e num tem jeito de um ficá sozinho com a grana.

O juiz registrou a suspeita de corrupção e insistiu, queria saber quem havia enviado essas mensagens.

— Ah, isso um sei, não sinhô, pode vim de quarqué um, dos colega, dos pelego, dos fura-greve, num sei mesmo. O que é pelego? É os cara que faiz de conta que tão lá pra defendê a gente e no finar ele qué é defendê os patrão. São os traíra, os topêra, os sumarino, são pior que patrão, porque o patrão é isso mesmo, né?, qué tirá o dele e que se foda os pequeninho, mas os pelego é pió porque se faiz que é da gente, esses é que nem escorpião na bota. Se tem pelego lá? Mas craro que tem, pelego é praga, tem em todo lugá. A gente tem que ficá esperto.

O juiz devolveu a palavra ao promotor, que não perguntou mais nada.

4

O dinheiro fácil do sindicato patronal elevou o padrão de vida de Joel. Novos móveis guarneceram sua casa e o carro velho passou por revisão completa — podia, mas não queria trocar de carro até estar com a chave do cofre da entidade — e a campanha se multiplicou em faixas, cartazes e adeptos. A surpresa, para todo mundo, foi a publicação de seu artigo criticando o sindicato no principal jornal da cidade. Ninguém sabia que ele escrevia tão bem! O artigo logo foi reproduzido em folhetos para distribuição em todas as fábricas, e afixação nos quadros de avisos empresas, enviado por mensagens para os celulares.

— Temos que pegar nosso inimigo pelo fígado — dizia, a portas fechadas, para seus escudeiros. — Itamar é o culpado pelas demissões e ganchos nas fábricas. O pessoal tá comendo o pão que o diabo amassou desde que ele publicou aquele maldito artigo. Temos que denunciar isso.

— De acordo, Joel — apoiou Custódio, com o assentimento de Honorato.

— Temos que denunciar esse assassino que só emporcalha nossa categoria — continuou o candidato.

— Ele posa de santo, mas a gente sabe que é um sacana.

— Sei não... — relutou Durvalino, antigo ativista de Cláudio, trazido por Custódio. — A gente pode despertá pena dos colega se batê demais.

A ideia de que eles corriam o risco de transformar Itamar em mártir era horrível, e todo mundo refletiu sobre ela, olhos postos em Durvalino. Mas Custódio, sempre aguerrido, quebrou o encanto:

— Nada disso, Lino — retrucou —, temos que subir a fervura. Quanto mais polêmica a gente criar, mais Joel vai aparecer.

Cassiano e Elias concordaram. Elias, a mais recente aquisição de Rubens e o mais decidido, odiava Itamar, tivera com ele uma rusga no passado, queria dar o troco.

— A gente não precisa se preocupar com isso não. Temos que atacar o cara de todo lado. Aproveitar as mensagens contra ele e fazer mais um monte, todo dia, não deixar ele respirar.

— A gente precisa tê uma cara mais forte também — concordou Durvalino. — Joel é nossa marca, nosso líder, mas num pode parecê que tá sozinho.

— Não tem cara mais forte do que Joel, Durvalino — rebateu Custódio, mas Joel o calou com um gesto, queria ouvir mais.

— A gente tem que colocá nos folhetos uma marca, e não só um nome...

— Que marca, Lino?, para com isso, vamos continuar aqui — interrompeu de novo Custódio, de novo calado por Joel.

— Nossos artigo podia sê assinado por uma oposição sindical, com nome próprio, pra mostrar força.

— Ah, que bobagem... — irritou-se Custódio.

Mas Joel concordou — essa tinha sido a aula mais recente de Furacão, tem que mostrar consistência, peso político.

— Você é conhecido, mas sozinho tem pouca força. Se for o chefe de um grupo, você ganha mais respeito, vão te olhar com outros olhos — ensinara o mestre.

— Eu já tenho meus amigos, Fura, eles me apoiam, fazemos tudo juntos.

— Mas ninguém sabe. Dá um nome pra sua turma, você vai ver a diferença.

Paulo Furacão contou-lhe, então, a história de sua ascensão no sindicalismo, quando se integrou à oposição à ditadura militar, dentro do movimento sindical, para disputar o espaço da esquerda na categoria.

— A gente tinha que roubar as palavras de ordem deles, Joel, eles eram fortes, foi uma época muito tensa. Batizamos nosso grupo de Oposição Sindical União e Liberdade, duas coisas que a esquerda sempre falava, unir os trabalhadores para derrubar a ditadura. Depois que a gente fez isso, nosso trabalho apareceu muito mais, a gente ganhou muito espaço.

— Você acha mesmo que isso ajudou?

— Sim, claro, e ter um jornal também. Um jornal de gente grande, com nome, logotipo, feito na gráfica.

— E como vocês conseguiam dinheiro?

— A gente fazia vaquinha, festas, isso que você faz, mas a coisa andou de verdade quando um colega conseguiu dinheiro de uma fábrica.

Paulo Furacão riu gostosamente antes de continuar:

— Foi até engraçado. Ele chegou no gerente e disse que os comunistas estavam muito fortes e iriam ganhar o sindicato. O cara ficou apavorado, contou para o diretor, e começou a chegar dinheiro suficiente para tudo. O medo dos comunistas é muito eficiente.

Honorato concordou com Lino, tinham que ter uma cara própria, ser diferentes de Itamar.

— A gente tem que ser o novo, a mudança, Custódio.

— Bobagem, a gente tá crescendo bastante.

— Não é bobagem não, minha gente — disse Joel. — Lino tem razão, nosso movimento fica mais forte.

Custódio não gostou, mas Joel socorreu seu ego ferido. Era seu principal apoiador, o que mais se entregava à campanha, não podia deixá-lo ficar mal.

— Mas o Custódio aqui também tem razão, porque essas coisas têm que ser bem boladas pra chamar a atenção do jeito certo. Se errar a mão, a gente perde espaço.

Joel tinha na cabeça o sucesso dos artigos de Itamar, que a imprensa sindical publicava, dando-lhe relevância, enquanto o dele tinha ido para a imprensa comercial, não era o mesmo mundo. Fazendo de conta que estava inventando na hora, Joel olhou para o teto, coçou o queixo como quem pensa e de repente abriu um sorriso:

— Que tal a gente assinar como *Oposição Sindical União e Liberdade*, o que vocês acham?

— Boa, Joel! Ninguém é contra isso — entusiasmou-se Custódio.

— A gente pode ter um boletim impresso e enviar notícias da campanha pelo celular, montar um blogue, um canal na internet pra falar direto com o pessoal, com bastante gente aparecendo. Podemos trazer o pessoal do chão de fábrica para dar opinião, aparecer.

— Sensacional! — aprovou Durvalino.

— E o melhor é que os artigos que falam sobre você vão ser assinados por outras pessoas. Sabe como é, as pessoas não gostam muito de elogio em si mesmo — completou Custódio.

— Foi exatamente isso o que pensei — disse o candidato, sorrindo para Custódio.

— Um desenho ia bem também, um punho fechado, que é que vocês acham? — agregou Cassiano.

— Ih, cara, é um símbolo da esquerda... — preocupou-se Honorato.

— Melhor ainda! — concluiu Joel, piscando um olho. — Vamos pegar o símbolo dela e pronto, é nosso.

— Vamos dar um nome para nosso boletim também — disse Durvalino.

— É verdade — concordou Custódio. — Mas vamos deixar isso pra depois. Vou dar uma olhada por aí, depois a gente fala mais.

Decidiram intensificar a ação nos grupos de mensagens.

Dias depois, os oposicionistas começaram a multiplicar as mensagens prejudiciais a Itamar, aumentando uma coisa aqui, outra ali, inventando algumas.

Batizado por Amélia, *O Ferreiro*, órgão oficial da *Oposição Sindical União e Liberdade*, começou a circular estampando o novo logotipo, o punho fechado branco sobre fundo negro, foto de Joel contra o sol poente, olhando para o horizonte, e um artigo de elogios à mais nova liderança metalúrgica.

5

Foi no decorrer dos festejos do centésimo aniversário da indústria pesqueira que a comunidade sanjoanense homenageou seu mais recente herói, o paladino da Justiça, sua Excelência o Juiz Ernani de Oliveira e Sá, para agradecer o magnífico trabalho de sua Excelência no combate ao crime. Uma singela homenagem, diga-se de passagem, no baile final, proposta pelo segundo vice-presidente do sindicato patronal e líder da indústria pesqueira, Moisés Serpa.

Segundo a nota divulgada para a imprensa escrita, falada e televisada, ele mereceu a louvação por ter conseguido, "em tempo recorde, tranquilizar a família sanjoanense, atingida em seu âmago pelos infaustos acontecimentos de ano passado, nos crimes cometidos durante e depois da assembleia dos metalúrgicos, que resultaram na morte de um trabalhador".

As comemorações tomavam o final de semana e incluíam missas e cultos, a benção das sedes das empresas pelo padre da matriz, parque de diversões, exposição de produtos e subprodutos da pesca, e espetáculos gratuitos com artistas de sucesso, e culminavam, na noite do sábado, com o baile, ao qual comparecia uma seleta lista de convidados, a nata da nata da indústria, comércio e agricultura.

A grande mesa central do evento foi destinada à diretoria do Sindicato da Indústria, autoridades locais e a ilustre presença do homenageado. Heinz Schmidt, o presidente da entidade, num gesto humilde, cedera o lugar de honra ao líder das pesqueiras, preferiu sentar-se entre o juiz e o promotor, com os demais diretores, o prefeito e o presidente da Câmara Municipal acomodados nas cadeiras ao redor. Ansioso com o andamento lento do processo, Heinz perguntou ao juiz sobre as perspectivas:

— Não há senão o caminho da pronúncia, doutor — respondeu o juiz. — Não vou dar nenhuma chance.

Heinz não entendeu, e o juiz não perdeu a oportunidade de mostrar sua erudição ao explicar que, por ter sido um assassinato, cabia a um júri, e não a ele, condenar o réu. Heinz continuou sem entender, e, com muita paciência, o juiz explicou que na primeira etapa seriam "produzidas as provas da culpa para que ele pudesse proferir uma sentença chamada de pronúncia, encaminhando o processo para o júri, e aí, sim, haveria a condenação, sem escapatória".

— Na prática, o que fizermos agora resolve a questão — agregou o promotor —, mas o júri tem que ser chamado para sacramentar, não tem como fugir do que a gente fizer agora... A partir da sentença de pronúncia, o réu não pode mais ser solto, inclusive.

— Além disso, ele perde outros direitos? — quis saber Heinz. — O cargo sindical, por exemplo?

— Ah, meu senhor — esquivou-se o juiz, já aborrecido —, isso é com os especialistas em Direito do Trabalho, não entendo da matéria.

Heinz fez uma careta, esperava que o juiz batesse o martelo para a demissão de seu inimigo.

— O que posso dizer é que temos feito progressos com as testemunhas — mentiu Vicente.

Heinz abriu um sorriso e virou-se para o promotor, interessado.

— Ouvimos treze testemunhas, até agora — disse o promotor, entendendo a deixa. — Eles morrem de medo de Itamar e do sindicato, é evidente, protegem-se atrás do silêncio. Mas dois deles testemunharam que o réu tinha ressentimentos e ciúmes da vítima. Parece que a vítima andava com a mulher do réu...

Heinz estava fascinado, querendo mais, e Vicente, não se fez de rogado:

— Segundo foi apurado, a vítima fazia sucesso com as mulheres, inclusive com Lúcia, mulher de Itamar, com quem chegara a namorar na adolescência. Há mensagens dos trabalhadores nos grupos do sindicato afirmando que Genésio tinha de novo conquistado Lúcia, situação que o réu havia descoberto dias antes da assembleia. Outra informação diz que a vítima descobriu que Itamar havia desviado dinheiro do fundo de greve, e que ameaçava denunciá-lo. Motivo não faltou para esse crime nojento.

O juiz olhou admirado para o promotor, o tal Chico Mineiro tinha sido um desastre, não tinham ouvido ainda o representante comercial, e Vicente tinha se recusado a ouvir a testemunha que próprio juiz havia indicado. Ernani suspirou, Heinz deixou escapar um assobio:

— Então, está provado!

— Sim, Doutor Heinz, estamos avançando — acrescentou o promotor.

Heinz voltou-se para o magistrado.

— E demora muito para terminar essa fase, Excelência?

— Depende do tempo que levar para ouvir as testemunhas. Temos já a perícia da arma do crime, com as digitais do réu nela, estamos fazendo uma perícia contábil nas contas do sindicato e temos uma testemunha que vai ser ouvida em São Paulo.

Heinz sorriu, perícia contábil era sempre feita por gente de confiança, ele conhecia os peritos, achariam as falcatruas, e a corneação de Itamar era uma delícia de ouvir: assassino, ladrão e corno era mais do que ele podia querer.

— Ele já está condenado, então.

— Vai ser xeque-mate!

Heinz sorriu de novo, sonhando que logo logo teria Joel no sindicato, uma nova dinastia nascia sob a batuta dele, e antevia a conquista dos outros sindicatos dos trabalhadores na indústria, e os tecelões seriam os próximos, que pena não poder criar sindicatos com liberdade, Livramento precisava crescer, progredir.

— Doutor Heinz — a voz esganiçada do juiz tirou-o do devaneio —, será que podemos avançar? Amanhã teremos uma audiência bem cedo.

Heinz pigarreou e olhou para Moisés e com a cabeça apontou para o pequeno palco. O segundo vice-presidente levantou-se, abotoou devagar e solenemente o paletó, e encaminhou-se até o microfone, ao mesmo tempo em que o volume da música baixava até quase cessar. Era chegada a hora da homenagem, todos os olhares se voltavam para ele, quanta emoção!

Serpa iniciou um entediante discurso laudatório, mas Heinz não ouviu, imaginando Itamar algemado saindo do fórum, com os flashes espocando na cara dele, a caminho da penitenciária para nunca mais.

6

O cheiro forte de urina com mofo e suor que dominava o ar só aumentou com o passar do tempo, mas Itamar, mês após mês vivendo no mesmo cheiro, já nem sentia, acostumado a tudo, ao fedor, à pouca luz, ao desconforto, à solidão, o catre duro. Livros e cadernos amontoavam-se num canto, havia fotografias na parede, uma garrafa térmica, pequenos confortos que Felisberto permitia. As visitas eram momentos especiais e Itamar as espichava o quanto podia, mas acabavam sempre, e ele voltava a tamborilar seus pensamentos.

Sentado no catre, ele namorava uma fotografia de Anacleto, o menino com o nariz pintado de vermelho, tirada num piquenique que eles tinham feito com amigos à beira lago. Era um gramado bem verde, à sombra de árvores ancestrais, com quadras de vôlei e minicampos de futebol, meninos e meninas jogando, correndo pelo gramado, brincando na relva. Genésio e Vitória tinham trazido cerveja, outros trouxeram carne, outros salada, um mutirão de comida. Anacleto, como sempre, brincava com as gêmeas, quando um menino das redondezas implicou com Luíza, queria a bola colorida, ela não cedeu, o menino deu um tapa nela e Anacleto interveio, levando um empurrão que o derrubou, o que causou uma ralada no seu nariz. Ele se levantou, rápido, e devolveu a agressão, e o intruso saiu correndo. Anacleto virou herói das meninas, Vitória cuidou do ferimento com mercúrio cromo, colorindo o rosto do garoto. Sentiu uma pontada de saudade desses momentos, o vazio da perda, aquilo nunca mais iria acontecer.

Ajeitou o banquinho desmontável que Anacleto, fazendo uma algazarra que contagiou todas as celas, lhe trouxe de presente,.

— É pro seu escritório novo — explicou o menino.

Felisberto veio com eles e abriu a cela para o filho entregar o presente e ganhar um abraço, o carcereiro olhando para o outro lado.

— Ele num sossegô enquanto num achô uma cadeira procê — explicou Lúcia.

Para o filho, a cadeia era o novo escritório do pai, e o novo trabalho dele era escrever, principalmente as cartas dele, que a mãe lia. Alguém já viu escritório sem cadeira? O prisioneiro sorriu com a lembrança, beijou a foto e depositou-a com cuidado sobre o catre, já ouvia a voz de Aurélio no corredor.

O veterano lhe trazia o dia a dia do sindicato, ouvia opiniões, discutia propostas, levava Itamar para dentro do desespero dos desempregados, dos assediados, dos mutilados dentro da fábrica, para a tristeza e a alegria, as derrotas e vitórias. Com a cara fechada, o visitante sentou-se na cadeira que Felisberto já permitia, e, sem rodeios, informou que todas as empresas estavam implantando o sistema de prêmios, cada uma de um jeito, mandavam para a rua o empregado que não concordasse.

— Sem falá com o sindicato?

— A gente num existe mais pra esses cara, companheiro.

— O sindicato num pode deixá...

— Ontem, a gente foi nas porta da Santa Adelaide e Santa Geralda, conversá com os companheiro. Ninguém qué sabê de nada, todo mundo com medo, tem gente perdendo o emprego todo dia. A gente começa a falá e eles desconversa, tem uns que ainda lembra do barulho do ano passado, tem gente que se machucou feio, mas num dá pra mobilizá ninguém, não... A gente tá tentando revertê, mas tá muito difíci.

— Tentaram negociá com Heinz?

— Sim, e ele num qué nem sabê, diz que os empregado qué.

— Filho da puta!

— Tem coisa pior. Na Santa Delfina a gente foi expulso do pátio pela turma do Joel, eles tão cada dia mais cara de pau. Começou uma confusão, porque tinha gente que queria conversá, mas a gente resolveu dexá quieto pra não dá outra briga. Os companheiro foi no sindicato e contou que Joel fez reunião lá dentro pra pedí os prêmio, e o Juliano, lembra dele?, menino bom, casado de novo, foi demitido porque não queria aceitá. Antonia prometeu mandá mais gente embora, ninguém mais falô nada.

— Que nojêra! Joel se presto a isso?

— Arguma surpresa?

— Acho que não, cê tem razão, ele é pelego, já desconfiava.

— As menina da comissão foram ameaçada, se não calasse a boca tavam na tua. Pedi pra elas se aquietá, não adianta nada perdê elas.

— Tá certo, tem que preserva mesmo. Valéria veio me visitá, num me disse nada, disse que Flora tá doente, cê sabe de alguma coisa?

— É verdade, tá afastada, com depressão. Parece que o Sizenando andou pressionando demais, ameaçando demití, até gancho deu nela, a coitada teve uma crise de choro na fábrica, caiu de cama...

— Alguém foi visitá ela?

— Num sei.

— Porra, cara, tem que í lá! A menina precisa de apoio, caralho. Vai você, leva a Valéria, vai sozinho sei lá, mas alguém tem que visitá ela lá!

Aurélio se admirou da explosão de Itamar, mas não se ofendeu, o cara tinha razão. Mas havia mais notícias. A Galvânica Zeta também implantara os prêmios, apesar de não ter assinado o acordo, e tinha mandado embora dois companheiro que se opôs.

— Esse cara é um carrasco, vive aos grito na fábrica, xingando trabalhador na frente de todo mundo. Nem parece que foi peão um dia, num presta.

— Vamos usar isso no boletim. Jairo qué que você faz um artigo sobre essas coisa.

— Boa ideia. Essa truculência do Andreatta é a prova de que esse negócio de prêmio é coisa boa só pro patrão.

— O pessoal tá muito revoltado lá, pode até tê greve.

— Se tivé greve, ele baixa o facão sem dó. E ainda vai culpá o sindicato.

— Já tá culpando ocê pelos dois que demitiu. Culpa sua...

— Viu? Esse cara é um canalha, ri da desgraça alheia, não aceita atestado médico, manda buscá pessoal em casa, mesmo de domingo, é um filho da puta. Cuidado com ele! Greve da Zeta é demissão na certa. Temo que ficá esperto.

Aurélio concordou e continuou seus informes:

— Guerino me ligô ontem. Diz que os prêmio já tão implantado na Santa Rita.

— Nos tecelão?

— E sem acordo, só um papel pregado no mural, conversa de chefia, ameaça de gancho.

— Tão encurralando a gente. Tinha que tê resposta dos dois sindicato. Talvez um boletim conjunto, distribuído nas duas categoria, alguma coisa assim.

— Vou falá com a diretoria, a ideia é boa.

Itamar puxou o caderno e o lápis para redigir uma carta com a avaliação da situação para a diretoria. Enquanto escrevia sobre a implantação dos prêmios, sorriu com a lembrança de Anacleto, o menino era um sábio, não era cela, era o seu novo escritório. Ali, apoiando o caderno numa tábua sobre os joelhos, havia escrito todos os seus artigos e cartas, primeiro desajeitado, demorando para encontrar as palavras, escrevendo errado, depois melhorando e aprendendo com a correção que Jairo fazia, usando melhor as palavras, sentindo-se cada vez mais à vontade com o lápis e papel.

Itamar fez questão de chamar a atenção da diretoria para ação dos submarinos, existiam para sabotar o sindicato, a categoria.

— Temo que combatê esses traidô, eles enfraquecem a gente

Não precisavam dizer nomes, ambos sabiam, a turma de Joel, cada dia maior e mais nociva, iria causar muitos danos ao sindicato, à categoria.

7

O dia anunciava chuva quando Rodrigues Pereira saiu de casa, quase arrependido de ter marcado aquela reunião tão de manhã, mas estava preocupado com o processo de Livramento. Intuía que havia ali bem mais do que um processo crime, o desembargador Oliveira e Sá não o teria procurado se fosse assim tão simples. Não acreditava que a intenção do velho jurista era apenas prestigiar o filho, ele nem gostava tanto do rapaz, Rodrigues Pereira não estava atinando com tudo.

Mal-humorado, espreitou o céu, murmurou um palavrão, e desistiu de ir a pé. Pegou um ônibus — odiava táxis — que o levaria à rua Benjamin Constant, de onde caminharia alguns minutos até o Tribunal, um belo prédio em estilo colonial na Praça da Sé. Os trombadinhas não o incomodavam, nem as prostitutas, não lhe faziam medo os mendigos, nem os farrapos do *crack*. Coração apertado, desconforto, nó na garganta, sim, mas medo não.

Cícero Alves já o esperava na sala de reuniões, com as informações impressas e espalhadas pela grande mesa circular. Quando o conheceu, Cícero era subadvogado, daqueles que têm todos os deveres de empregado e nenhum direito do autônomo, embora contratado como profissional liberal. Reconheceu, então, a frustração no olhar do jovem, mais grisalho que ele. Depois de uma conversa na mesa do bar Itamarati, ao redor de um chope com fritas, resolveu trazê-lo para sua equipe. Cícero fez valer a aposta e agora, diante do desembargador, relatava uma história.

— Já foram ouvidas dezenove testemunhas, e nenhuma viu nada — disse o assessor. — A maioria estava na assembleia, alguns viram o réu no meio da confusão, mas ninguém o viu agredir a vítima.

— Dezenove? Que escândalo, nunca vi isso...

— E não acabou, querem ouvir mais...

— Mesmo assim, ele teve a oportunidade e a arma do crime tem suas digitais — contrapôs o desembargador.

— O réu alega que desarmou o agressor, daí as digitais. Ele e a vítima eram amigos de infância, chegaram a trabalhar juntos, entraram juntos no sindicato, nunca tiveram briga séria, e não havia divergência política nem religiosa entre eles, não ganhou nada com a morte da vítima, falta um motivo.

— Nenhuma disputa?

— Há mensagens de celular de que a vítima teria um caso com a mulher do réu, coisa que nenhuma testemunha confirmou.

— Dor de corno é um motivo recorrente.

Cícero riu, mas sabia que era verdade, e continuou:

— Boato, não tem prova, ele e a mulher parecem ser leais um com o outro. Surgiu a suspeita de que o réu poderia ter-se apropriado de fundos do sindicato, mas a perícia contábil não achou nada. As contas bancárias das duas famílias foram vasculhadas, e está tudo em ordem. Como a maioria, eles têm contas em lojas, cartão de crédito usado, às vezes acima do limite, mas pouca coisa. Não possuem casa própria, os carros são velhuscos, enfim, nadica de nada. Só boataria de internet.

— O desembargador Oliveira e Sá me disse que há um grande clamor popular na cidade contra o réu. Diz ele que isso justifica a prisão e que está preso até para sua segurança pessoal. Alguma coisa sobre isso?

— Fui pesquisar, mas não achei nada na internet. Fiquei intrigado e tomei a liberdade de visitar a cidade, andei pela delegacia, fui assuntar com os bebuns no boteco em frente...

Rodrigues Pereira não conseguiu conter a gargalhada.

— Está virado num Sherlock...

O rapaz riu também.

— Gosto de conhecer as pessoas e o local onde as coisas acontecem.

Rodrigues aprovou a iniciativa, com um meneio de cabeça, *me conte tudo*.

A ideia surgiu quando Cícero recebeu um telefonema de Jairo, pedindo para falar com o desembargador sobre as coisas estranhas que estavam acontecendo no processo. O assessor respondeu que ia agendar uma data, pediu para ele preparar um dossiê, mas algo na voz do advogado o deixava inquieto.

— Ele não estava à vontade, parecia agoniado.

A ligação desenterrou aflições do seu tempo de escritório — não ousava dizer advocacia — sem nunca conseguir falar com juízes e promotores, ao contrário dos lobistas que seus patrões assessoravam — para eles, as portas estavam sempre abertas. Lembrou-se de mais de um caso em que alguém pegou cadeia só por desagradar algum ricaço. Colocou-se no lugar de Jairo, havia legitimidade no seu falar, mas decidiu conhecê-lo antes de comprometer a agenda do desembargador.

— Fez bem, fez bem, Cícero.

Na sexta-feira seguinte, viajou para Livramento, algumas horas de estrada, sem pressa, chegando à cidade ao cair da noite. Sugeriu uma conversa fora do sindicato, e Jairo escolheu uma cervejaria próxima, vazia na hora morta do crepúsculo.

— E o chope era bom? — perguntou Rodrigues.

Cícero sorriu, respondeu que era, mas a história do advogado era mais saborosa.

— O promotor é unha e carne com os empresários, mora de graça na casa de um grandão. As empresas pagam as despesas e mordomias da polícia e da Justiça. Combustível, oficina, rádios, até munição. Os policiais comem e bebem de graça em todos os bares e restaurantes da cidade, quando as viaturas estão paradas em frente a um deles, todo mundo sabe que é hora da merenda. Até terreno para o novo fórum trabalhista já deram.

— E você acreditou?

— Não, mas ele me mostrou um dossiê com recortes de jornal, e textos impressos da internet, falando tudo isso, a proximidade do juiz com os empresários, a polícia vivendo dependurada nas empresas. O dinheiro é arrecadado por um tal Conselho de Segurança Pública, criado e administrado pelos empresários, o presidente é um industrial do sindicato patronal.

Invisíveis aos olhos de quem passava na rua, disfarçados na meia luz do bar deserto, Cícero resolveu pressionar mais o advogado:

— O senhor está querendo me dizer que a Justiça é corrupta, doutor?

— Não, doutor, estou apenas relatando fatos notórios, que todo mundo sabe. É só notar quantas viaturas ficam paradas na rua, até na calçada, às vezes, enquanto os policiais estão lá dentro comendo e bebendo de graça. Todo mundo sabe disso. E os jornais publicam essa farra, dizem que são "ações beneméritas em prol do bem-estar da sociedade". E isso não é de graça, tem volta.

E Jairo mostrou a contrapartida, fotos de viaturas em todas as portas de fábricas, rodeando a assembleia, prendendo trabalhadores, relatórios do inquérito com busca e apreensão de equipamentos e documentos do sindicato sem ordem judicial.

Divertido com o relato, Rodrigues ouvia calado, sem parar de acarinhar as pontas do bigode, e, ao final, recostou o corpanzil no espaldar alto da cadeira antiga, as pontas dos dedos unidas em frente ao peito, olhos perdidos no teto, pensativo.

— E o tal clamor popular? — perguntou o desembargador.

— Não há absolutamente nada. Ao contrário, o que percebi foi um imenso apoio de trabalhadores, que vão à delegacia todos os dias.

— Como? — Rodrigues arregalou os olhos, pôs-se direito na cadeira.

— Sim, os caras ocuparam o saguão, ficam pelos arredores o dia todo. Um deles, Vítor qualquer coisa, me disse que a mulher do réu e o filho fazem visitas quase diariamente.

Rodrigues estava atento. Cícero percebeu e prosseguiu.

— Perguntei ao funcionário da recepção e ele me confirmou que o prisioneiro também recebia visitas do advogado e de sindicalistas. E que o saguão ficava cheio de gente todos os dias.

— Como é que permitem isso? Deve ser um inferno trabalhar assim.

— Ao contrário, doutor. Senti até uma certa simpatia dos funcionários, uma relação amistosa com os trabalhadores.

— E o delegado?

— Foi o que perguntei para o funcionário, e ele disse que o delegado desistiu de expulsar os caras. Era pior, disse, porque poderia haver arruaça na praça em frente.

— Quer dizer que está tudo em paz...

— Mas tem mais, doutor — disse Cícero.

— Mais?

— Sim, um detalhe só. Foi emitida carta precatória para ouvir uma testemunha que se apresentou espontaneamente, um tal de Anselmo Resende, morador da capital, na Cangaíba.

— Fórum Regional da Penha... Já foi ouvido?

— O endereço não existe, o cara não foi encontrado.

— Como?

— O número não existe.

— Você foi lá?

— Não, mas vi a precatória. A juíza Márcia Cristina determinou uma busca nos arquivos da Receita Federal e não encontrou nada. Por minha conta, consultei a polícia civil e descobri que o número de identidade dado pelo cara é falso, pertence a um morto.

— Agora fudeu.

— Pois é, muito estranho.

— Não tenho vocação para fiscal de juiz, mas essa história está tão mal contada que até essa sua *sherlockice* passou a fazer sentido.

Cícero aquiesceu, rindo meio sem jeito.

Rodrigues Pereira perdeu-se de novo em pensamentos, olhando para o teto.

Por fim, determinou a Cícero que marcasse a tal audiência com o advogado, e que ele trouxesse tudo o que havia mostrado ao assessor, ou mais, se tivesse mais.

— E você, meu caro Sherlock, continue a monitorar essa testemunha da Penha...

— Cangaíba.

— ... Cangaíba, e o processo em Livramento. Preciso ver essa perícia e os depoimentos.

Quando começara a advogar, o maior prazer de Rodrigues Pereira era analisar as provas, achar contradições nos depoimentos, esmiuçar perícias, encontrar brechas nos laudos vazados em termos técnicos. Agora, não tinha por cliente um preto pobre, era a própria Justiça, a sua Justiça, que ele haveria de defender. E estava certo de que faria tudo para condenar o malfeito, viesse de onde viesse.

8

Com a ajuda de Aurélio, Itamar trabalhava em outro artigo para a imprensa sindical, abordando a ofensiva patronal contra as finanças das entidades. Para o prisioneiro, todo o escândalo que os patrões faziam sobre as contribuições financeiras aprovadas nas assembleias tinha como único objetivo deixar os trabalhadores indefesos.

— Eles diz que faiz a defesa dos direitos individual dos que num qué contribuí, mas é só pra disfarçá. Eles mistura individual com coletivo, confunde tudo, diz que vale mais a vontade de um sozinho do que a decisão de uma assembleia, mas é tudo balela. A verdade é que eles num pode mais interví nas entidade, como fazia na ditadura, prendendo dirigente a torto e a direito, nem manipulá o sindicato usando o Ministério do Trabalho, então eles decidiram matá de fome o movimento sindical, pra deixa os trabalhadô orfão, à mercê deles.

Em seu texto, ele relembrou uma outra forma, ainda usada, a velha pressão no chão de fábrica contra a sindicalização, contra a liberdade.

— Quantos operários perdeu seus emprego — e nunca mais conseguiu colocação — porque se recusaro a se desfiliá do sindicato? Nesse caso, que direito individual estavam eles defendendo?

— Só eu sei de muita gente que perdeu o emprego assim, fora a pressão pro cara não se filiá quando é admitido — respondeu Aurélio.

— O cara nunca mais arranja emprego na categoria. Agora, tem essa política aí de matá os sindicato de fome. Pode chamá do que quisé, Aurélio, mas eu vejo as coisa pelos efeito que elas causa. Se tá matando sindicato, é pra isso que serve.

— Diz os juiz que é pra acabá com os pelego.

— Desde quando pelego precisa de dinheiro de sindicato? Desde quando a Justiça condenou pelego? Se fosse assim, as ação era contra os pelego, não contra os sindicato. É a mesma coisa que cê chamá um gerente de bandido mas fecha a fábrica em vez de prendê o cara, né? Qual é o efeito disso?

— Desemprego, né?!

— Exatamente, e se esse é o efeito, essa é a intenção.

Aurélio concordou com Itamar, muitas entidades sindicais estavam em dificuldades financeiras, com ações judiciais impedindo sua atuação. O sindicato dos frentistas, entidade nova, pequena, tinha fechado a sede, demitido seus empregados e estava vivendo de favor numa sala emprestada pelo sindicato da construção. Uma sede dos empregados rurais assalariados teve que ser fechada porque eles não conseguiam mais pagar o aluguel.

— Tem uns aí que eu sei que tâo à beira da falência, Itamar.

— Se ocê analisá bem os sindicato, vai vê que a gente tem despesa com médico, colônia de férias, dentista, advogado, aluguel, imposto, enfim, um mudaréu de dinheiro que vai. E num tem mais receita pra isso. A gente precisa se uní, os grande e os pequeno, pra todo mundo sobrevivê.

— Acho uma boa ideia, Ita. Precisamo conversá mais.

— Se a gente tivesse uma estrutura só de prédio, médico, dentista, advogado, contabilidade, essas coisa, e se repartisse tudo de acordo com a receita de cada entidade, o tamanho de cada categoria, ficava mais barato para todo mundo. Imagina que em vez do sindicato da construção hospedá os frentistas, todos os sindicato ficasse no mesmo prédio, se ajudando, dividindo as despesa, o que cê acha?

— Acho bom, mas é muito complicado.

— Isso é um negócio de sobrevivência, Aurélio. Os patrão qué matá a gente. A gente tem que se uní, todas categoria é prejudicada. Mas só isso num resorve nosso pobrema, não. Nossa união tem que sê mais do que isso, tem que sê na própria estrutura do sindicato. A gente tem que uní as categoria num sindicato só, como os patrão faz no sindicato deles. Lá tem as metalúrgica, as tecelagem, as pesqueiras, as construtora... eles tão unido e nóis tamo dividido.

— Minha Nossa Senhora! Aí ficou mais complicado ainda.

— Eu também acho, temo que aprofundá mais. Pelo que eu li num livro que alguém me trouxe, num tem lei que proíbe, quem manda são as assembleia. Nóis já tem liberdade pra uní todas as categoria, se quisé, num sindicato só. Num tem lei que proíbe. É só os trabalhadô querê.

Aurélio soltou um assobio.

— Num vejo jeito de conciliá essa unidade com as vaidade particular — disse. — Mas tem as central pra isso.

— A gente num tem central porra nenhuma, Aurélio. Tá tudo dividido. Central fica no centro, a gente tem só periferia, uma imitação de central, cada uma puxando pra um lado.

— Ainda assim, num vejo como uní todas categoria num sindicato só.

Nem Itamar via jeito, só sabia que enquanto os trabalhadores continuassem divididos e os patrões unidos, a luta continuaria desigual, pendendo para o patronato.

— Tem que sê uma política de longo prazo, unindo um pouco de cada vez, devagarinho — finalizou Itamar — Melhor ficá só nessa ideia de reuní as entidade para abatê despesa, pra gente ir se acostumando com a ideia de ficá junto.

Felisberto se aproximou trazendo Jairo consigo. Aurélio entendeu que seu tempo tinha acabado, mas Felisberto fez com a mão para ele sentar — Jairo trazia outra cadeira.

— O doutor aqui me implorou pra conversar com vocês dois juntos, tem coisa importante a dizer. É meio fora do protocolo, o certo é um de cada vez, mas aqui já não tem protocolo pra nada. Só peço que sejam rápidos.

Itamar e Aurélio sorriam. Jairo agradeceu, e, mal tinha sentado, começou a contar a visita de Cícero. Os dois operários ouviam atentos, sorrindo, o entusiasmo do advogado os contagiava.

— Tudo porque eu liguei para o Tribunal — disse, quando terminou.

— Boa, dotô. A gente nunca sabe o que o outro pensa se num falá com ele. A gente sempre tem mais revés que acerto, mas de vez em quando...

— Tá certinho, Itamar.

— Minha vida inteira eu levei assim, nessa arte da conversa. Nunca fui bom de briga, então tinha que achá um jeito de resolver minhas questão — disse, rindo e provocando risos. A cadeia nunca pareceu tão iluminada.

— É verdade, Genésio me contô que cê era um artista, o mais fino, ele dizia, e que sempre dava um jeito de se desenrascá no papo.

— E agora, dotô? — perguntou Itamar.

— O promotor não está conseguindo provar sua culpa, Itamar. Não tem motivo, ninguém viu nada, as impressões digitais dele no bastão estão explicadas e ninguém contradisse.

— E a gente tem testemunha? — insistiu o prisioneiro.

— A obrigação de provar a culpa é do Estado, não sua. Se ele não conseguir provar, você é inocentado.

— Num funciona assim, dotô. Os colega aqui da cadeia me contaro um monte de história de gente que foi pra penitenciária sem deve nada. A gente tem que prová minha inocência, senão, vou puxá cana na penitenciária.

Escondido na sombra de sua cela, Nando ouvia tudo com atenção.

— Fraquinho desse jeito, num dura um mêis — comentou.

Itamar olhou de soslaio para o vizinho mas não disse nada. Aurélio concordou abanando a cabeça, Jairo ficou em silêncio, não sabia o que responder.

— Acho que o dotô tem que fazê mais política, conversá mais, ir mais no Fórum. Vai no Tribunal, de surpresa, inventa arguma coisa, vai tomá um café com esse tal Ciço.

Jairo suspirou. Aquilo era muito complicado para ele.

— Vou dar um jeito, Itamar.

— Faiz isso, dotô. O sinhô é minha única esperança.

Itamar relatou aos dois uma história que tinha lido num livro, de um processo que começou nos tempos de Dom Pedro II e terminou já na ditadura patronal-militar, em que o sujeito perdeu a causa e todos os recursos exceto o último. Quando ganhou o processo, o cara e os filhos do cara já tinham morrido, mas os netos acabaram ganhando uma bolada.

— Sabe o que eu quero do sinhô, Dotô?

Jairo não respondeu.

— Que o sinhô ganhe essa causa antes que eu morra.

O advogado ficou branco de repente, era muito peso:

— Prometo que vou fazer tudo, mas tudo mesmo, Itamar, para provar sua inocência.

— Eu sei, Dotô. Tenho esperança que o sinhô vai conseguí. Tem que fazê as coisa do Direito, dotô, mas tem que aprendê a fazê política, se quisé resorvê esse caso.

Com seu passo manco, Felisberto veio se aproximando, devagar.

— O delegado chegou. Sai um de cada vez, pra não chamar a atenção, por favor.

— Obrigado, Felisberto — disse Jairo. — Acho que vou conversar um pouco com ele, discutir algumas coisas do inquérito, tem coisa que eu não entendi direito, o que você acha?

— Acho bom. Assim, ele se distrai, não vai ver o velhinho aí sair. É melhor pra mim.

Aurélio sorriu. Quando carcereiro e advogado saíram, batendo papo, Nando, que tinha ouvido, comentou:

— Esse menino vai longe...

— É um menino inteligente, Nando, sabe se virá — respondeu Aurélio. — Mas num vai sê ele sozinho que vai resolvê essa parada. Tem que sê nóis tudo junto.

— Sozinho nunca é, né, companheiro?! Ele ainda chegá lá — concluiu Itamar.

Aurélio apenas sorriu.

O atalho

1

Sem conseguir voltar a dormir, Joel resolveu sair de casa, respirar ar fresco. Rodou pelas ruas do centro até encontrar um bar aberto, ainda cheirando a azedo e cinzas do sábado à noite. A ligação de Amélia interrompera o sono antes da hora, ainda estava grogue. Ela queria falar da campanha, do andamento do curso, do processo de Itamar, ele só queria curar a ressaca. Enquanto o pingado e o pão na chapa não chegavam, Joel bocejava e ruminava a ligação.

— Tem uma testemunha que viu Itamar matando Genésio, um caixeiro viajante que mora em São Paulo — disse ela.

— Ótimo!

— Conversei com o advogado da empresa que está acompanhando o caso, mas ele disse que mesmo assim não está fácil. Só tem essa testemunha, é pouco para um homicídio que aconteceu em público, no meio de um mar de gente.

— O jornal disse que tem impressões digitais dele no porrete...

— Itamar já explicou, e não tem prova que o desminta.

— Mas ele não provou que tá dizendo a verdade...

— Falei isso para o advogado, ele me explicou que Itamar não tem que provar a inocência, é o promotor que tem que provar culpa. Se não conseguir provar, ele é inocente, é o que diz a lei.

— Ele pode ganhar esse processo, Amélia? — perguntou, ansioso.

Joel sabia que se Itamar fosse absolvido, voltaria como herói, mais forte do que nunca, um trator, e o projeto deles iria por água abaixo. Era fundamental que o sindicalista nunca mais saísse da cadeia.

— Antonia tá confiante, acha que não tem erro, mas o advogado me disse que não tem certeza, tudo depende da testemunha de São Paulo.

— Se ele ganhar, eu tô fudido.

— Não vai sair da cadeia tão cedo.

— Tem mais ano e meio até lá, é muito tempo.

Ele confiava na patroa, gostava de Amélia, de seus olhos cor de céu, precisava resolver logo, sem dar chance para o azar. Ele não queria conversar com Furacão sobre seu medo, o frio na barriga, a boca seca, uma velha conhecida. O sindicalista não conhecia a sensação, tinha enfrentado tudo, se garantiu por mais de vinte anos no poder, ninguém conseguiu derrotá-lo, saiu por que quis. Na certa, iria rir dele, como já tinha feito antes. Com Amélia se sentia mais à vontade, ela dava força, nunca ria dele.

Precisava pensar, arrumar suas ideias. Sem perceber por onde andava, saiu da cidade, enveredando pela estrada principal até a grande curva do Aquiró, um lugar em que o caudaloso rio se alargava e acalmava, onde a cidade buscava a sua água e os homens gastavam dias inteiros pescando. Estacionou o carro sob uma figueira brava, fora do caminho de chão batido, dali em diante iria a pé. Desligou o celular e seguiu margeando o rio em direção a um canto sossegado, um refúgio seu desde a adolescência. Ali estudava as lições mais complicadas, até parar de estudar de vez, cansado de broncas e da zombaria dos mauricinhos. Ali gostava de deitar-se na relva, olhar o sol filtrado pelas folhas das árvores, o movimento de luz e sombra que elas faziam, aventurar-se na água fria de lenta corrente, ou olhar os reflexos de luz e sombra na água ondulante. Gostava de ver aquela paisagem sem gente, de ouvir aquele som sem vozes, de unir-se à solidão.

O caminho era sinuoso e repleto de pequenos ranchos de pesca, só usados aos domingos. Ele evitou o risco de encontrar algum conhecido enfiando-se por um atalho, atravessando um capão no meio de uma capoeira pedregosa. Duzentos metros depois, sentou-se numa pedra, quase na água, de onde podia ver seu rosto tremulando entre folhas caídas. O celular tocou, era Rubens, desligou o aparelho, estava de saco cheio de ser mandado.

Amélia, Antonia, Rubens, Heinz, todos mandavam nele, podiam demití-lo, processá-lo, prendê-lo, se quisessem. A brisa do rio o alcançou de repente, um arrepio no braço, um peixe saltou fora d'água e abocanhou um inseto. Joel se encolheu, escondeu o rosto entre os braços apoiados nos joelhos, sentiu um nó na garganta, ouviu outro peixe saltando, mais perto dele, outro inseto se foi, encolheu-se mais. Precisava de tempo e precisava que o tempo passasse mais depressa. Precisava de gente mas toda a gente que o rodeava só queria mandar nele. Deixou-se ficar assim, os pensamentos dando voltas, chegando ao mesmo lugar, até sentir o sol forte no braço, vencendo a copa da árvore. Era meio-dia, calculou.

— Não aguento mais esta merda! — gritou, assustando o passaredo.

A tarde avançou, sombras subiam das moitas enquanto a luz caía por trás da mata do outro lado do rio, e ele não tinha chegado a lugar nenhum. Precisava de um plano, precisava de mais honoratos e custódios, precisava condenar Itamar, precisava vencer a eleição. Precisava agir no seu tempo, não podia depender dos patrões, da polícia, da Justiça, que tinham seu próprio tempo, um tempo que não acabava mais. Precisava de um atalho.

Uma ideia surgiu, inesperada, como quando as ideias, de tanto andar à roda, ajustam-se numa linha lógica, coordenada. Joel riu e a afastou, uma loucura. Mas, teimosa, a ideia voltou, mais coerente, mais forte. Ele parou de rir, *por que não?* Acomodou-se melhor, o rio começou a ficar mais frio, *um atalho, por que não?* Acendeu uma fogueira, aqueceu-se, *um atalho!*

Devagarinho, tomando cuidado com as armadilhas do mato no escuro, ouvido atento ao cicio das cobras, ele voltou para o carro, morrendo de fome, não sabia que pensar assim dava tanta fome.

2

Não bastasse a inutilidade das testemunhas, que nada viram, de nada sabiam nem de ouvir dizer, nem mesmo sobre quem havia começado a corrente de mensagens sobre o caso de Genésio e Lúcia, ou sobre a corrupção de Itamar, Ernani enfrentava problemas na capital. Culpa do promotor, que não havia dirigido corretamente a investigação policial, deixando pontas soltas, negligente. Se aquele inútil tivesse acompanhado diariamente, como ele ordenara, o desenrolar da greve desde o início, não estariam com aquela batata quente na mão.

— Mas não havia o que investigar, Excelência, nenhum fato, nada — defendeu-se Vicente, aborrecido com a interrupção de seus negócios, e o tom de voz do juiz, arrependido de ter atendido ao telefone.

— Investigasse a vida desses vagabundos! Nunca foram boa coisa, alguma sujeira teria achado. Mas não, tem que tratar pelo telefone, a bunda grudada na cadeira...

Vicente não gostou, manteve silêncio por um tempo, enquanto o juiz esbravejava, mas não suportou por muito tempo.

— Com todo respeito, Excelência, fizemos o possível e o impossível, mas não encontramos nenhuma testemunha útil.

Se Vossa Excelência souber de alguém, por favor, mande para mim, certamente será melhor do que as testemunhas que temos encontrado — respondeu Vicente, com ironia na voz...

Para piorar tudo, a Terceira Vara Criminal do Fórum Regional de Penha de França, informou que não conseguira encontrar a testemunha Anselmo Resende, da Cangaíba, porque era falso seu endereço, não passando de um grande terreno vazio, povoado apenas por mato e lixo, na Rua Ariti. O cartório do juízo pesquisou nos arquivos da Justiça Eleitoral, cartórios criminais, cíveis e de protesto da Grande São Paulo, e até na Receita Federal, mas não conseguiu encontrá-lo, o cara não existia, certificou nos autos o escrivão. A correspondência pedia mais informações para prosseguimento das buscas, ou a carta precatória teria que ser devolvida sem ouvir a testemunha.

Lendo o ofício, assinado pela juíza Márcia Cristina de Azevedo Cruz, Ernani quase teve um infarto. Sem Anselmo, o caso desmoronava de vez, e ele não podia aceitar isso, tinha sua missão, seu impecável currículo, e precisava acelerar sua carreira rumo ao Tribunal de Justiça. De quebra, ainda decepcionaria a imprensa e as lideranças sociais da cidade, uma decepção que podia lhe custar caro no futuro. De mau humor, reanalisou todo o inquérito anexado à ação penal, desde o primeiro relatório policial, rezando para encontrar algo que o Ministério Público tivesse deixado escapar — em vão, não havia nada.

Xingou a juíza, de que adianta ter quatrocentos servidores se não consegue sequer ouvir uma testemunha? Fechou a tela, caminhou pela sala, queria relaxar, deixar para depois, acalmar-se, mas não resistiu por muito tempo. Releu, pela quarta ou quinta vez, todos os depoimentos, quem sabe alguma coisa tivesse escapado...

Decidiu descarregar a raiva em Vicente Augusto, que não se encontrava em seu gabinete — que surpresa! — e decidiu ligar ele mesmo para o celular, com a certeza de o encontrar em algum convescote.

— Não há o que fazer, Excelência — esquivou-se o promotor. — Pelo que o senhor disse, a doutora Márcia Cristina já fez tudo o que tinha que ser feito.

— Pois foda-se a Márcia Cristina. Ela e a merda do cartório dela. Quero saber o que o senhor vai fazer.

Após uma pausa, Vicente suspirou:

— Tudo bem, vou reanalisar o processo hoje, Excelência. Sem falta.

— E faça a polícia se mexer. Será que não tem nenhum vagabundo que possa testemunhar? E aqueles informantes que sempre aparecem, morreram todos? Se mexa, use sua autoridade, homem.

Ernani desligou com vontade de ligar para o delegado, mas seria humilhação demais fazer o trabalho alheio, imaginando Vicente ignorar sua indignação, voltar para o que estava fazendo, quem sabe rindo-se dele e de seu zelo pela Justiça.

3

Itamar andou até a porta da cela. Aurélio, do outro lado da grade, já se acomodava na cadeira, a cara preocupada, não trazia boas notícias. A implantação do salário variável, sem negociação com sindicato, já avançava em quase todas as metalúrgicas e se espalhava por outras categorias. No dia anterior, Guerino, presidente dos têxteis e aliado de primeira hora dos metalúrgicos, viera discutir esse tema com ele, as algumas tecelagens já começavam a adotar, muitos tecelões até gostavam da ideia, e Amarildo, dos químicos, dissera ele, tinha ficado decepcionado com a posição dos metalúrgicos, achava uma boa política, não compreendia porque a condenavam.

— Também tão falando nos frigorífico, mas num tenho confirmação — concluiu Aurélio.

Itamar não respondeu, parecia pensar.

— Você conhece o Guerino — disse Aurélio. — Talvez uma palavra com ele...

— Mas tem os ôtro, não é só lá. Não adianta, num vão me escutá.

— Cê tem prestígio, Ita, tem que usá, o povo gosta dos seus artigo, escreve um.

— Já escrevi sobre esse tema, num adiantô nada. Tem que falá olho no olho, ganhá o chão de fábrica.

Felisberto mostrou a cara pela porta semiaberta. O tempo acabara, embora houvesse ainda muita coisa por conversar. Itamar voltou a deitar-se no catre, de costas, com as mãos entrelaçadas atrás da cabeça, olhando o teto manchado. Semicerrou os olhos e se divertiu com o ilusório movimento das manchas e pontos de sujeira, e terminou por cochilar.

O sono foi agitado, entrecortado com momentos despertos, acordou com a testa gotejada de suor, um cala-boca de alguém, talvez tenha falado, ou gritado, e a manhã o encontrou seus olhos arregalados, fixos no teto, até que Felisberto lhe trouxe o café preto com pão amanhecido e margarina. O carcereiro não disse nada, e também nada perguntou, nem bom-dia disse, sinal de que seu humor não estava lá essas coisas, mas Itamar estava longe demais para reparar. Forçou-se a comer e sentou-se à mesinha improvisada, precisava aclarar as ideias, organizar a cabeça, escrever.

Não sobre os metalúrgicos, muito menos sobre o seu sindicato, tinha na mente apenas a ideia da união, da conversa sobre todas as coisas por todos os sindicatos, por todas as categorias, o salário variável, a armadilha do sistema de prêmio, a asfixia financeira dos sindicatos, a união de todos os trabalhadores. Escreveu devagar, pensando e pesando cada palavra antes de ajustá-la na frase. Escreveu e escreveu por horas. Depois, arrancou as páginas e passou o texto a limpo, acabando por reescrever frases e trechos inteiros, reduzindo a abrangência, concentrando-se na união dos operários. O feijão com arroz e ovo do almoço encontrou-o relendo o texto final, para o qual fez uma careta mais de resignação do que aprovação, ainda não tinha tudo tão claro.

No início da tarde, quando Jairo chegou, sorrindo, trazendo boas notícias, Itamar nem deixou que ele o cumprimentasse direito.

— Preciso de um favor seu, dotô — o advogado apanhou o papel dobrado que o preso lhe estendia. — Precisa de revisão, dotô, e chegá o mais depressa possível ao Aurélio, pra publicá no maior número de jornal sindical da cidade.

— Claro, companheiro — respondeu Jairo, frisando o companheiro, indicando ao sindicalista o título pelo qual queria ele também ser chamado. — Mas agora tenho boas notícias. A carta precatória foi devolvida por São Paulo sem cumprir porque a testemunha que jurou na polícia ter visto você assassinar Genésio não existe. O endereço é falso e o número da identidade que apresentou é de outro cara, falecido há uns dois anos. O delegado está muito puto da vida, tá sobrando pra ele.

— O que significa isso?

— Que eles não conseguem provar que foi você quem desferiu os golpes que mataram Genésio. Suas digitais e mais umas duas estão lá, você estava perto dele quando foi preso, mas só isso. Não encontraram nenhum motivo...

— Que porra de motivo podia tê, caralho? Era meu irmão, num tinha porra nenhuma...

— Até tentaram encaixar uma traição da Lúcia com ele...

— Que merda é essa!?

— ... mas não rolou, eram só fofocas da internet, ninguém soube apontar nem quem fez isso...

— Algum espírito de porco...

— Já abandonaram essa teoria, não tem confirmação.

— Vão encerrar essa merda de processo?

— Não sei. Conversei com o delegado sobre aquela informação de que havia gente de fora da categoria, e ele confirmou que chegou a fazer alguns retratos falados, mas não deu em nada, ninguém reconheceu os caras. Ele ia instaurar um inquérito para tentar identificar esses estranhos, mas o promotor proibiu. Ou o promotor ou o juiz, ele não sabe dizer. Diz ele que o promotor proibiu porque isso ia atrapalhar o seu caso, então, não era interessante...

— Putaquepariu!

Itamar pôs a mãos na cabeça, *puta sacanagem!*

— Segundo o delegado, eles acham que ia fazer muita confusão no processo e abrir uma brecha pra defesa alegar que foram os estranhos que mataram Genésio.

— Mas foi um deles, caralho!

— Mas ninguém disse que viu, você viu?

— Já disse que num vi! — disse Itamar, alterando a voz, impaciente. — Só vi Genésio brigando no meio da confusão, saltei do caminhão e fui ajudá, mas quando consegui chegá Genésio já tava no chão e o cara vinha pra cima de mim.

— Eu sei disso, eles é que não sabem.

Itamar segurou as grades com as duas mãos e encarou o advogado.

— Eles faz de conta que num sabe. Isso num é processo, é perseguição, eles num qué achá culpado, qué me condená.

O advogado achou que as notícias não eram tão boas afinal.

— Temos que explorar essa testemunha falsa — retomou. — Vou visitar a Pensão Almería e tirar isso a limpo.

— Que pensão é essa?

— Fica na rua do sindicato, a testemunha disse que estava hospedada lá. Vou checar isso.

— Boa sorte, dotô.

Jairo respirou fundo e se despediu de Itamar, tinha o que fazer. Já ia saindo quando Itamar gritou:

— Dá uma revisada antes, por favor.

Jairo sorriu e ergueu o braço, um dia quase bonito!

4

Custódio serviu-se de mais um copo de cerveja ruminando as palavras de Joel, sem saber o que dizer. Era uma ideia pesada, ele tomou um gole e fitou os colegas. Honorato, Cassiano, Cleber, permaneciam em silêncio.

— É um plano simples — disse Joel —, para que tanto drama?

Os homens pareciam incrédulos, mas ele já esperava por isso, principalmente depois da conversa com Rubens na semana anterior. Não tinha sido fácil, convencê-lo, e olha que o rapaz tinha mais visão política que todos os seus amigos juntos.

O assessor havia marcado uma reunião de avaliação no sítio de Heinz, como fazia de vez em quando, depois da aula de Furacão. Após de alguns meses de treinamento, cada aula passou a ser encerrada com um jantar chique — "pra você saber o que te espera depois de ganhar", dizia Rubens —, Joel passou a controlar menos a bebida, a pernoitar no local, e isso acabou se tornando hábito. Além da avaliação política, analisavam os gastos e quase sempre Rubens tinha um reforço de caixa para ele. Desta vez, a pauta foi mais intensa.

Rubens entregou o envelope com a contribuição financeira da semana.

— Acho que podemos ganhar muito mais fazendo um atalho — disse Joel, guardando o dinheiro no bolso da calça.

O estatuto social permitia a convocação de assembleia geral pelos próprios associados, explicou ele, bastava dez por cento de adesão e a diretoria seria obrigada a acatar. A pauta seria exclusivamente a eleição de uma nova diretoria. Era preciso superar a crise de representatividade que a prisão de Itamar havia causado.

— É perfeitamente legal, tá no estatuto. Perguntei ao Furacão, ele confirmou, é perfeitamente legal, já foi feito antes.

Rubens recostou-se na poltrona, em silêncio, sabia que era possível, preocupava-o a viabilidade política, uma derrota poderia comprometer todo o futuro do projeto:

— Não vai dar certo, Joel. Como você vai fazer essa assembleia? O próprio sindicato não consegue juntar meia dúzia de gatos pingados.

Esse era o maior problema, Joel sabia, mas ele estava confiante:

— Isso é comigo. Se eu tiver o apoio de vocês, eu faço meu trabalho.

O entusiasmo dele contagiou Rubens ao narrar seu plano para encher a assembleia, algo que demandaria trabalho e dinheiro, muito dinheiro, e foi aí que o assessor, antevendo o rio de cifrões, deixou-se convencer. Talvez funcionasse, e se não desse certo, azar, segue a vida.

— É isso, simples desse jeito — insistiu Joel — Convocamos uma assembleia para destituir os bandidos e eleger uma nova diretoria.

Claro que ele ia precisar de dinheiro para convencer o pessoal a participar, para o transporte, propaganda, comida, claro, mas isso era o de menos, dinheiro não ia faltar se Rubens topasse. *Pense no tempo que economizamos e no risco que eliminamos antecipando a eleição.*

Rubens foi-se deixando convencer pelas vantagens da proposta, uma proposta milionária. Sem dúvida, ia precisar de muito dinheiro para vencer, mas era possível, a tal proposta era boa e ele saberia convencer Heinz.

Mas seus homens não tinham a mesma capacidade de raciocínio que Rubens, tinham mais dificuldade de entendimento. O olhar incrédulo de Custódio, o mais arrojado sempre, a desconfiança de Durvalino, a paralisia de Honorato, tinha que vencer tudo aquilo. Estavam nesse chove não molha por horas, até que Joel resolveu jogar todas suas cartas:

— Não tô pensando em mim, mas na categoria, que tá abandonada. E conto com vocês junto comigo na diretoria! Vai dar uma trabalheira danada. Mas temos que andar rápido porque a sentença está para sair.

— Como você sabe? — perguntou Cleber.

— O advogado do sindicato me disse — mentiu. — E ele não tá nada preocupado, sinal de que o homem vai escapar.

— Não sei, Joel, pode parecer golpe...

— É contragolpe! Eles é que vivem dando golpe... Eu não vou esperar até a próxima eleição e dar tempo para eles se recuperarem. É um contragolpe a favor da democracia, da categoria, do sindicato, que está morto, enterrado...

— Isso é verdade. Desde a prisão, o sindicato não faz mais nada — concordou Custódio. — A categoria é que está sofrendo com isso.

— Você tem razão — concordou Cleber, sem muita convicção. — Precisamos resgatar nosso sindicato.

— É disso mesmo o que se trata. O sindicato parece um velório, vamos acabar com essa agonia. Dá desgosto de ir na sede e ver aquela paradeira, os caras parecem viúvos do Itamar, coisa mais idiota.

— Não é uma ideia tão ruim, se a gente conseguir levar gente à assembleia — ponderou Honorato.

— Claro que é uma boa ideia, principalmente porque vocês todos vão estar lá comigo, vamos passar a limpo aquela entidade. E levar gente a gente leva, pode deixar. Nem que eu tenha que ir buscar cada um casa por casa, e trazer nas costas, mas eu garanto que encho aquela merda e a gente ganha essa assembleia.

Ninguém objetou mais nada, fizeram silêncio, até que Durvalino sugeriu que deveriam montar logo uma chapa para mostrar à categoria que estavam falando sério, o assunto subiu para um patamar mais elevado, planos de governo começaram a surgir, Joel respirou.

Com sua tropa conquistada, Joel passou a discutir a organização da coisa. No dia seguinte, conseguiu a adesão de Amélia, e uma licença remunerada para dedicar-se em tempo integral ao plano. Havia um mundo de coisas a fazer e ele não podia mais perder tempo na fábrica. Elaborou um cronograma, distribuiu tarefas, dividiu sua turma em áreas de atuação, fixou metas, todo mundo obedecendo, que delícia! Com sua habilidade pessoal, a capacidade de organização, as técnicas aprendidas com Furacão, e o apoio de Amélia e Rubens, ele buscaria cada voto, mais, faria seus próprios votos, mergulharia no esgoto se preciso fosse, não ia sobrar nada de Itamar.

5

O juiz acordou cedo para o grande dia, aquele em que arrasaria aquele negrinho metido a besta. Perfumou-se, vestiu seu terno mais elegante, de colete, a gravata cor de ouro, camisa branca bem passada, sapatos de cromo alemão. Penteou-se com cuidado e ligou para o cartório criminal, repassando as últimas instruções.

Um grupo de trabalhadores havia tomado a frente do prédio quadrado do Fórum, e isso o animou, imaginando o sucesso de público que seria o julgamento pelo Júri, a galeria lotada, imprensa da capital, um palco digno de si.

Contornou o prédio e estacionou o carro na garagem subterrânea. Subiu pelo elevador privativo até o andar de seu gabinete.

Na sala de audiências, sorriu ao ver Itamar retorcendo as mãos num gesto nervoso, mas seu advogado parecia tranquilo quando ele e o promotor assumiram seus lugares. Nas poucas cadeiras para o público, advogados, curiosos, dois ou três jovens com caderno e caneta na mão, jornalistas quem sabe, estudantes talvez, aguardavam. Ernani examinou a assistência, conhecia de alguma audiência um advogado, um ou outro jovem de vista, demorou-se na moça de vestido vermelho, estagiária de escritório famoso, ali para espionar, sem dúvida, coisa boa.

— Bom dia a todos — disse, procurando imprimir tom de comando em sua voz. — Peço aos assistentes que se mantenham em silêncio, por favor, para não sermos obrigados a evacuar a sala. Vamos continuar a instrução do processo crime movido pela Justiça Pública contra Itamar da Silva, pelo homicídio de Genésio Costa. Nesta audiência, vamos ouvir as testemunhas de defesa.

A um sinal, o secretário da audiência chamou Melquíades de Almería, primeira testemunha relacionada por Jairo.

— Requeiro a exclusão da testemunha, Excelência — protestou Vicente, sentado ao lado direito do Juiz, um pouco alto demais, talvez, para que todos na plateia o ouvissem. — Ele não estava presente aos acontecimentos, não viu a assembleia, não pode trazer nenhuma novidade.

Ernani voltou-se para Jairo, que rebateu:

— Ao contrário, Excelência. O senhor Melquíades vai esclarecer porque a testemunha Anselmo Resende não viu o que disse que viu.

— Parece-me muito vago, doutor — resmungou o juiz, antevendo confusão.

— Ao contrário, Excelência, esse testemunho vai explicar porque Anselmo Resende não foi encontrado. Duas ou três perguntas serão suficientes para esclarecer tudo, não tomarei muito do precioso tempo desta Corte.

O juiz viu quando o advogado, enquanto falava, tirou um documento da pasta, uma escritura de cartório, talvez que tivesse o depoimento de Melquíades, pensou por um momento, sopesou o risco de nulidade do processo que sua recusa poderia causar, era cerceamento de defesa, e, por isso, recusou o pedido do promotor.

À primeira pergunta do advogado, Melquíades respondeu categoricamente que Anselmo Resende nunca tinha se hospedado em seu estabelecimento. A afirmação irritou o juiz e o promotor, levantou alguns ós da plateia, cochichos que obrigaram o juiz a repetir o pedido de silêncio.

— Como o senhor pode ter tanta certeza? — interrompeu o promotor, ruborizado.

— *Sí, seguro*, Excelência. *Puedo decír con seguridad*, porque registro *todas las personas* que entram *en mi hotel*, exigência *de la* polícia, *y el nombre* dele não está nem nunca esteve no livro de registros.

O juiz interveio, irritado:

— O senhor conhece todas as páginas do livro?

— *No, doctor, pero busqué el nombre de él y no lo encontré.*

Jairo levantou-se, com um volume na mão, fazendo pose de advogado de filme americano.

— Aqui está o livro de registros da pensão, Excelência. Tem todo o ano passado aí, pode examinar.

O juiz pegou com a ponta dos dedos o livro e folheou suas páginas encardidas até chegar ao final do mês de março, avançando para dez de abril, percorrendo cada linha, duas vezes, sem encontrar o nome que procurava. Resende não poderia estar hospedado na pensão naquele trágico quatro de abril, nem antes nem depois. Repassou o volume ao promotor, que examinou cada linha de cada dia daquele período, sem encontrar nada. Jairo pediu, o livro foi-lhe entregue, e ele foi diretamente ao dia vinte e seis de março, em que encontrou o registro de Antonio Badaró, que permaneceu hospedado até o dia cinco de abril.

— Aqui, Excelência, veja esse hóspede — disse, apontando para o juiz a linha onde Badaró havia assinado.

Com o livro na mão, Ernani perguntou ao advogado o que Antonio Badaró tinha a ver com o caso.

— Tudo, Excelência. Veja que ele informou morar na Rua Ariti, 125, bairro de Cangaíba, em São Paulo, o mesmo endereço que Anselmo Resende informou em seu depoimento nesta mesma sala.

O promotor se levantou, apressado, para examinar o documento junto com o juiz.

— É ele o nosso Anselmo — exclamou Vicente.

O juiz abriu um sorriso. Vicente sorriu também, abriu a boca, mas antes que pudesse falar o juiz decidiu:

— Vamos intimá-lo, então. Ele tentou fugir do processo, mas nós o achamos. Obrigado, Doutor, pelo seu espírito público.

Antes, e para evitar futura alegação de cerceamento de defesa, deu a palavra a Jairo, cuja expressão era estranhamente triunfante.

— A defesa não se opõe à intimação dele, mas desde já requer seja consignado em ata que esse nome é falso, e que Antonio Badaró é tão real quanto Anselmo Resende. Pode registrar também que esse endereço é um terreno baldio habitado apenas por mato, ratos e baratas — respondeu Jairo. — Tenho aqui uma certidão da Polícia Civil informando que o número da identidade que consta no livro de registro pertence a outra pessoa, já falecida. Antonio e Anselmo são duas personagens que roubaram identidades de dois defuntos e moram numa casa de faz de conta...

— Mais respeito, doutor — reagiu Ernani.

— Sim, Excelência, a Justiça merece nosso respeito, o que nem Anselmo ou Badaró demonstraram.

O juiz bufou, já ficando com raiva do promotor, que não tinha tirado a bunda da cadeira mesmo depois da Justiça paulistana ter falhado em achar Anselmo, mas não teve saída senão registrar o depoimento na ata.

A segunda testemunha da defesa era Romualdo Kitsch, o perito da Polícia Técnica que havia analisado a arma do crime e encontrado nela as digitais de Itamar, o juiz achou desnecessário porque era impossível ao perito mudar seu próprio laudo, as digitais estavam lá, mas deixou correr. Ele confirmou que as digitais de Itamar estavam no cabo do cassetete, juntamente com outras duas, não identificadas pelo sistema estadual.

— Mais algum tiro no pé, Doutor? — ironizou o juiz, de olho na bonita espiã de vestido vermelho.

— Só mais um, Excelência — respondeu Jairo, no mesmo tom.

O advogado perguntou ao perito se as digitais de Itamar estavam por cima ou por baixo do sangue encontrado no cabo do cassetete, mas o juiz indeferiu a pergunta, irrelevante, disse.

— Excelência, essa resposta é essencial. O laudo está nos autos mas não é claro a respeito disso. Se não for resolvido, o processo poderá ser anulado, como diz a jurisprudência do Tribunal de Justiça a respeito da credibilidade da prova pericial.

Ernani não acreditou muito, talvez nem existisse essa tal jurisprudência, mas não queria sua sentença anulada por uma besteira destas. Recuou, e o perito respondeu:

— O laudo é claro, na minha opinião, até escrevi isso lá, o advogado parece que não leu direito, mas eu explico de novo — começou, com ar de aborrecido. — Há impressões digitais de três pessoas diferentes. Duas delas, de duas pessoas diferentes, não identificadas, estão localizadas em várias partes do corpo do cassetete, do cabo à ponta, e são cobertas, parcialmente, por sangue ou respingos de sangue. As impressões digitais do réu estão sobre o sangue, foram impressas nele, e, ao contrário das outras duas, estão inteiras e nítidas, e apenas no cabo.

— E o que isso significa? — voltou a indagar Jairo.

— Significa que o réu pegou o cassetete só pelo cabo e quando o fez, já estava manchado com o sangue da vítima. Os donos das outras digitais, eram dois, pegaram na arma antes da agressão e não apenas no cabo.

— E por que as digitais do réu são nítidas, como mostram as fotos do laudo?

Alarmado, Ernani tentou calar a testemunha.

— Doutor, acho que estamos suficientemente esclarecidos aqui sobre esse tema ridículo. Podemos avançar, por favor.

— É a última pergunta, Excelência.

O perito não esperou a autorização do juiz, era um profissional, no final das contas:

— As impressões digitais do réu estão por cima e não por baixo do sangue e são mais nítidas porque ele segurou a arma depois — e ele frisou o depois — que ela tinha sido usada para golpear a vítima.

Ante o olhar de fúria do juiz, e tendo alcançado seu objetivo, Jairo dispensou a testemunha. Mas Vicente resolveu atacar, o depoimento era muito prejudicial ao processo:

— Como o senhor pode ter tanta certeza, o senhor estava lá? — provocou.

— Não estava, não, assim como o senhor também não, mas minha certeza está baseada no estudo do objeto com microscópio e testes de laboratório. Tirei fotos microscópicas que demonstram essa conclusão. Algumas estão no laudo, aliás, mas se o senhor quiser, eu trouxe várias delas, ampliadas, para demonstrar...

Ernani não tinha analisado as fotos, nem o laudo, e suspeitava que nem Vicente o fizera, mas parecia que o advogado sim, havia estudado bem o documento, e estava dando uma surra no promotor.

A tarde avançava e o juiz queria encerrar a audiência, tinha uma sentença por acabar, mas Jairo tinha ainda mais uma testemunha, e essa foi a gota d'água que faltava para o magistrado explodir.

O doutor Luiz Adamastor Menezes, delegado de polícia titular, entrou na sala de audiências sem olhar para o juiz e sentou-se na cadeira destinada às testemunhas, apresentando sua identidade funcional.

— A defesa pode me explicar o que o delegado está fazendo aqui? — bufou o juiz.

Ernani sabia a resposta desde a semana anterior, quando conversou com o delegado sobre a investigação que ele conduzia sobre a pancadaria na assembleia, uma tentativa para acabar com o ressentimento que o idiota do promotor havia criado. O delegado foi muito educado, reafirmou sua convicção na culpa de Itamar, mas atacou Vicente, um que precisava aprender a respeitar os outros. Ernani estava certo de que o delegado queria vingança, era impossível prever até onde iria para revidar as grosserias de Vicente.

— Claro, Excelência — respondeu Jairo, cauteloso. — O doutor Luiz investigou a violência cometida contra os trabalhadores na assembleia e, como disse aqui a testemunha Francisco Menezes, os bandidos não eram da categoria.

Ernani não podia se dar ao luxo de ouvir o que o delegado queria dizer, fosse o que fosse.

— Essa afirmação é suspeita, doutor, ninguém pode conhecer milhares de pessoas da categoria.

— Concordo, Excelência, mas a testemunha Francisco disse que a polícia técnica fez um retrato falado de um dos agressores. Pode ser ou não da categoria, por isso é necessário que a polícia investigue o caso.

— Não há nenhum inquérito, doutor. Que investigação é essa?

— O doutor Luiz vai nos informar, Excelência.

Vicente decidiu agir em socorro do magistrado:

— É irrelevante, Excelência, porque além de não haver nenhum inquérito, o delegado não está investigando mais o homicídio em discussão neste processo. Esse testemunho é desnecessário, não vai ajudar em nada nesse processo. A defesa só quer fazer confusão, tumultuar o processo. Essa tentativa deve ser rechaçada, para o bem do processo

Ernani olhou feio para o promotor. Chamar o delegado de irrelevante não ia melhorar as coisas.

— Asseguro que não, Excelência — retrucou Jairo. — A Polícia Civil investigou a assembleia e tem informações importantes para a compreensão dos fatos, embora não tenha mais investigado o homicídio em si.

Ernani agarrou a oportunidade, se não está investigando o homicídio, o que tem o delegado a esclarecer sobre o caso?

— Recuso a testemunha, doutor, com todo o respeito que o doutor Luiz merece. A defesa deveria ser mais contida e não expor dessa maneira um profissional como ele, uma autoridade pública que merece todo o nosso respeito. Tecnicamente, não há nenhuma investigação formal e, portanto, não há qualquer interesse nesse depoimento.

— Insisto, Excelência. O suspeito identificado pela testemunha Francisco foi localizado em São Paulo, é um criminoso procurado, mas o delegado foi obrigado a enviar as informações para a décima Delegacia de Polícia da capital, porque o promotor o proibiu de investigar. Repito, o inquérito existe mas está em São Paulo porque o promotor proibiu o senhor delegado, que merece todo o nosso respeito, de investigar.

— Mantenho o indeferimento, o delegado não tem nada útil a oferecer para esse processo. Talvez possa contribuir com a polícia paulistana, mas aqui sua tarefa está concluída.

De irrelevante a inútil, o delegado, uma autoridade, sentiu-se ofendido. Mexeu-se na cadeira e ergueu a voz:

— Ao contrário, Senhor Juiz, tem muita coisa a esclarecer. Talvez até a autoria do crime.

Aquilo era demais para Vicente, ele perdeu as estribeiras.

— O relatório de seu inquérito aponta a culpa do réu, doutor. Que palhaçada é essa agora?

— Infelizmente, doutor, acho que encerrei o inquérito antes da hora, atendendo ao pedido de Vossa Excelência, que queria rapidez. Receio que está incompleto, e por isso iniciei outro.

— Mas não existe nenhuma investigação! — respondeu Vicente, encarando o delegado.

— Existe, Excelência — interveio Jairo, dirigindo-se ao juiz. — Só foi enviada para São Paulo, porque Vossa Excelência proibiu o delegado de investigar.

Ernani passou os olhos ao redor e decidiu que era hora de encerrar aquela comédia, não seria um delegadozinho em início de carreira que arruinaria seu processo.

— A testemunha está dispensada, com os nossos agradecimentos — disse.

Jairo levantou-se:

— Protesto! Isso é cerceamento da defesa.

Ernani de Oliveira e Sá quase perdeu a paciência de novo, olhou para o idiota do promotor, sopesou de novo o risco de anulação, a credibilidade de um delegado que se contradiz, resolveu manter a pose e respondeu ao advogado:

— Já que o senhor não tem mais testemunhas, a audiência está encerrada.

A expressão mal humorada do juiz não escondia sua frustração, a raiva da derrota. O delegado olhou com ar de superioridade, quase rindo. A plateia estava muda, paralisada. Ninguém se mexia.

Mal assinou a ata, o magistrado saiu da sala, sem se despedir, e foi direto para seu gabinete, onde se trancou e, depois de pendurar a toga cuidadosamente no armário, tomou uma dose dupla de uísque e sentou-se ao computador, tinha uma sentença por terminar.

Celso Antonio e Luiz Roberto recolheram seus cadernos e saíram, junto com os demais espectadores. Na praça, Celso assumiu o volante do carro e arrancou, enquanto Luiz Roberto, a seu lado, enviava pelo celular uma mensagem a Cícero marcando um papo para o dia seguinte.

6

Jairo juntou ao processo de Itamar uma declaração feita em cartório pelo delegado narrando sua tentativa de investigação, frustrada pelo promotor, mas o juiz não aceitou a petição, mandou ser extraída, apagada porque, para ele, não havia mais nada a ser provado, já estava tudo pronto para a sentença. Mas a decisão empacava, os dias passando, as semanas se sucedendo, sem resposta. Jairo fotografou a página do processo judicial eletrônico com o registro numerado de sua petição e da declaração, e imprimiu a certidão de juntada feita pela secretaria, já prevendo aquilo. Depois, fotografou e imprimiu o despacho do juiz, iriam reforçar o dossiê que ele enviaria ao tribunal, caso a sentença fosse de pronúncia.

Para afastar a agonia da espera, Itamar devorava livros, e escrevia, cartas, artigos, rascunhos, ideias, cada vez mais. Os jornais sindicais da região e até um da capital, publicaram seu artigo atacando o salário variável, desencadeando um debate.

Aurélio estranhou ele ter tocado só nesse tema.

— Por que ocê num falô nada sobre as proposta de reunião dos sindicato, das manobra patronal pra falí o movimento sindical, essas coisa que a gente tinha conversado?

— Achei melhor num falá de muita coisa agora. Vamuvê as repercussão, daí a gente avança.

— Achei bom, uma conversa não engolí a outra.

— Como foi a repercussão?

— Ah, teve muito alvoroço, tá um debate danado. Joel ficou mordido, cê sabe, e andou visitando os sindicato, diz que cê tá usando eles, essas coisa.

— E os sindicato, diz o quê?

— Tem gente contra, gente a favor, a maioria tá com cautela, qué discutí mais. Os bancário são os mais firme cocê, dizque na categoria esse negócio foi muito ruim. Joel criticou o artigo, acha que ocê é oportunista e pelego.

— Ele tá crescendo muito?

— Tá fazendo campanha braba de filiação, diz que qué aumentá a representatividade do sindicato.

Itamar se surpreendeu não com a notícia em si mas com a insuspeitada capacidade de trabalho e de fazer política que Joel estava demonstrando, gargalhou alto.

— Ele aprendeu depressa a se mexê! Um espertalhão!

— Um canalha, nunca se preocupô com o sindicato.

— Mas ele tá certo, nóis é que devia tá fazendo campanha de filiação, o tempo todo, desde o início, fortalecendo o sindicato. Nóis tá muito parado.

Aurélio emudeceu, reconhecendo razão no comentário de Itamar.

— A sindicalização é muito fraca na categoria, num tem vinte por cento.

— Curpa do Cláudio... — defendeu-se Aurélio.

— Nóis ganhemo a direção, quantas filiação fizemo?

— Tá certo, deixamo uma porta pro Joel.

— Deixamo, sim. Mas a vida num termina na eleição, companheiro. Depois dela, os filiado continua no sindicato, fortalece a entidade. Se Joel ganhá, esse pessoal vai cobrá as promessa, vai vê quem ele é.

Antes que ele pudesse responder, porém, ouviram os passos manquitolas de Felisberto, que caminhava em direção a eles junto com um Oficial de Justiça:

— Ele veio intimar você, Itamar — informou.

Sem dizer uma palavra, acompanhado pelo olhar triste de Felisberto, o funcionário entregou a intimação e a cópia da sentença de pronúncia proferida pelo juiz. Itamar, parecendo confuso, olhava para um e para outro, para Aurélio.

— Ele não me inocentou? — perguntou, encarando o rapaz.

— Infelizmente, não, seu Itamar.

Felisberto suspirou e tocou no ombro de seu prisioneiro, saindo em seguida.

— Não esperava ganhar no começo, mas a última audiência tinha me dado uma esperança — comentou Itamar. — Me iludi...

— Eu acreditava que cê ia sê inocentado. Jairo disse que nunca viu o juiz tão desesperado, nunca viu nenhum juiz batê boca com advogado. Agora isso...

Itamar arriou no catre, enquanto Aurélio começou a ler a sentença em voz alta.

— E agora? — perguntou Itamar, rompendo o silêncio.

Itamar sentou-se no catre, tomou o papel e pôs-se a ler as cinquenta e duas páginas da sentença, cheia de citações em latim e longas transcrições de livros, alguns estrangeiros, e outras decisões judiciais, mas logo viu que não entenderia aquela algaravia de palavras esquisitas.

— Muito complicado esse negócio.

O oficial, que aguardava a assinatura do recibo da intimação, pediu licença e indicou um trecho no fim, Itamar leu:

Desse modo, restando demonstrada a materialidade do crime de homicídio, assim como indícios suficientes da autoria e das qualificadoras constantes da denúncia, impõe-se submeter o réu a julgamento pelo Tribunal do Júri, pois cabe àquele Colegiado a análise das provas e a decisão quanto aos crimes dolosos contra vida.

— Seu Itamar, preciso de sua assinatura aqui, por favor.

Ele voltou a si e assinou, mecanicamente, não entendia nada. Coube a Jairo explicar, mais tarde, que o juiz considerou que, mesmo sem prova, havia situações indicando que ele pode ter cometido o crime.

— E o que o perito disse?

— Ele nem mencionou, só falou sobre as suas digitais no cassetete.

— E a testemunha falsa, os cara estranho na assembleia, Chico Mineiro falou neles.

— Nem uma palavra.

— Isso num é processo, ele já tinha me condenado antes, essas audiência, perícia, tudo teatro.

— Mas nós vamos recorrer. Nós não vamos desistir, Itamar.

— Obrigado, dotô — respondeu Itamar, abraçando-o, olhos apertados, olhando duro para lugar nenhum. — Vai pra São Paulo conversá com o juiz, com os funcionário, com o promotor de lá, com todo mundo. Arguém tem que ouví a gente.

Mas tarveiz nem isso vai resorvê, tarveiz a Justiça teje combinada com os empresário, me qué de exemplo. Depois disso, quem vai ter coragem de fazê greve? Tenho que aceitá isso e tratá de achá um jeito de cuidá do Anacleto, de continuá a vida, na luta, um jeito de resistí.

— Vou pra São Paulo, Itamar. Vou falar com todo mundo. Vou dar um jeito, nem que tenha que ir a Brasília, a gente não vai desistir.

— Se prepara pra ouví um monte de negativa, é normal, o Dotô vai entrá no ninho das cobra, mas de repente...

Itamar suspirou quando o advogado saiu. Sozinho, pôs-se a remoer conversas com Jairo e Aurélio, reorganizar seu futuro. Devagarinho, sem que se desse conta, começou a pensar em mais um artigo, a união de todos os sindicatos num só, aquilo estava virando ideia fixa. Ocupar-se dela e dos trabalhadores desviava sua atenção da desgraça de Genésio, da sua própria desgraça, era sua tábua se salvação. Adormeceu quando o dia clareou, exausto, o artigo quase pronto, o corpo dolorido, o rosto amassado de tristeza e raiva.

O arco das alianças

1

Mal se acomodou atrás da escrivaninha, o desembargador Rodrigues Pereira chamou Cícero. Sentia-se oprimido. De um lado, a pressão de Oliveira e Sá, a quem devia a progressão rápida na carreira, agindo em defesa do filho, uma tradição na vida pública desde os tempos do Brasil português. O menino tinha uma ficha funcional impecável, merecia respeito. De outro, as informações conseguidas por seu assessor mostravam uma realidade diferente da pintada pelo desembargador-pai e por seu filho, não havia nada que sustentasse a prisão, não havia nenhum indício amparando o avanço do processo.

Cícero estava agoniado para falar com ele desde que ouviu o relato de seus estagiários sobre a audiência, queria fazer alguma coisa logo, ele já conhecia aquele tipo de juiz, dali não vinha nada de bom.

Rodrigues Pereira ouviu com paciência. As perguntas jogadas no lixo sem sequer registro na ata, o veto do juiz ao depoimento do delegado, o depoimento do espanhol Almería, as explicações do perito, alarmando-se a cada nova informação.

— O depoimento do hoteleiro prova que a testemunha é falsa.

— E como aparece uma testemunha assim, do nada?

— O depoimento do perito mostra que o réu só pegou na arma depois que ela foi usada para agredir a vítima.

— Essa prova é a mais forte de todas...

— E tem esse negócio da briga, que o promotor proibiu a polícia de investigar. O delegado remeteu o que tinha descoberto para São Paulo, onde ele disse ter sido instaurado um inquérito.

— Por que São Paulo?

— Parece que ele identificou gente da capital. Mas o inquérito segue sob sigilo.

— Por quê?

— Não sei, doutor. Não tem motivo nenhum.

— Isso está muito esquisito. Localize esse inquérito secreto, vamos ver do que se trata.

Cícero anotou, tentando lembrar-se de alguém na polícia que o pudesse ajudar, mas Rodrigues resolveu mudar de assunto, indagando sobre o andamento dos processos que estavam esperando sua decisão, e os dois se debruçaram sobre outros pedidos à espera de justiça.

2

Os artigos de Itamar publicados na imprensa sindical transformaram a existência de Heinz num inferno de reclamações dos empresários, que o acusavam de fazer corpo mole, que isso atrapalhava a implantação dos prêmios e metas. A vida não lhe andava melhor nem em sua própria diretoria, com a mania de Giovanni de negociar com os colaboradores, de Hermínio e seu jogo duplo, e Antonia, excessivamente autoritária, ninguém ajudava.

— Eu não vou estabelecer uma ditadura aqui dentro, Heinz — esquivou-se Giovanni. — Vou fazer isso do meu jeito, convencendo.

— Você está prejudicando todo mundo com essa conversa fiada, está atrasando todo o processo...

Hermínio era diferente. Tentara impor o acordo por meio de uma simples ordem, mas uma ameaça de greve, fez com que ele liberasse Sizenando. Depois de muitos ganchos e demissões, nem Flora, da comissão de negociação, escapou, o movimento refluiu e o novo sistema foi implantado. Quando Heinz ficou sabendo, mandou que Rubens preparasse uma nota para os jornais sobre a modernização do sistema de remuneração da Santa Geralda, um exemplo de harmonia nas relações de trabalho para toda a sociedade sanjoanense.

Mas a complicação da Santa Delfina não tinha fim. Apesar do apoio de Joel e alguns operários alinhados com ele, a resistência era muito forte. Antonia preferiu pressionar, suspender, ameaçar e impor castigos públicos, gerando mais revolta, e ela passou a ter que enfrentar sabotagens na matéria prima e nas máquinas.

Heinz estava perdendo o controle, precisava agir rapidamente. Ligou para Andreatta:

— Demita Itamar — ordenou.

— Demitir Itamar? O senhor está louco? Ele tem estabilidade sindical, não posso fazer isso.

— Meu jurídico já estudou o caso. Demita. Nós vamos lhe dar todo o apoio.

O pequeno empresário vinha pesando riscos e prejuízos, já estava quase decidido a fazer isso há algum tempo, o sindicalista era um espinho na garganta, mas sentiu o desespero na voz do outro, e percebeu que poderia extrair alguma coisa dali.

— Isso não tem solução, seu Heinz. É um risco danado, o senhor sabe, vou ter muita complicação na Justiça.

— Não se preocupe com a Justiça, porra!

— E quem vai se preocupar comigo? Quem vai arcar com esse prejuízo? Ninguém, seu Heinz. Então, preciso me cuidar.

Heinz percebeu o rumo da conversa e foi logo oferecendo dinheiro para cobrir o risco. Félix negociou, pediu dez vezes mais.

— Isso é extorsão, Félix. É muito mais do que você precisa.

— Seu Heinz, isso não chega nem perto do prejuízo que eu vou enfrentar.

Heinz tentou argumentar, ele estava perdendo a chance de se sentar à mesa com os grandes, mas nem isso sensibilizou o outro, teve que ceder.

— Que bom que chegamos a um acordo, seu Heinz. Quando o dinheiro estiver na conta, eu demito.

Depois de desligar, soltando fogo pelas ventas, Heinz decidiu que era hora de montar uma galvânica. Com um berro, chamou Rubens.

— Que bosta está acontecendo aqui? — perguntou, alterado, mostrando os jornais sindicais ao assessor. — Essa porra de sindicato, com Itamar ou sem Itamar, continua armando confusão. Precisamos acabar com essa negrada urgentemente.

— Estamos fazendo isso, doutor.

— Pois faça melhor, mais rápido. Ninguém aguenta mais estes palhaços. Por que Joel não faz a mesma coisa? Ele precisa confrontar este filho da puta.

— Joel não sabe escrever, doutor...

— Contrate alguém. E precisamos comprar mais apoiadores, dinheiro não faltará.

Heinz dispensou o assessor, a cara fechada, o ódio no olhar, o negrinho bem que podia morrer na cadeia, melhor e mais barato para todo mundo. Por um momento, acarinhou essa ideia, mas logo a afastou, poderia sair pela culatra. Mais tarde, talvez, mas agora não, ainda não.

Pelo celular, brigou com Vicente, aquilo era uma vergonha, ele não sabia se impor, e determinou, sem chance de defesa:

— Acabe agora com essa mordomia. Presidiário não tem direito de escrever artido, muito menos de publicar. Acabe com essa merda!

E desligou na cara do homem, tinha muita coisa que fazer. Aquela dinheirama para o Félix ia sair de algum lugar, do Conselho de Segurança Pública, talvez, para esses babacas aprenderem com quem estão falando.

3

Na vadiagem de depois do almoço, os operários da Santa Geralda costumavam descansar no estacionamento interno de caminhões. Ali, gastavam o resto do intervalo conversando, falando ao celular, pensando na vida, curtindo o sol. Durvalino foi para o seu canto predileto, na esquina do prédio da expedição, de onde podia observar o entra e sai no refeitório, de olho em alguma garota mais bonitinha. Custódio se aproximou de Durvalino, um jornal enrolado na mão direita, sorrindo, um pedido silencioso de trégua, ordem de Joel, preocupado com a briga entre os dois.

Durvalino Soares tinha 46 anos, quase vinte na Santa Geralda, onde começou como ajudante geral. Destacou-se no trabalho, aprendeu ofícios, ganhou a confiança da chefia, alimentou a esperança de um cargo melhor. Mas um garoto vindo direto da escola, amigo de alguém, com metade de seu tempo de casa, conseguiu as boas graças do gerente e passou-lhe a perna. Um moleque, esse Demerval, um moleque! Ele, que sempre apoiara Sizenando e se opusera desde o início a essa turma nova do sindicato, a essa greve escrota, perdera a corrida para um garoto, uma injustiça, uma ingratidão. De que lhe servira a lealdade desses anos todos?

A gota d'água foi perder espaço na oposição para um lambe-botas do calibre de Custódio, incompetente, puxa-saco. Joel não tinha sido esperto na montagem da chapa, deveria ter ouvido Cleber, mas preferiu o puxa-saquismo.

Eles tinham começado a discutir a composição da nova diretoria uns dias antes. Cassiano sugeriu Custódio para representar o pessoal da Santa Geralda. Joel gostou, era aliado de primeira hora, tinha sido na casa dele que a campanha tinha começado, merecia.

— Olhe, Joel, isso não tá direito — respondeu Cleber à proposta. — Vamos perder votos.

— Vai à puta que o pariu, Cleber — reagiu Custódio. — Quer me puxar o tapete, é?

— Por quê? — perguntou Joel, confuso. — Custódio tá com a gente desde o início.

— Ele tava com Cláudio desde o início também, todo mundo sabe, tá muito queimado. Dizem que é amigo do Sizenando.

— Fofoca daqueles crioulos de merda! — gritou Custódio, querendo levantar-se para partir para a briga.

— Pode ser, Custódio, mas tá funcionando. Durvalino é melhor. É mais antigo, tem o respeito do chão de fábrica. Ele não tinha ligação com Cláudio e agora levou um passa-moleque do Sizenando.

— E o que isso prova?

— Que ele não é puxa-saco.

— E cê acha que eu sou puxa-saco?

Durvalino resolveu intervir:

— Vamo mantê a cabeça fria, gente. Num se trata de mim ou do Custa, é questão eleitoral. E ele tá com o nome queimado memo, num vale a pena insistí.

— Você quer é o cargo.

— Você também quer. Por que a gente não faz uma votação aqui?

— Acho que a lealdade de Custódio merece respeito, e a peãozada sabe reconhecer isso — interveio Cassiano, também ele da Santa Geralda, um que era respeitado por todos, não disputava cargo nenhum.

Durvalino protestou, Cassiano gritou com ele, Cleber interveio, Custódio o empurrou contra a parede, Durvalino avançou metendo a mão no bolso da calça, Joel o segurou, com medo de que ele estivesse armado, andava sempre com sua faca, diziam, a confusão foi tanta que encerrou a reunião. E agora, lá vinha Custódio, sorrisinho bobo na cara, como se nada tivesse acontecido.

— Não me leva a mal, Lino, eu só quero ajudar o Joel, igual você.

— Tem pobrema, não, Custa, a gente continua amigo.

— Falei com o Joel pra ele te dar um cargo na diretoria, você merece, um cara batuta.

— Eu puxo muito voto, né Custódio?

Custódio sorriu.

— Olha aqui, ó, nosso jornal — mudou de assunto, estendendo *O Ferreiro* ao colega, mas Durvalino recuou, de olhos arregalados.

— Que é isso? Se o Sizenando pega, tamo frito!

— Dá nada, não, tá de boas.

Durvalino pegou o jornal e deu uma vista dos olhos na manchete do requerimento de assembleia, a foto sorridente de Joel, dobrou-o e o enfiou no bolso de trás do macacão.

— Olha, Custódio, num me leva a mal ocê também, mas acho que dois da Santa Geralda na mesma chapa é coisa demais. Ou fica ocê ou fico eu. Fica ocê, Joel que quis, vamo deixá assim.

E afastando-se de Custódio, pôs Durvalino fim à conversa, enquanto no pátio um grupo de operários distribuía o jornal de Joel.

4

No catre, descansavam os jornais dos sindicatos da cidade, todos convocando os trabalhadores para o ato de Primeiro de Maio, o segundo que Itamar passava na cadeia, todos com seu artigo sobre a união dos sindicatos. Lendo os jornais, foi montando um quadro com os temas que mais apareciam, além dos problemas salariais e das demissões, que aumentaram muito nos últimos meses, e começou a entender melhor a realidade de cada categoria, o pensamento de cada diretoria, suas convergências e divergências, anotando tudo no caderno. Parou o trabalho só quando Aurélio chegou, estava ávido por notícias. A ruim era que o juiz tinha negado a liminar pedida por Jairo para reintegrá-lo na Zeta.

A notícia da demissão de Itamar tinha corrido por todo as fábricas, dura como um soco no estômago, doída, raivosa. Enquanto no centro da cidade a única novidade era uma quermesse, nos bairros operários fez-se velório e bebedeira, se um sindicalista podia ser mandado embora, então ninguém mais podia fazer nada. Joel, espertamente, protestou contra o que chamou de agressão, atribuindo-a porém à intransigência do sindicato, sempre querendo briga.

— A Zeta podia tê feito isso? — perguntou Itamar ao advogado.

— Não, está pagando para ver.

— E agora? O que vai sê de Lúcia? — desesperou-se o prisioneiro.

— É mais uma complicação, Itamar, mas a gente vai ganhá essa batalha. Isso que o Andreatta fez vai ficar bem caro pra ele. Estou fazendo uma ação pra te reintegrar no emprego e pedindo uma baita indenização pelo dano moral também.

— E quanto tempo demora isso, dotô?

— É rápido, porque a jurisprudência do Tribunal não deixa dúvida, todos os acórdãos dizem que tem que dar a liminar.

Itamar sossegou um pouco.

— Esses cafa só pensa em maldade?

Jairo calou, pensava da mesma maneira. Depois de alguns minutos em silêncio, o sindicalista encarou o advogado:

— E fora da Justiça do Trabalho, dotô, num dá pra fazê nada?

— Como assim?

— Pensa mais, dotô, talvez a gente ache uma porrada diferente nos artigo da lei.

Jairo estava estudando uma maneira de representar contra Andreatta na Polícia Federal, aquilo podia ser crime, mas não quis dar falsa esperança ao prisioneiro.

E agora, isso, Aurélio dizia que o juiz não tinha dado a liminar, ele continuava desempregado, mesmo contra a lei.

— Jairo disse que isso era tranquilo — reclamou ele.

— Ele mostrou no livro as decisão dando a liminar, mas o juiz negô, fazê o quê?, preferiu deixar pro final.

— E enquanto isso, Lúcia vive do quê?

— Vamo pensá num jeito...

— Que merda de jeito? Tem que tê uma solução. Jeito é maracutaia...

— Calma, companheiro. A boa notícia é que o promotor já deu parecer no seu processo, pode subí de repente.

— Passou da hora. Dois meis!

— Poizé. Jairo foi lá e brigô com o juiz. Ameaçô denunciá ele, fez até uma petição.

— Isso nunca dá em nada. Nunca vi juiz punido.

— Mas funcionou. Ele prometeu mandar o processo na semana que vem.

— Merda! Merda! Merda! Mais uma semana! Manda o juiz ficá um dia aqui pra ele vê como é bom.

Aurélio ainda relatou que a Polícia Federal tinha instaurado inquérito para investigar Andreatta por crime contra a organização do trabalho por causa da demissão, que era uma forma de agressão ao direito de organização sindical.

— Vamo vê com quantos pau se faz uma canoa, seu Félix.

Jairo também havia mandado informar que ia representar na Corregedoria contra o juiz que havia negado a liminar.

— Caraio! Ele abriu a caixa de ferramenta — admirou-se, sorridente, o prisioneiro.

— Parece que o Félix foi avisado que a polícia tava querendo intimá ele e sumiu, ninguém sabe dele faz uma semana.

— Esses cara são assim mesmo. Fala, fala, fala, mas na hora do pega pra capá se caga todo, tudo covarde. Num digo nada se não tá nos Estados Unido já, escondido. Ele sempre vai pra lá.

Aurélio resolveu mudar de assunto:

— Vamo pensá no Primeiro de Maio, então.

Itamar concordou, ficava mais animado de falar sobre a luta, sua situação não era boa conversa, nem mesmo esse contra-ataque contra a Zeta o deixava contente. Fez que sim com a cabeça e Aurélio continuou:

— A gente pensava que o sindicato devia defendê a união dos sindicatos, como cê tinha proposto, mas... será que dá?

— Como assim?

— No fundo, será que é isso o que todo mundo qué? De verdade? Será que insistí nisso num vai provocá mais disputa? A gente já tem a discussão do tal prêmio, nem todo mundo concorda com nóis...

— É verdade, andei estudando os jornal sindical, tem muita diferença de ideia de uma diretoria pra outra. Difícil unificá.

— A gente também chegô nessa conclusão. O problema é que o Primeiro de Maio tá logo ali e a gente tem que achá um discurso pra unificá. O que cê acha?

— Tá certo. Esse assunto tem que amadurecê mais.

— E sobre o que cê pode falá?

— Escrevê, no caso... — riu Itamar. — Precisamo pensá em alguma coisa.

— Sim, mas não vamo falá em salário, essas coisa, porque a maioria vai falá sobre esse tema, já tá até repetitivo.

— É uma droga também. Por que não podemo falá o que o povo tá sofrendo? Por que a gente não pode falá dessa indecência das meta? Os cara tão dando gancho a torto e a direito, baixando o facão, ninguém pode falá nada, e tudo pra rebaixá salário, por que a gente não pode falá nisso?

— Ocê escutou o que acabou de dizê? Num acha que é um pensamento importante esse?

— Qual?

— Tudo isso. O chão de fábrica vive com medo todo dia, em todas categoria, né? Fala disso, desses abuso que a gente sofre.

— Vô vê aqui, tem uns livro que fala disso, e eu me alembro bem como era tratado na Zeta.

— Num é nada diferente da Santa Geralda, mesmo na Santa Adelaide, com aquele italiano metido a bonzinho...

Aurélio percebeu que Itamar começou a pensar, despediu-se e saiu, tinha muita coisa a preparar para o ato do Primeiro de Maio, reunião da diretoria, tinha que ir se preparando para quando Itamar não pudesse nem mais escrever, ilusão não tinha mais.

As ideias foram se juntando e, sem perceber que Aurélio tinha saído, Itamar começou a escrever uma denúncia contra a opressão nas fábricas, os acidentes de trabalho de que ninguém podia reclamar, as ofensas de todo dia, a miséria do desemprego aumentando, e tudo como ferramenta do patrão para arrochar o salário e impedir a luta. Puxou da memória um que outro caso de humilhação, gancho e demissão por causa de conversas sobre sindicato. Ao fim, tudo girava em torno do salário e do lucro, todo mundo sabia disso, mas era importante colocar luz sobre essa opressão escondida, essa epidemia que adoecia o chão de fábrica. Era sobre isso o que ia falar, e queria falar que havia uma solução, que se podia dar um basta definitivo, mas ainda não podia, não via luz no fim desse túnel. Ainda.

5

O trânsito da capital era sempre uma droga, pensava Jairo enquanto estacionava o carrinho do sindicato perto da estação do metrô na Barra Funda, longe do centro. Dali, seguiria por trem até a Sé e depois caminharia até o Tribunal de Justiça, precisava relaxar da viagem, atenção travada na estrada, pernas dobradas, calado, ouvindo Aurélio falar das mazelas de Itamar.

No secular Café Vieira, a duas quadras do prédio do século dezenove, eles tomaram café com pão e manteiga, era cedo ainda.

— Ainda num sei se devia tê vindo — disse Aurélio, que não gostava nada da cidade.

— Quero que o juiz veja um metalúrgico, Aurélio. No Tribunal, só entram os engravatados, eles não têm noção do que é um trabalhador.

— Ara, pra isso podia tê trazido quarqué um.

— Não, meu amigo, tem que ser alguém que saiba falar o que pensa.

E como Aurélio ainda hesitava, Jairo finalizou:

— Aqui, os trabalhadores dos processos são réus e vítimas, números, não são gente de carne e osso. As provas não conseguem dizer toda a complexidade da vida, nem tudo vai para o processo. Por isso, eu trouxe você, para me ajudar a falar sobre as coisas que acontecem em Livramento, se o desembargador deixar.

Aurélio já tinha ouvido tudo isso, mas não sabia se concordava, Itamar concordava com Jairo, era ele a melhor escolha.

Jovial, Cícero conseguiu quebrar o gelo, com um aperto de mão caloroso, um sorriso sincero, de igual para igual. Não olhou o operário como os patrões o olhavam, misto de superioridade, com nojo, Aurélio gostou, começou a relaxar.

— O desembargador já chegou, está esperando vocês — disse o assessor, indicando a porta do gabinete do magistrado.

Rodrigues Pereira tinha muito cuidado antes de julgar seus processos. Por isso, mais do que apenas receber advogados dos réus, como todos os juízes eram obrigados pela lei a fazer, ele os ouvia. Nunca, porém, ninguém tinha trazido uma testemunha e ele resolveu deixar o advogado para depois.

— Por favor, seu Aurélio, me diga o que está acontecendo, desde o início.

Um peso imenso vergou os ombros de Aurélio. O operário respirou fundo e começou a falar devagar, medindo cada palavra, contando a história desde a redução do horário de almoço, o processo de indenização, a pressão patronal no chão de fábrica, a greve, a confusão na assembleia, a morte de Genésio, a prisão de Itamar. Rodrigues o interrogava aqui e ali, e perguntou sobre as visitas dos operários a Itamar na cadeia, a situação da mulher dele, se o crime tinha criado revolta na cidade, como o povo via Itamar.

— E o senhor, o que acha disso tudo? — perguntou o desembargador, quando o operário se calou.

— Acho que o juiz vai condená o Itamar, seu juiz, ele qué porque qué condená o companheiro.

Rodrigues indagou a razão disso, e Aurélio contou sobre as audiências, as testemunhas, as provas que ele viu, o destempero do juiz.

— O que me estranha é que ninguém viu quem matou a vítima, num lugar público, cheio de gente — comentou Rodrigues.

— Olha, seu juiz, tinha gente que viu, mas tava todo mundo cum medo. O delegado só perguntava do Itamar, num queria sabê de ôtro. O pessoal ficou cum medo de falá e acabá igual Itamar.

— Mas o delegado começou a investigar outros suspeitos.

— Da briga, Dotô, ele dexô isso claro, não da morte do Genésio.

Mais confiante, Aurélio resolveu continuar:

— E tem mais, seu dotô. Até o patrão do Itamar qué tirá vantage, demitiu o hómi, mesmo ele tendo estabilidade sindical. E o juiz do Trabalho na cidade negou reintegrá ele, nem pagô a rescisão, eles qué fazê ele sofrê.

— E o que tem isso a ver com o crime?

— Ói, seu dotô, Itamar num tem nada a vê com a morte do Genésio, todo mundo sabe disso. O único crime dele foi liderá a greve, foi expulsá os pelego do sindicato, os patrão não perdoa. Eles qué fazê nosso companheiro de bode expiatório, de exemplo. Qué botá terror nas cabeça dos companheiro pra ninguém nunca mais pensá em greve, em sindicato. Num é um processo de Justiça, é uma vingança patronal.

Quando o operário se calou, Rodrigues pensou em falar mas não conseguiu achar palavras. Voltou-se para o advogado:

— E o senhor, o que tem a me dizer?

Jairo mostrou ao desembargador o dossiê que havia preparado com notícias de jornais e revistas sobre a relação entre os juízes da cidade e os empresários, o Conselho de Segurança Pública, um órgão sem fiscalização e que financiava os gastos das polícias e do Judiciário, inclusive financiando um novo teto para o Fórum Trabalhista, as homenagens em restaurante de luxo, as constantes aparições dos juízes e promotores junto com empresários nas colunas de fofoca social, as fotos de festas e sorrisos de Heinz, Ernani, Vicente, Giovanni, os demais juízes da comarca, inclusive o do Trabalho, na mesma mesa do restaurante onde Ernani de Oliveira e Sá tinha sido homenageado, os jornais sindicais, com opiniões condenando o processo, artigos de Itamar, as fotos das assembleias e do ato do primeiro de maio. O desembargador ouviu com atenção, mesclando o que ouvia com a lembrança das palavras de Oliveira e Sá, o desembargador pai, seu mentor.

Quando Jairo terminou, ele não tinha mais nada a perguntar, estava tudo ali, ele apenas cofiou a barba.

— Senhores, passou da hora do almoço. Doutor Jairo, faça o que tem a fazer no processo...

— Já recorri, Excelência, mas a burocracia...

— Não culpe a burocracia, doutor, lide com ela porque...

— Vou impetrar outro *habeas corpus*... — interrompeu o advogado, mas Rodrigues não o deixou continuar.

— Não me diga o que o senhor vai fazer, por favor.

O desembargador sorriu meio sorriso, e levantou-se estendendo a mão em despedida. A reunião o deixara desconfortável, incomodado.

Ao contrário de Jairo, Aurélio não gostou nada do silêncio do homem, achava que ele tinha que dizer alguma coisa. Para ele, Rodrigues era mais só mais um juiz arrogante a ver apenas um réu sem rosto, sem vida, um nada. Como sempre.

6

Apoiado por mais de duzentos associados, o requerimento pedindo a realização de assembleia geral para eleição de nova diretoria foi protocolado no sindicato sem alarde Os requerentes sustentavam que a diretoria estava desmoralizada, o presidente não era mais da categoria, estava preso, condenado e tinha sido demitido do emprego, que os trabalhadores estavam abandonados.

No dia seguinte, enquanto Nicanor convocou uma reunião da diretoria, *O Ferreiro*, jornal da Oposição Sindical União e Liberdade, estampou o requerimento e uma entrevista com o líder operário, Joel Telles, que assumia a ingrata tarefa de reconstruir a entidade, prometendo mudanças. O jornal ainda informava que Itamar havia sido condenado pelo juiz criminal e que iria a júri, na história da cidade, nunca um júri houvera contrariado um juiz. Outra notícia dava conta que Itamar tinha sido demitido pela Zeta por justa causa. Completava dizendo que o advogado do sindicato estava sendo usado por Itamar, *uma evidente apropriação dos recursos da categoria por interesse próprio,* e que, por isso, *as ações trabalhistas estavam abandonadas, um prejuízo enorme para toda a categoria.*

— Isso é um desastre! — exclamou Quintiliano. — A gente nunca devia tê deixado Jairo se envorvê desse jeito.

— É tudo mentira, Quinti — tranquilizou Nicanor. — Nenhuma ação foi abandonada.

— A defesa de Itamar é do interesse da categoria, Quinti — agregou Elísio.

Mas Quintiliano não estava feliz, desde a prisão de Itamar que achava que as coisas não eram as mesmas. Elísio parecia desanimado, as meninas Flora e Valéria, tão combativas, murcharam, principalmente depois da demissão de Flora.

— Eles vão dar um banho na gente — continuou ele.

— Olha, gente, melhor a gente esfriá a cabeça — sugeriu Nicanor. Vamo todo mundo relaxá.

— Vamo enfiá a cabeça na areia? — provocou Quintiliano.

— Não, companheiro, vamo só tentá pensá de cabeça fria. Acho que a gente devia í pra porta de fábrica, conversá com a base.

— Por que cê num vai falá com o Itamar, Nico? — sugeriu Elísio.

— Eu também vou! — protestou Quintiliano.

— Tá bom. Quinti e eu vamo na delegacia, os otro vão pra porta das fábrica. Vamo fazê otra reunião no domingo pra avaliá a situação e marcá a data dessa assembleia, temo que cumprí o prazo do estatuto.

7

O espaço político do ex-metalúrgico Cláudio Maracati no movimento sindical da cidade foi preenchido por seu melhor amigo, o pedreiro Olavo Benício, presidente do Sindicato dos Trabalhadores da Construção. Olavo nunca se conformou com a derrota de Cláudio e viu a correlação de forças no movimento sindical inclinar-se perigosamente contra ele depois disso. Por isso, quando Joel surgiu, tratou de se aproximar e apoiar sua corrida contra a negrada.

A menos de um mês do ato do Primeiro de Maio, Olavo visitou Liminha, presidente dos químicos, um dos principais organizadores do evento, levando Joel consigo.

— Joel é uma revelação da greve — disse Olavo, apresentando-o ao químico. — Surgiu como liderança na Santa Delfina, e foi ele que conseguiu arrancar o acordo quando a greve teve aquela treta.

— Generosidade sua, seu Olavo — disse Joel, fingindo modéstia.

— Parabéns, Joel. A gente carece de sangue novo — cumprimentou Liminha.

— Ele está organizando um movimento de fortalecimento e renovação do sindicato dos metalúrgicos.

Liminha cruzou os braços e encarou Olavo, que continuou:

— Itamar está praticamente condenado, não tem volta, e o sindicato está se afundando. A gente acha importante que Joel venha dar sua contribuição no ato, para fortalecer e unir ainda mais os trabalhadores — continuou Olavo, confiante. — Nós o convidamos a falar no palanque.

Liminha pegou a relação dos oradores e, de caneta em punho, perguntou:

— Em nome de qual sindicato ele vai falá?

— Em nome da Oposição Metalúrgica — respondeu Joel, estufando o peito —, um movimento que já tem mais filiados que o próprio sindicato.

— Vai falar pela democracia sindical, Liminha — agregou Olavo —, porque esse movimento fortalece a nossa pluralidade de ideais.

— Aí já num sei, acho complicado. Só os sindicato vai falá.

— E os metalúrgicos? O presidente está na cadeia e mesmo assim o discurso vai ser dele.

— A fala é do sindicato e eles faz o que quisé com ela. Se quisé lê receita de bolo, eles pode.

— E a democracia sindical, onde fica? A Oposição tem que ter voz também.

— Itamar pode tá preso e num saí nunca mais da cadeia, mas os metalúrgico tem diretoria, e é ela que representa a categoria.

Olavo explodiu, clamou por liberdade de expressão, contra a ditadura, pelo respeito aos trabalhadores, mas Liminha retrucou:

— No ano passado, aconteceu igual, lembra? A oposição da construção quis falá mas nós barrô eles... Se a gente deixá o Joel falá, a gente vai tê que dá voz pras ôtra oposição também.

— Claro que não. Tenha dó. Aqueles borra-botas não tinham representatividade...

— A gente também achô, eles não tinham sido eleito nem nada, que nem o Joel.

— Vou falar com o Guerino.

— As falação são comigo. Mas tem reunião no sábado, se ocê quisé levá ele...

A comissão de organização se reuniria no sindicato dos metalúrgicos, Olavo sabia e entendeu o recado, o sangue entupiu-lhe os olhos.

— Vai à merda! — gritou, e saiu pisando duro.

Mas Joel não estava disposto a desperdiçar o dinheiro das faixas e cartazes, sua chapa estaria em peso no ato para desmascarar a ditadura de Itamar.

8

Heinz desligou o telefone na cara do delegado, sujeitinho sem graça, depois de uma conversa ríspida sobre as mordomias de Itamar na cadeia, podendo escrever à vontade seus ataques mentirosos à classe patronal. Aquilo não podia continuar!

— Doutor Heinz, não posso fazer nada. Esse direito tem até na penitenciária, e olhe que lá os caras já estão condenados, hein? O tal sujeito ainda não.

— O senhor tem dúvida?

— É o Júri que vai dizer, doutor.

— Pois olhe, delegado, enquanto ele permanecer nessa festa aí, não vai ter mais dinheiro para a polícia.

— O senhor é quem sabe, doutor, mas se faltar dinheiro pra gasolina vou ter que apelar para a comunidade, quem sabe os sindicatos dos trabalhadores não fazem uma vaquinha — provocou o delegado, e isso foi a gota d'água — Heinz bateu o telefone na cara do safado!

Ainda furioso com o desbocado, gritou por Rubens, correu para ver o que o chefe queria. Heinz exigiu relatório completo sobre a campanha de Joel.

Rubens começou a recitar a grande quantidade de filiações ao sindicato, o número crescente de apoiadores e a montagem da chapa de Joel, ladeado por Custódio e Honorato.

— Quem são esses dois?

— Gente nossa, contratei pessoalmente, nem Joel nem Amélia sabem.

— Precisamos ganhar de qualquer jeito, menino, nem que tenhamos que matar outro vagabundo — disse Heinz.

— Pensei em convocar Romeu...

— A turma dele está muito queimada. A besta do delegado identificou uns dois, já. E ele já fez cagada com aquela testemunha, um cara que não existe... ando ressabiado com ele.

— Aquilo não tinha jeito, doutor. Ele só podia testemunhar na polícia, era esse o combinado. Nossa ideia era estimular outras testemunhas a falar, ele mesmo não podia falar na Justiça.

— Uma puta de uma cagada, isso sim.

— Não temos culpa se a tigrada morre de medo do crioulo. Romeu me garantiu que Anselmo nunca mais vai aparecer, podemos sossegar. E ele vai recrutar gente nova, desconhecida, doutor, não se preocupe.

Apesar de descontente com Romeu, era Itamar o osso atravessado na garganta de Heinz.

— Esse negro é uma doença, até na cadeia faz merda. A gente tem que acabar com isso já.

— Vou convocar Romeu, doutor — insistiu Rubens.

Heinz pensou mas não achou outro jeito, deu sinal verde.

— Vou contratar umas camionetes também, para levar os eleitores.

— Diga a Romeu que, se ele comprometer a eleição de Joel, não vou pagar nada.

— Não tenho caixa para essas despesas, doutor...

Heinz assentiu, ia cuidar disso, dinheiro não faltaria, tinham que ganhar aquela porcaria de eleição.

Rubens respondeu que sim, o doutor podia ficar tranquilo, voltou para sua sala, telefone e computador. Tinha que fazer várias ligações e calcular essa nova e gorda despesa, uma bênção.

9

Dormindo na burocracia, entre juntadas e certidões, o recurso andava de lá para cá no escaninho virtual da Vara Criminal sem sair do lugar, esfriando o caso, assentando a poeira.

Enquanto isso, ao desembargador Rodrigues Pereira não faltava trabalho. A tela de seu computador exibia mais um *habeas corpus*, desta vez mais robusto, ilustrado com fotos e reportagens de jornais e revistas, os artigos de Itamar. Nele também estavam as declarações do delegado Luiz Adamastor, a ata da última audiência e as certidões no processo, revelando o lamaçal burocrático em que patinava.

Rodrigues lia com atenção cada documento, a declaração do delegado, encurralado pelo promotor, os discursos laudatórios na homenagem ao juiz, os artigos sindicais do réu e sobre o réu. O advogado pedia, além da libertação imediata de Itamar, a anulação da ação penal e do inquérito, o juiz não era imparcial, a investigação era dirigida, a defesa tinha sido impedida de defender.

Embora quisesse despachar esse novo pedido, resolveu esperar a subida do recurso. O tribunal não aceitaria um *habeas corpus*, uma ferramenta jurídica exclusiva para defender a liberdade individual, um caso extremo, só aceitava o recurso previsto no Código. Não, ele tinha que esperar.

Leu rapidamente a declaração do delegado e nela encontrou o número do inquérito, a delegacia por onde tramitava, a vara criminal que o supervisionava, o advogado fizera tudo certinho, e resolveu dar uma espiada nele. Mas, depois de ler alguns depoimentos coletados no Décimo Distrito Policial, na Penha, analisar o reconhecimento facial de alguns homens de cassetete, perdeu a paciência e procurou no sistema o processo crime dorminhoco.

E ficou horrorizado, estático, ao ver que, depois que a defesa apresentou seu recurso, o processo descansou por quase um mês antes que o juiz o despachasse para o promotor, que estourou o seu prazo para responder ao recurso, e o processo voltou para juiz por mais meio mês, e depois voltou para o cartório criminal para o escrivão certificar que o réu e seu advogado haviam sido intimados, que o recurso da defesa e a resposta da acusação haviam sido inseridos no processo, os decursos de prazo, e mais uma ou duas obviedades, e devolvido ao juiz, que aguardava Deus sabe o quê.

Seu trabalho foi interrompido pelo interfone, tinha visita ilustre na sala, o desembargador Oliveira de Sá, que não esperou a autorização para entrar e foi logo se acomodando em frente a Rodrigues Pereira, depois de apertar-lhe as mãos efusivamente.

— O que me traz aqui — disse Oliveira —, além de ver como o amigo está e oferecer os meus préstimos, é uma ideia que tive para melhor apoiá-lo, e ao mesmo tempo ajudar um profissional brilhante, assim como eu o ajudei, lembra-se?

O outro apenas cruzou os braços, sem dizer nada, esperando que o mais velho avançasse.

— É sobre meu filho, encarcerado na mediocridade do interior. Ele precisa vir para a capital, meu amigo, mas não há qualquer possibilidade de remoção agora, tem gente mais antiga na frente... Embora seja um crime que ele permaneça lá!

— Não se aflija, Excelência — respondeu Rodrigues. — Temos muitos juízes brilhantes no interior fazendo um excelente trabalho. Eu mesmo andei por anos no interior antes de chegar à capital.

— O amigo é um excelente exemplo de porque não devemos desperdiçar talentos... se tivesse vindo mais cedo, certamente contribuiria muito mais com a Justiça.

— Talvez sim, talvez não, mas o fato é que esse tempo me amadureceu, meu deu mais consistência no trabalho.

— O menino está pronto, meu amigo, pode acreditar, não tem nem como usar todo o seu saber jurídico, acredite-me, uma verdadeira enciclopédia. Acho que o amigo se daria bem com ele, tenho certeza que sim, sua vasta inteligência e erudição dialogaria com o imenso conhecimento do menino...

— Seria um desperdício, Excelência. Ele seria mais útil julgando. Além disso, minha assessoria está completa, ele ficaria ocioso.

— Se me permite a sinceridade, um juiz com sua qualidade deveria ter um assessor à sua altura e não um mero bacharel e eu acho que...

— Se me permite a franqueza, Excelência, estou plenamente satisfeito com minha equipe. São preparados e de minha inteira confiança.

Oliveira e Sá, ex-presidente do vetusto Tribunal de Justiça, sentiu-se ofendido mas não respondeu, daria o troco no momento oportuno.

Depois que ele saiu, Rodrigues voltou para a tela do computador, relendo cada depoimento que nada dizia, e que por isso talvez tudo dissesse.

A concentração

1

O ato do Primeiro de Maio, o segundo que Itamar viveu na cadeia, foi tenso. Com suas cartas e artigos transmitidas via celular pelo sindicato, ele conclamou a categoria a ir à praça. Era a maneira certa de apoiá-lo, não receberia ninguém naquele dia, a luta era maior que ele, dizia. Preferia, é lógico, estar na praça iluminada pelo sol do sábado com os companheiros, com Lúcia e Anacleto, sindicalista e estudante de Direito em busca do sonho de justiça, mas tinha que adiar isso, talvez para sempre.

Por Felisberto, soube do protesto que a turma de Joel tinha feito, com faixas bem pintadas e cartazes de cartolina, vaiando e gritando palavras de ordem, coisa feia, contra a fala do próprio sindicato.

— Eles são bem barulhentos, menino. Teu amigo quase não conseguiu ler sua carta.

— Cê foi lá, Berto?

— Claro, quis ver porque o promotor tá tão irritado com você.

O promotor quisera proibi-lo de escrever, o delegado havia resistido, num diálogo por telefone, que terminou quando o delegado pediu ordem escrita da proibição.

— Parece até que ele tá do lado patronal — disse o carcereiro, que havia gostado do texto de Itamar sobre a opressão no chão de fábrica, coisa que o filho dele havia sofrido.

— Eu tenho certeza disso.

— É, mas você mandou bem, menino — disse carcereiro, voltando para seu posto, do outro lado da porta.

Mas só quando Aurélio veio visitá-lo, na terça-feira, o sindicalista ficou sabendo que o ato tinha sido um sucesso, com milhares de trabalhadores atulhando a praça, embora a unidade do ano anterior não tenha se repetido. O sindicato da construção boicotou a convocação para o evento, no que foi seguido pelos comerciários. A diretoria dos bancários ficou dividida entre apoiar ou não a participação de Joel e sua oposição, e os estudantes também se dividiram, pedindo a liberdade para todas as ideias.

— Essa geração nova vai abrí nosso futuro pra muita coisa ruim, se continuá igualando urubu com canário, se a gente não fizé nada. Eles num têm noção de nada.

— Esse Joel tá muito forte, companheiro. A gente precisa se organizá pra essa assembleia. Eles vai vim com tudo.

O prisioneiro sentiu um arrepio, depressa andava o tempo e trazia a assembleia que poderia mudar a história do sindicato, e ele estaria fora dela, agoniado na cadeia, inerte. Sentiu-se mal, mudou de assunto.

— Me conte mais sobre o Primeiro de Maio, depois a gente pensa na eleição.

Aurélio então descreveu-lhe todo o ato, a grande aglomeração de trabalhadores, a combatividade de alguns discursos. Detalhou a tentativa de protesto da oposição, e a chegada de Guerino e alguns colegas para botar ordem na casa. O tecelão frequentava academia, praticava boxe, tinha gente pronta e disposta, não deixaria baixaria acontecer sem dar resposta.

— Teve violência? — preocupou-se Itamar.

— Não, só vaia.

— A coisa pode pegá fogo no sábado.

— A gente tem que cumprí o estatuto à risca, companheiro, não podemo dar mole pra essas coisa não.

Itamar concordou, avoado, não sabia o que dizer, não estaria lá, não poderia ajudar.

— Vai sê na rua? — perguntou, ansioso.

— Se dependê de mim, não. Uma confusão só já basta, né? E na rua a gente não tem controle de quem é votante ou não.

O mais velho tinha se reunido com Jairo para estudar o estatuto e o advogado alertara para o artigo 35, que dizia que só poderiam votar os sócios com pelo menos seis meses de filiação e em dia com as mensalidades.

— Tem muita gente que eles filiaro que num tem os seis mêis, num vai podê votá — acrescentou.

— Será que a gente consegue controlá a entrada?

Aurélio fez uma careta, encolheu os ombros, como saber?, mudou de assunto.

— O pessoal tá se organizando pra dá uma força pra Lúcia até resorvê o seu processo. As conta num vão esperá. Tamo fazendo uma vaquinha, esse mêis, mais vamo dá uma solução definitiva depois da eleição.

— Nem pra alimentá minha família eu sirvo mais...

— Tu é vítima dos patrão. A gente tem que te apoiá, sim.

— E minha reintegração?

— Jairo tá esperando a liminar do desembargador.

— Mais um desembargador...

— Sério, Ita, num tô otimista com essa Justiça patronal que a gente tem. Num gostei do jeito do cara que conheci em São Paulo, com o Jairo.

Felisberto, porém, disse que era hora de encerrar a visita.

— Dexa esses negócio com a gente. Pensa em otro artigo, que assim ajuda mais — garantiu Aurélio, afastando-se.

Itamar voltou para dentro da cela, mas não conseguiu ficar parado, pôs-se a andar de um lado para o outro, xingando, socando o ar com o punho fechado, ameaçando em voz alta sabe-se lá quem.

2

Na noite de quarta-feira, os líderes da oposição se reuniram com Joel para finalizar os preparativos para a assembleia. Joel percebeu a ausência de Durvalino.

— Ele não aceitou minha proposta, Joel — explicou Custódio. — Tá muito cheio de si. Ou é da diretoria ou não é nada. Por isso, nem convidei pra hoje.

— Pois fez muito mal. Aqui, a gente podia ter negociado.

Mas Custódio não concordou, o cara era cabeça-dura.

— Ele pensa que é o fodão, me disse que só cabe ele na chapa, que eu tinha que cair fora — mentiu.

— Azar dele — conformou-se Joel, dando de ombros. — Nossa prioridade agora é organizar o transporte dos colegas para votar. É importante levar todo mundo, mesmo os que a gente não filiou.

Ele tinha conseguido duas camionetes, mas achava que era pouco para cobrir toda a periferia, precisavam arranjar pelo menos mais um ou dois veículos, e definir os pontos de encontro.

— Dinheiro em caixa tem um pouco, podemos alugar mais umas duas camionetes de caçamba.

Custódio sugeriu comprar lanche para os eleitores. Honorato achou melhor dar-lhes dinheiro. Alguém lembrou que o dinheiro podia ir para bebida e isso seria perigoso, perderiam o controle. Outra pessoa pensou em pagar alguma grana depois da assembleia para os que fossem, garantindo a presença até o final, ideia que agradou todo mundo. Uma outra ainda pensou em fazer uma festa na rua, com cerveja e churrasco, no domingo, em frente ao sindicato, para festejar a vitória. A discussão durou quatro horas, cinco pizzas e trinta e seis latas de cerveja, mas chegaram a um consenso.

— Vamos arrebentar a boca do balão, pessoal! — festejou Joel.

Contas feitas, detalhes acertados, se não faltasse ninguém não havia como não lhe dar razão, a assembleia seria deles.

3

Cícero bateu na porta e entrou, esbaforido, provocando um gesto de irritação de Rodrigues Pereira, impaciente já com a enrolação de Ernani.

— Aquele recurso chegou, doutor.

Na segunda-feira, o advogado de Itamar havia telefonado, propondo tomar alguma medida judicial para forçar a subida do inquérito, uma correição, um mandado de segurança, qualquer coisa, mas Cícero desaconselhou, apesar de concordar que o juiz havia passado dos limites.

— Doutor, desaconselho. Vai atrasar mais, com prazo para o juiz, parecer do Ministério Público, aí é que o processo empaca.

Quando soube, Rodrigues quase o demitiu, *isso lá é papel que se faça, aconselhar a parte?* Dias depois, por fofoca de funcionário do gabinete do desembargador-pai, ele soube que Jairo havia mostrado a um assessor de Ernani uma representação contra o magistrado, assinada e pronta para ser enviada à Corregedoria, caso o recurso não subisse. Deu resultado. Política aplicada ao pé da orelha, pensou, divertido.

O desembargador depositou a xícara de café na escrivaninha e voltou-se para o computador, onde uma luzinha piscando na tela anunciava a chegada do recurso. Abriu o arquivo e ele analisou com calma e olho clínico a argumentação de Jairo. Era um texto enxuto, técnico, como tinha que ser, bem diferente do dossiê que fundamentava o *habeas corpus.*

Rapidamente, abriu a janela de edição, e digitou um despacho, determinando a anexação do *habeas corpus* e do inquérito policial instaurado em São Paulo ao recurso, pondo-se a analisar tudo, comparando e unindo, buscando uma interpretação da lei que lhe permitisse fazer a melhor Justiça. Já passava de meia-noite quando ele concluiu:

Apesar de incabível, o **habeas corpus** *trouxe luzes novas ao processo, com informações e provas que haviam sido recusadas pelo juízo de primeiro grau. Por essa razão, é obrigatório que se analise todo o andamento processual à luz, também, dessas novas informações.*

Salta aos olhos, em primeiro lugar, a inexistência de quaisquer dos fundamentos legais para a prisão preventiva. Nem o clamor popular contra o réu ficou demonstrado, ao contrário, é gritante o apoio que ele tem da categoria profissional a que pertence, mesmo dos familiares da vítima. O réu é primário, não tem passado violento, nem há notícia de que tenha tentado pressionar qualquer testemunha ou funcionário da Justiça. Não oferece, portanto, risco para o processo ou para a sociedade. Possui família constituída e fortes laços na comunidade, com emprego fixo e mandato sindical, não havendo tampouco risco de fuga.

Depois, ficou também evidente o cerceamento da defesa e o veto à produção de prova, tão intenso que interferiu no funcionamento do próprio Estado, ao ser proibida à polícia local desenvolver investigações que poderiam esclarecer melhor os trágicos acontecimentos daquela tarde-noite.

Por essas razões, determino a imediata soltura do réu.

Cumpra-se, com a urgência que o caso requer.

Não inseriu o despacho no sistema, porém, preferiu dormir com o problema, refletir, medir as consequências, a reação de Oliveira e Sá, a repercussão entre os colegas. No dia seguinte, chegou tarde ao gabinete, a cara amarrotada da noite mal dormida, rugas na testa, tratou de reler todo o texto, procurar alguma contradição, alguma fraqueza, alguma coisa que pudessem usar contra ele. Felizmente, fora alguns erros de digitação, não viu nada, oxalá nada houvesse. Chamou Cícero e mostrou a decisão liminar ao assessor.

— Doutor, o senhor está comprando uma baita briga com o desembargador Oliveira e Sá. Tem certeza disso?

— Não gostei do que vi, não gosto do que estou fazendo, mas tenho que fazer — respondeu.

Cícero concordou, faria a mesma coisa, mas, apesar de gostar da coragem do chefe, preocupava-se com ele, com a retaliação de Oliveira e Sá.

Depois de terminar outra releitura, Rodrigues suspirou, pressionou uma tecla e inseriu o despacho no sistema.

Em seguida, pressionou outro comando, determinando a emissão automática do alvará de soltura, um melhoramento introduzido por ele para aliviar a burocracia.

— Para não termos nenhuma surpresa, você vai levar agora o alvará e o despacho para Livramento. Na segunda-feira, despacho o processo para o Ministério Público. Vamos ver se ele sai antes disso.

— Doutor, já está tarde, não sei se dá, tem o fim de semana.

— Vá assim mesmo, tente cumprir o mandado amanhã ou segunda bem cedinho.

Antes mesmo de cruzar a porta, o assessor foi tomado pelo medo de que derrubassem o despacho e ligou para Jairo, abandonando seus planos para aquela noite.

4

O desembargador Oliveira e Sá acessou o sistema pelo computador de sua casa, como fazia todos os dias no final da tarde, e se deparou com o despacho de Rodrigues Pereira no processo de seu filho. Atônito, teve que reler mais de uma vez o documento para compreender que Rodrigues havia provocado um imenso tumulto processual, dando vida a um *habeas corpus* sem nenhum cabimento, introduzindo depoimentos de um inquérito estranho aos fatos, acusando o filho de parcial.

Aquilo ia ter um preço, ele ia ver com quem estava se metendo, aquele safado.

A noite avançava, o dia seguinte era sábado, mas o alvará já tinha sido emitido e estaria na delegacia na segunda-feira cedo. Ele tinha que cortar o mal pela raiz, agir rápido. Ligou para o filho e o informou sobre o desastre.

Tentou falar com seus colegas, mas era sexta-feira, a noite avançava, encontrou apenas o desembargador de plantão, seu amigo pessoal de décadas, homem experiente, que lhe prometeu examinar o processo assim que pudesse, ainda no final de semana, e foi o máximo que conseguiu. Era sexta-feira, o Tribunal já estava descansando.

Sem mais nada a fazer, serviu-se de uma dose dupla de uísque, e afundou no sofá pensando com que maldade devolveria essa falta de consideração, essa ingratidão, essa afronta de quem tanto lhe devia.

5

Jairo ainda estava no sindicato, organizando a agenda de atendimento aos trabalhadores quando Cícero ligou. A notícia mudava o quadro político da assembleia do dia seguinte, com a inocência praticamente reconhecida. Daria o braço direito para ver a cara de Joel quando ele soubesse. Na segunda-feira, se Deus quisesse, Itamar reassumiria o sindicato, a vida voltaria ao normal. Melhor ainda, se conseguisse cumprir a soltura antes da assembleia.

— Será que conseguimos cumprir isso amanhã cedo? — arriscou.

— Talvez — continuou o assessor.

— Podemos nos encontrar amanhã cedo na delegacia? — exultou Jairo.

— Não, doutor, vamos conversar hoje. Assim que eu chegar à cidade, nos reuniremos no hotel.

— Muito melhor! O delegado já sabe?

— Já, ele estava a caminho da praia, coitado, mandei voltar.

Depois que desligou o celular, Jairo chamou o estagiário e o encarregou do atendimento no dia seguinte, e dirigiu-se à sala de Aurélio para informar a novidade, o sindicato ia ter que se preparar porque o rebuliço ia ser grande.

6

Assim que Vicente o informou sobre a tragédia no processo, Heinz abandonou o jogo de golfe e voou para o sindicato. Do carro, ligou para Rubens, mandando-o convocar a diretoria com urgência, rezando para que todos estivessem disponíveis naquele sábado de sol, dia de praia.

Mal chegou à sua sala, os outros entravam no estacionamento, esbaforidos, preocupados, aquilo não podia estar acontecendo e, no dia da assembleia, só podia ser coisa encomendada.

— Ele está no bolso do sindicato, só pode ser — protestou Giovanni, referindo-se a Rodrigues Pereira.

— Liguei para um amigo que é advogado em São Paulo e ele me disse que com o cara não tem maracutaia, infelizmente — explicou Hermínio. — O filho da puta não tem rabo preso, não tem esquema, não tem ponto fraco. Nem vamos perder tempo com isso.

— Então é comunista — aventou Antonia.

— Foda-se o que ele é ou deixa de ser — explodiu Alemão. — O problema é que Itamar não pode sair da cadeia. Nem hoje nem nunca.

— E o que podemos fazer?

Heinz suspirou e explicou seu plano.

— Vamos trabalhar com o pior cenário, com Itamar liberado hoje. Se isso acontecer, a gente vai pelo ralo. Então, temos que impedir que ele saia da cadeia. A qualquer preço. Se adiarmos para a semana que vem, teremos tempo de articular a revogação dessa sacanagem.

— Não sabemos se vão tentar hoje... — ponderou Giovanni. — A Justiça não trabalha aos fins de semana.

Rubens pediu a palavra.

— Acabei de ligar para um chegado lá da delegacia. A coisa está estranha lá. Ele me disse que o advogado do sindicato apareceu, junto com outro engravatado e a tigrada está enchendo a delegacia, um movimento anormal nesse horário. Talvez o doutor Heinz tenha razão.

— Eu sempre tenho razão — disse Heinz, triunfante.

— Podemos mandar cercar a delegacia, chamar a imprensa, criar um clima hostil para ele — sugeriu Giovanni.

— E como fazemos isso? — apoiou Hermínio.

— Chamando a Polícia Militar — agregou Antonia, olhando para Heinz. — Eles são seus amiguinhos, não são?

— Boa ideia. Eles têm que fazer o que eu mandar, ou corto a verba do lanchinho deles... — respondeu ele, e fez uma pausa antes de continuar:

— Tenho uma tropa de segurança particular na cidade pronta para agir na assembleia — disse, depois de alguns segundos. — Acho que podemos reforçar a PM, junto com alguns colaboradores de confiança, encher a rua de gente, impedir o cara de colocar o pé fora da cadeia.

— Se isso virar confusão, a assembleia vai para o brejo, Heinz — alertou Hermínio. — E aí, adeus Joel.

— Concordo, Hermínio — respondeu Giovanni. — Esses comunistas já provaram que gostam de fazer arruaça, isso não pode se repetir.

— Essa milícia tem que evitar outro quebra-pau, garantir a eleição da nossa chapa — assentiu Hermínio.

— Mas ela pode criar uma confusão na delegacia — acrescentou Heinz —, impedir a saída do canalha.

— Só não pode cair na esparrela de brigar, tem que evitar a violência de quem quer que seja, para que a assembleia aconteça — concluiu Giovanni.

— A violência só interessa aos comunistas — concordou Hermínio.

— Esse pessoal está pronto para o que der e vier, até para garantir a paz — disse Heinz, satisfeito. — A qualquer preço.

Rubens entendeu o olhar do chefe saiu da sala, celular em punho, precisava ligar para Romeu garantir que o jagunço mantivesse seus cães de guerra na coleira, como queria o doutor Heinz.

— Vamos rezar para dar certo, Deus há de nos ajudar — suspirou Antonia.

Heinz mandou encomendar pizzas e cerveja, iam passar a tarde de sábado em vigília no sindicato. Custasse o que custasse, tinham que repelir aquela traição.

7

Foi o próprio delegado Luiz Adamastor quem deu a notícia a Itamar. Cícero o tinha alcançado na tarde anterior, na estrada, arruinando seu fim de semana longe do promotor e do juiz. Tomado por sentimentos contraditórios, de revolta contra os desmandos do promotor, medo da vingança do juiz, incerteza da culpa de Itamar, combinou encontrá-los na delegacia no dia seguinte. O promotor tentou ligar para ele mais tarde, mas ele não atendeu, não queria ouvir mais ofensas.

O prisioneiro não segurou as lágrimas. Felisberto, postado com Belinati ao lado do chefe, fazia força para não chorar também, os lábios tremendo, a vista turvada, seu menino ia sair.

— Na minha opinião, você é culpado, Itamar — disse o delegado, depois de informá-lo sobre a ordem do desembargador —, mas se a Justiça mandou soltar você, eu solto.

— Só quero í pra casa, Dotô. Eu posso saí agora?

— Ainda não, tem uma burocracia antes.

Felisberto adiantou-se para abrir a porta da cela, para ele o prisioneiro poderia ficar solto dentro do prédio, ver os amigos, a família, não ia fugir, mas o delegado o conteve. Itamar, que havia se adiantado, recuou:

— Quanto tempo ainda, dotô? — perguntou.

— Não muito.

Esse "não muito" poderia ser tarde demais, a assembleia não ia esperar e ele queria estar lá, precisava participar, mas não ousou comentar isso com o delegado.

Ele não sabia que Jairo e Cícero estavam na delegacia, trabalhando para agilizar o cumprimento do alvará, nem que Vicente e Ernani ligavam freneticamente para São Paulo tentando sustar a ordem de Rodrigues Pereira.

Precavido, o desembargador remeteu para o Presidente do Tribunal seu despacho e o dossiê que Jairo havia organizado. Sabia que os Oliveira e Sá tinham inimigos no gabinete da Presidência e imaginou o dossiê pousando em dezenas de computadores de juízes e advogados, e se multiplicando numa corrente sem fim, mas não se importou, eram documentos públicos.

A caminho de sua sala, o delegado observou que Lúcia e Anacleto estavam já no saguão, e viu quando Vitória e as gêmeas chegaram e se acomodaram junto a eles. Dezenas de operários continuavam a lotar a sala. Passou por eles sem encará-los e foi até a porta da rua, onde uma pequena multidão começava a se juntar no pátio, protestando contra Itamar. Se as duas turmas se encontrassem, poderia haver conflito e ele não queria passar mais um fim de semana tomando depoimentos. Determinou que dois investigadores guardassem a porta.

De sua sala, ligou para o celular do promotor, pedindo desculpas por não tê-lo atendido na noite anterior, estava na estrada.

— O doutor acha que isso pode ser revogado?

— Estamos trabalhando. O senhor trate de retardar ao máximo essa maldita soltura para nos dar mais tempo. Adie para segunda-feira.

Luiz Adamastor não sabia o que fazer, o desembargador na cola dele, o assessor ligando a cada instante para o chefe.

— Com todo o respeito, Excelência, tenho que cumprir a ordem judicial — respondeu, por fim.

— Se o senhor tem amor ao seu cargo, vai deixar para a semana que vem.

— Tenha dó, Excelência, não posso desobedecer — suplicou.

— Apenas obedeça a mim, delegado — concluiu, ofendido, o promotor, desligando na cara do delegado.

Luiz enrubesceu, a raiva ganhando as ideias, mas lembrou-se dos amigos do promotor e desistiu.

Na noite anterior, ele lera o despacho do desembargador, dividido entre a alegria da derrota do promotor e a preocupação de libertar um assassino. Discutiu o texto do despacho com o assessor, quis saber mais sobre o *habeas corpus*, sobre o inquérito da polícia da capital, inquieto.

O rumor crescente das vozes tomaram a delegacia, inquietando os funcionários, enquanto Jairo e Cícero pressionavam o delegado a agilizar a soltura.

— O senhor ainda acha que ele é culpado, doutor? — perguntou Jairo.

— Enquanto a Justiça não decidir, doutor, ele é inocente, é o que diz a lei, mas para a polícia ele cometeu o crime, é o que diz o inquérito — respondeu.

— Isso não importa — atalhou Cícero. — Se ele não for solto, vai ser desobediência, prevaricação, e o senhor vai responder criminalmente.

— E se eu o soltar depressa demais, quem me pega é o promotor.

O saguão se enchia cada vez mais de operários solidários a Itamar. Lúcia chorava abraçada a Vitória e Anacleto. A diretoria do sindicato tentava organizar os operários, manter uma calma que se desfazia diante da demora sem sentido. Do lado de fora, os apoiadores de Joel, aos gritos de *assassino!* e *ladrão!*, aumentavam em número e ferocidade. A tudo, Luiz Adamastor assistia com preocupação crescente.

— Vamos esperar os soldados da Polícia Militar — propôs.

— Por que, doutor? Não vejo necessidade... — disse Jairo, a cabeça também no sindicato, a hora da assembleia se aproximando.

— Lá fora tem uma multidão pronta para linchar o réu. Aqui dentro, tem outro tanto querendo defender. O senhor acha que isso vai dar certo? Quer mais uma morte?

— O que eu sei é que não podemos mais segurar o homem na cadeia — disse Cícero.

— Com todo o respeito, sou eu o responsável pela segurança dele e da comunidade. Liberá-lo agora é um risco que eu não vou correr.

O celular de Cícero tocou e ele se afastou para atender quando viu que a ligação era do desembargador, informando-o que o Ministério Público havia interposto um mandado de segurança contra seu despacho no Superior Tribunal de Justiça.

— Devemos esperar? — perguntou Cícero.

— De jeito nenhum! Minha ordem continua em pé até o STJ decidir em contrário.

— O delegado está enrolando, dizendo que falta segurança para soltar o cara. Ele tem razão, tem muita gente protestando aqui contra o Itamar, pode virar uma chacina.

Rodrigues pediu para Cícero continuar pressionando, ele falaria com o Secretário da Segurança Pública, o assessor pediu pressa, tinha medo de uma tragédia.

A hora do almoço chegava, o comandante da PM continuava sumido, só crescia a multidão na rua. Misturada com os manifestantes, a milícia de Romeu se juntava, desengonçada, às palavras de ordem, mas de forma contida, pacífica até demais. A turma de Guerino, convocada às pressas, tinha dominado o acesso à porta principal, pronta para intervir se alguém tentasse entrar na delegacia sem convite.

Era já quase uma da tarde quando se ouviram as sirenes da polícia militar, comboiando dois micro-ônibus com os soldados — capacetes, escudos e coletes à prova de bala — prontos a sacar as granadas de efeito moral, o gás lacrimogêneo, as armas com balas de borracha, para dispersar quem quer que o comandante mandasse dispersar.

— Doutor Cícero e Doutor Jairo, vamos conversar — chamou o delegado.

— Não, doutor, não temos mais o que falar — respondeu Cícero. — O senhor tem uma ordem a cumprir, os soldados chegaram para garantir a segurança, o desembargador o apóia, não tem mais desculpa: cumpra o seu dever!

Felisberto fazia que sim com a cabeça, o delegado queria soltar mas não queria, procurou mas não encontrou argumentos e rendeu-se, seja lá o que Deus quiser.

Era quase duas da tarde quando Felisberto abriu a porta da cela de Itamar e o acompanhou até o saguão, para o abraço dos companheiros e Anacleto, juntando suas próprias lágrimas às de Lúcia e Vitória.

O corso

1

Atraído pelas notícias do rádio, locutores gritando sua indignação com a irresponsável libertação do assassino, preocupadíssimos com risco de iminente repetição, em plena delegacia, dos lamentáveis atos do ano anterior, o operário entrou ofegante no saguão. Para isso, teve que vencer a onda barulhenta de gente se esbatendo, agitando cartazes, *Assassino! Libertem Itamar! Viva Genésio!*, e convencer o policial postado à porta, era homem de paz.

— Verdade que vão libertar Itamar? — perguntou, espantado com o saguão lotado.

Não cabia mais ninguém ali, mas os operários continuavam a entrar, avançando pelo ar empestado de suor, abraçando amigos, alguns chorando vencendo a contracorrente dos que queriam o ar fresco.

Jairo, que já tinha desistido de convencer o delegado, resolveu ir até a entrada principal, abrindo caminho a cotovelo para, ao chegar à porta, estacar horrorizado ante a multidão hostil. Procurou medir as forças dos que estavam do lado de dentro e as do que protestavam lá fora, mas não conseguiu avaliar qual era maior. Em silêncio, agradeceu a Guerino e seus amigos, mas não ficou tranquilo, *aquilo não ia acabar bem.*

Alguém gritou *assassino!* e logo outros repetiram, e alguém pediu *Itamar na cadeia!* seguido por outros, um coro se ergueu *— Ladrão! Assassino!*

O advogado voltou para dentro do prédio de cenho franzido, a boca crispada, os punhos cerrados.

— Estamos fudidos, Aurélio. A gente não passa vivo por ali.

— Vamo esperá. Eles que sabe, se a gente num saí daqui num tem assembleia. Mandei chaveá o sindicato.

— Eles vão arrombar...

— Num são trôxa, vão perdê a razão.

— Mas podem ir pra Justiça.

— Dotô, num entendo de lei, mais eles tá muito forte, vai querê ganhá hoje, num vão querê arriscá com juiz nenhum.

Jairo lhe deu razão. Toda vez que a oposição havia judicializado uma disputa, a diretoria da situação se eternizara no cargo até o final do processo, durante anos e anos, uma bênção para os da situação. Joel era esperto demais para cair nessa esparrela.

Do lado de fora, outro rio de gente desaguou naquele mar em revolta, barulhenta, portando faixas e cartazes de apoio a Itamar feitos à mão, abrindo caminho, ocupando os espaços, cercando os contrários. Em meia hora, o número de trabalhadores que apoiavam a liberdade de Itamar já era igual ou maior que os de Joel.

Logo, alguém pediu *Liberdade para Itamar!* sob vaias, mas outro repetiu, e mais outro, alguém respondeu *assassino!* e não demorou para que as palavras de ordem de um e de outro grupo se chocassem numa algaravia impossível de compreender. Entre aqueles punhos cerrados e murros no ar, qualquer faísca, um olhar mais torto, um pisão ou cotovelada, qualquer coisa seria capaz de incendiar a multidão. Os ânimos foram se exaltando, cresceram as ofensas e provocações, alguém ameaçou esmurrar alguém, alguém apartou, a caldeira quase a explodir, quando as sirenes da Polícia Militar paralisaram o início do que poderia ser uma batalha campal.

Os policiais desceram correndo dos micro-ônibus e se perfilaram em marcha acelerada ao redor da turba, arsenais ambulantes prontos para intervir. Um tenente, megafone em punho, pediu calma, ameaçou com prisão, foi vaiado, xingado, mas continuou. Disse que os policiais militares estavam ali para garantir a segurança de todos e do patrimônio público, e ordenou que os manifestantes deixassem a rua livre e se agrupassem nas calçadas, lados opostos, indicando o lado esquerdo para os de Itamar. E deu ordem para seus soldados avançarem.

Quarenta e oito policiais — de capacetes com viseiras abaixadas, escudos e cassetetes em riste, armados com bombas de efeito moral, gás lacrimogêneo e munição de borracha nas pistolas — começaram a dividir a multidão ao meio, mas ela resistiu, compactou-se mais, um corpo único protegendo seus ódios da ameaça externa. Os policiais continuaram avançando, os manifestantes se deram os braços, o tenente suava, a mão na coronha da arma.

A peleja da polícia contra a multidão parecia não ter fim até que Itamar surgiu, inesperadamente, no alto da escada, megafone em punho. A visão do negrinho, emagrecido na cadeia, a carapinha mais alta, sem corte, a barba por fazer e já alguns fios brancos, as pernas meio abertas, plantadas no patamar, o olhar duro, paralisou por um momento o confronto. Os apoiantes do sindicalista urraram de alegria, os contrários vaiaram, ele ignorou tudo, tinha que eliminar o conflito.

— Quem quisé briga aqui vai se dá muito mal, principalmente os que tão apoiando Joel — gritou ele, conseguindo a atenção, mas pouco silêncio. — A gente tem uma assembleia daqui a pouco e se tivé briga não tem assembleia, babau eleição.

Ele parou por um instante para observar o efeito de suas palavras, e continuou:

— Por mim, tudo bem, já fui inocentado, não perco nada. É isso que a oposição qué? E o pessoal que tá com a gente, é bom se acarmá também, porque a polícia tá pronta pra descê o porrete, e mais gente pode í pro cemitério.

Custódio, a cara vermelha, olhos esbugalhados, gritou:

— A gente quer assembleia para mandar você de volta pra cadeia, assassino!

— Então, vamo ficá em paiz e vamo pro sindicato — respondeu o sindicalista —, que é lá, no voto, que a gente vai decidí essas coisa. Aqui não se faiz assembleia. Com briga, não tem assembleia.

A polícia se aproveitou da hesitação e conseguiu separar os rivais, posicionando-se entre os grupos, no vazio do meio da rua. Guerino e Romeu e seus homens juntaram-se aos soldados, pedindo calma, mão no peito dos mais exaltados, empurrando devagar. A polícia parecia ter controlado a situação, mas o tenente suava frio, ainda tinha que dispersar aquele povo.

— Companheiros, vamo ficá carmo — repetiu Itamar ao megafone. — Temo muito que fazê hoje! Vamo fortalecê nosso sindicato nessa eleição, na paiz.

Felisberto, logo atrás dele, sorria, satisfeito por ter conseguido convencer o delegado a deixar o homem falar à multidão. Aquele menino só podia ser inocente, o carcereiro sabia identificar os culpados, tinha uma ponta de inveja, e um certo orgulho, daqueles homens que conseguiam se juntar para lutar pelo que acreditavam.

— Todo mundo aqui tem o direito de se manifestá e de pensá diferente. Vamo respeitá isso, companheirada. Todo mundo aqui é igual, vive de salário, inclusive os soldado. Briga vai machucá os companheiro, vai acabá com a assembleia, todo mundo perde, não interessa a ninguém.

As vozes baixando de tom, esperando, talvez, pelo momento certo de brigar.

2

De prontidão no sindicato patronal, Rubens acompanhava o movimento na delegacia, passando e repassando ordens a Romeu, municiando a diretoria com café e informações. Uma pilha de xícaras sujas se acumulava na sala, Romeu cumpria o prometido mas tinha trabalho para conter sua tropa, que queria logo partir para a porrada, acabar com aquela baderna. Ficou aliviado quando a polícia militar interveio, com a pacificação. Antonia, grudada no celular, foi quem informou que o mandado de segurança contra a liberação de Itamar havia sido negado, o homem estava livre.

3

Enquanto Itamar falava, um pequeno grupo de operários subiu a escada e se postou nos degraus e ao redor dele. Logo, outros se juntaram aos primeiros, e tomaram completamente o patamar. O saguão estava ainda mais duro de gente cheirando a graxa e suor, sujando o chão com a lama das botinas, falando alto.

Em sua sala, o delegado já se arrependia de não ter impedido Itamar de ir para a escada, queria-o de volta à cela até tudo se acalmar.

— Nem pensar! — interrompeu, brusco, Cícero. — A polícia tem que liberar Itamar agora. Esse homem já passou tempo demais na cadeia.

— E tem a assembleia, delegado — aduziu Aurélio. — Mais do que Itamar, tem que libertá nossa categoria dessa ruindade que fizeram. Tá na hora da nossa alforria.

— Eu sei, mas agora se trata da vida dele...

— E o que é que o sinhô sabe da vida dele? E de nóis?

O operário deixou a sala, não queria resposta. Cícero resolveu intervir:

— Doutor, o senhor tem a garantia do desembargador. De que mais tem medo?

Sem bater na porta, um escrivão irrompeu na sala, pálido, apavorado.

— Doutor, doutor, o senhor precisa ir lá fora.

Os três olharam para o rapaz, sem entender.

— Os caras invadiram a delegacia. Eles vão quebrar tudo!

Num pulo, sem olhar para ninguém, Luiz Adamastor saiu correndo para o saguão, seguido pelo assessor e o advogado, o escrivão logo atrás, quase chorando. Ao abrir a porta de acesso, estacou, queixo caído, sem saber o que pensar. O ar era irrespirável, os operários, espremidos, gritavam palavras de ordem, os punhos erguidos. Aurélio, que já os esperava, aproximou-se.

— Ninguém vai quebrá nada — disse Aurélio, quase rindo. — Nóis vamo escoltá nosso companheiro até o sindicato. Vamos protegê ele, coisa que nem o sinhô nem a polícia consegue fazê.

— E como vão fazer isso?

— Isso é com nóis, Dotô.

— Nem pensar! Vocês não vão levar ninguém daqui.

Aurélio se aproximou encarando o delegado e baixou o tom da voz:

— Vamo, sim, doutor. E num tem polícia capaiz de impedí.

— Vocês vão causar a morte dele, se saírem agora.

— Melhor voltá pra dentro, dotô.

— Não vou deixar.

Aurélio percebeu que o ex-prisioneiro voltava a entrar no saguão, caminhou em direção a ele, abrindo caminho entre os companheiros, os lábios apertados, os olhos fixos.

Bastou um tapinha de Aurélio nas costas de Itamar para que ele entendesse que estava na hora. Com esforço, afastou Lúcia e Anacleto de si.

— Fica com nóis, pai — chorou Anacleto, agarrado às pernas do pai.

Itamar abaixou-se.

— Tenho compromisso, filho, preciso í. Cê qué que eu fuja do meu compromisso?

— O sinhô deu a palavra?

— Sim, filho. Dei minha palavra.

— Intão, vô com o sinhô.

— Não vai dá, arguém tem que cuidá de sua mãe, e não confio em ninguém mais.

— Ela é mais grande que eu, pai.

— Mas cê é esperto, leva ela pra casa e ajuda a fazê a janta, que eu vou chegá loco de fome...

— Posso fazê feijão cum carne seca?

Itamar abraçou o filho, *claro que pode!*, e afastou-se em seguida, voltando para a porta, para onde um já grande grupo de operários o esperava para envolvê-lo e levá-lo em segurança até a assembleia.

4

O delegado tentou alcançar o grupo, mas foi seguro pelo carcereiro.

— Não é mais da nossa conta, doutor.

— Ele vai morrer ali, Berto.

— Só morre quem tem medo da vida, doutor. E ele não tem mais.

Luiz Adamastor balançou a cabeça como quem diz *não tem jeito* e decidiu ligar para o promotor, mas Felisberto adivinhou a intenção, segurou sua mão dizendo não com a cabeça.

— O senhor também é um homem livre agora, doutor.

O delegado olhou para trás, procurando Cícero, sem achar, apalpou o cartão dele no bolso da calça, seu salvo conduto, e voltou para sua sala.

5

Lá fora, a turba continuava o fuzuê quando percebeu uma aglomeração descendo a escada. Logo, alguém identificou Itamar no meio deles, e denunciou o assassino, provocando os manifestantes a pressionar, atropelando a polícia e os milicianos, movimento que atraiu os apoiadores de Itamar, ameaçando fundir todos e iniciar o conflito.

Os policiais militares abriram caminho sem esperar ordem, afastando com força os que se aproximavam, empurrando com os escudos, cassetetes erguidos. A comitiva de Itamar, encorpada a cada passo por operários que chegavam, protegida pela equipe de Guerino, conseguiu deixar a delegacia e ganhar a direção do sindicato, a polícia no meio da rua, separando com muito esforço os dois grupos.

À medida que avançava, o lado esquerdo foi-se encorpando, e o lado direito pareceu conformar-se em seguir apenas xingando, ameaçando. Na sede do sindicato, uma parte da oposição metalúrgica já tinha se assenhoreado do gramado frontal do prédio. Igualmente impacientes, Belinati e Vega escondiam-se em furgões estacionados rente à calçada. Em algum lugar nas proximidades, viaturas e um ônibus da polícia militar aguardavam.

O empurra-empurra aumentava de intensidade conforme a multidão avançava e se compactava, espremendo Itamar, não havia mais distância entre agressores e defensores, entre policiais, milicianos e seguranças.

Prensado no meio de seus defensores, empurrado para lá e para cá, Itamar percebia a fúria dos que o pressionavam, a ira dos que resistiam, lutava para controlar o medo, a angústia, indignação, a cólera. Tentava olhar para além do muro de gente, procurar entender o que movia aqueles homens, olho no olho, mas só via um espelho negro, quem sabe o que eram?

A seu lado, Aurélio tentava compensar a pressão jogando seu corpo contra os que se aproximavam.

— O que esses cara têm? Que ódio é esse?

— Pra eles, tu matô Genésio, é bandido, tem que morrê.

— Mas num faiz sentido...

— Tão falando isso todo dia faiz um ano. Nos grupo, nos jornal, na rádio... tu virou criminoso.

Um braço venceu a barreira humana, um soco quase atingiu Itamar, que se esquivou, Amadeu puxou o agressor pelos cabelos para fora do corso.

Vindo pelo outro lado, Custódio conseguiu chegar mais perto do centro, joelhos e cotovelos abrindo caminho, ameaçando, amedrontando operários, fazendo-os sair do grupo, alguns desistindo e voltando para casa.

— Desse jeito num dá, disse um.

— Tenho filho em casa. Num vale arriscá.

Custódio, perdido em seu ódio, tinha esquecido a ordem de Rubens, o garoto queria paz, *que porra de paz que nada.* Punho fechado, o cotovelo armado, olhos travados na figura de Itamar, empurrou uns dois, avançou mais uns passos, e se preparava para saltar sobre seu alvo, mas foi contido, puxado pela cinta. Irritado, virou-se, pronto para escorraçar o atrevido, quando reconheceu Durvalino.

— O que você está fazendo, idiota?

— Evitando que ocê faça uma merda, sua besta.

— Vai procurá sua turma!

— Pensei que minha turma fosse a tua também.

— Me sorta, filho da puta!

Custódio tentou se livrar num repelão, mas o outro o puxou mais para si.

— Mais fácil te matá aqui mesmo, puxa-saco safado.

O outro empalideceu quando Durvalino bateu com a palma da mão na própria cintura, o operário era conhecido por envolver-se em broncas de sangue.

— Cai fora, idiota!

— Mudou de lado, caralho? — gritou Custódio.

— Não, tô no mesmo lugar, quem mudô foi ocê, sua besta.

Durvalino começou a arrastar Custódio para longe de Itamar. Muitos operários, dos dois bandos, perceberam a encrenca, o risco, o medo da chacina do ano anterior presente, resolveram tomar o rumo de casa, enquanto o prédio do sindicato ficava cada vez mais visível.

6

Sentado no escuro da sala, bebericando uísque, o juiz Ernani de Oliveira e Sá torcia pelo mandado de segurança impetrado contra a maldita ordem de Rodrigues Pereira.

Atendeu de primeira quando o celular tocou, anunciando Vicente. O promotor o informou que o mandado de segurança não dera resultado.

— Ele não apenas saiu da cadeia, Excelência — agregou —, fez a delegacia de palanque, fez discurso para uma multidão.

O juiz agradeceu, respondeu que não havia mais nada a fazer. Depois, ele ligou para o Doutor Cerqueira Gomes, chefe da perícia médica do Tribunal, e pediu-lhe uma longa licença médica. Talvez até não voltasse mais, tinha convites para advogar em grandes escritórios da capital, talvez fosse esse o seu destino.

A noite o encontrou no aeroporto, aguardando um voo para Nova Iorque, com uma passagem só de ida.

7

Postado em frente ao portão de acesso à Quadra, onde a assembleia deveria acontecer, um impaciente grupo de operários esperava a chegada dos colegas, os olhos postos na rua, pronto a derrubar o portão. Quando Flora e Valéria chegaram com as chaves, os mais exaltados tentaram pressioná-las, mas foram contidos por Nicanor e uma parte da equipe de segurança de Guerino. Elas chamaram Josafá, indicado por Joel para compor a comissão eleitoral, abriram o portão e entraram com ele, mas a segurança não permitiu a entrada de mais ninguém.

— Carma, gente — disse Josafá, voltando. — Vamo organizá a entrada. Todos sócio em condição de votar pode entrar. Faiz uma fila, faiz favor.

Joel confiava nele, acalmou os seus, tudo se aquietou até que a comitiva de Itamar chegou ao jardim, às cotoveladas e empurrões, esmagando Romeu e Guerino, punhos fechados em palavras de ordem de lado a lado. Barril de pólvora, mas bem menor do que era quando saíra da delegacia, quase uma hora antes. Os operários dispersaram-se no gramado largo e, orientados pelo instinto ou pelo medo dos cassetetes, concentraram-se em lados opostos. Os soldados ficaram na calçada, esperando uma confusão para intervir, os nervos à flor da pele. Belinati e Vega fotografam as caras que conseguiam.

A vaia começou quando Flora voltou e fixou um cartaz feito à mão informando que seriam admitidos a votar os sócios com mais de três meses de filiação e em dia com a mensalidade sindical.

— Que merda é essa? — interpelou Joel.

— Tá no estatuto, companheiro.

Alguém gritou *é gorpe!*, outro repetiu, Custódio, já refeito do susto, gritou:

— Eles querem escolher os eleitores, vão excluir a gente!

É gorpe!, repetiram, a algaravia recomeçou, e Josafá, que posicionava duas mesas e cadeiras, gritou, indignado:

— Tem gorpe nenhum, não. Cêis me conhece...

Vendido!, gritaram mais de perto.

— Vamo ficá em paiz, pessoal — interveio Elísio. — Vamo respeitá a casa da gente.

A vaia aumentou, Josafá pegou o megafone que Flora havia trazido:

— Que merda de sindicato a gente qué, se nem o estatuto a gente sabe respeitá?

A turba ficou confusa, ele continuou:

— Quem tem menos de trêis mêis, faz favor de dá espaço pra quem vai entrá. Nóis tem aqui a lista de quem tem tempo e tá em dia com as mensalidade. Esses é que pode votá.

Joel empalideceu, suas filiações eram recentes, muita gente não tinha pago mensalidade nenhuma, esperando que ele pagasse.

— É fraude! É golpe! Eles querem escolher os eleitores! — gritou, desesperado. — Não vamos deixar isso acontecer, vamos entrar na marra!

Vamo quebrá tudo! — incitou alguém, o vozerio empurra-empurra querendo recomeçar.

Vamo arrebentá esses cara!

O pessoal de Guerino tentou acalmar os mais exaltados, Amadeu quase agarrou um pelo colarinho, quase o derrubou a socos, mas conteve-se, isso só conseguia irritá-los mais. Os milicianos de Romeu tentaram ajudar, mas só conseguiram mais palavrões, os apoiadores da diretoria evitavam a confusão, sentiam que o estrupício estava prestes a explodir. A turba começou a avançar para o portão, empurrando milicianos e guarda-costas, encurralando a comissão eleitoral, um bêbado tentou socar Josafá mas errou e se esparramou no gramado, provocando gargalhadas.

Itamar, angustiado, anteviu sangue e morte, percebeu gente estranha ali no meio, lembrou-se da trágica assembleia, angustiou-se, sentiu-se de repente sozinho, mas enraiveceu, decidiu que aquilo não podia se repetir, mais gente se machucar, o sindicato envolvido em outra confusão, mais polícia. Não podia permitir outra violência, um pesadelo ainda pior, sem Genésio, só ele. Estavam ali seus iguais, tinham a mesma vida sofrida, a mesma dor de todo dia, o mesmo medo e esperança. Crescia a fervura do ambiente, era chegada a hora. Escapou dos operários que o protegiam, alcançou o portão em três passadas, tomou o megafone das mãos de Josafá e, antes que pudessem contê-lo, arrebatou o megafone das mãos de Josafá e subiu numa das mesas:

— Companheirada, vamo se acarmá. Todo mundo aqui vai podê votá. Ninguém vai ficá de fora.

Observou a surpresa, a paralisação do movimento, os olhos voltando-se para ele:

— Ninguém vai ficá de fora, pode ficá sossegado.

Nicanor e Guerino se aproximaram com alguns homens para fazer um novo cordão de proteção. O zunzunzum aumentou, vaias ameaçaram recomeçar, os operários se aproximaram devagar da mesa. Itamar prestou atenção naquela gente de rosto marcado, as roupas gastas de tanto uso, barbas por fazer, olhos a brilhar com força, chegando mais perto, mas não teve medo, era sua gente.

— Vamo deixá de lado o estatuto? Só por hoje? Ele num foi feito pra dividí a gente. Essa assembleia é especial, diferente, a gente que tratá diferente. Vamo uní todo mundo e decidí logo essa questão, todo mundo junto — concluiu, com voz mais firme, segurando-se no portão para estabilizar a mesa no gramado. — O que cêis acha? — repetiu, mais incisivo, sem olhar para Joel, era um assunto dele com a categoria, e só.

A massa começou a aplaudir, indecisa, mas logo a aprovação foi crescendo, os operários estavam esgotados, queriam o fim daquilo tudo.

Aurélio tomou o megafone das mãos de Itamar, protestou, não concordava, o estatuto tinha que ser respeitado, mas a vaia o calou. Os operários se aproximaram mais da mesa, comprimindo os seguranças, desestabilizando o palanque improvisado, quase derrubando Itamar, ele teve que ceder:

— Tá bem, vamo lá, vamo organizá isso aqui. Tem gente que não são da categoria, nunca nem vi eles em Livramento. Esses cara num pode ficá aqui, são estranho. Depois que eles saí, a gente pode fazê desse jeito que o Itamar disse. Cêis concorda?

Os operários se entreolharam, dizendo que sim com a cabeça, *assim era direito, era deles a assembleia, o sindicato era deles*. Sem perder tempo, Guerino começou a identificar os estranhos, com a cabeça chamou sua turma, um deles tentou sair de seu lugar, mas Nicanor o puxou pela camisa, *vam'bora;* outro tentou resistir mas viu que já não estava invisível, teve que resignar-se, começou a sair sob o olhar duro dos metalúrgicos, tomou um pontapé e não reagiu, o medo crescendo nele. Alguém quis tirar um metalúrgico, mas ele protestou e mostrou a carteira do sindicato, quem não tinha era esse alguém, e a massa o expulsou a tapas na orelha, *cara de pau, sem-vergonha, vai procurar tua turma*. Aos poucos, enquanto Aurélio pedia para que os estranhos saíssem, os operários foram, de mau humor e às vezes com pescoções, expulsando aqueles *desgraçados, toupeiras, safados, submarinos, filhosdaputa*.

Flora e Josafá, com o livro de presenças na mão, protegidos apenas por Valéria e Nicanor, colhiam assinaturas, a multidão respeitando, assinando, os mais próximos protegendo-os do empurra-empurra ao redor.

Aurélio conseguiu seu objetivo. Na faina de expulsar os milicianos, situação e oposição, acabaram aliviando a tensão entre eles, tinham um inimigo comum. Até o humor de Durvalino melhorou. Custódio percebeu e se aproximou dele.

— Vamos esquecer as brigas, meu amigo... — propôs.

— Já esqueci. As briga, a oposição, essa merda toda que ocêis fizero...

Em cima da mesa, Aurélio esperava.

— Já podemo começá? — perguntou.

— Vamo! — gritaram os operários, o corpo dolorido de tanta guerra.

Com medo de meter essa massa num lugar fechado, sem ter certeza que todos os provocadores tinham sido expulsos, ele não esperou mais nada, ele decidiu fazer a assembleia ali mesmo. Antes que alguém o impedisse, anunciou o primeiro orador da tarde, Joel Telles, operário da Santa Delfina, líder da oposição.

8

Joel subiu à mesa equilibrando-se com dificuldade, a cabeça zunindo de raiva, *o filhodaputa tinha que ter ficado na cadeia, ninguém deu conta do crioulo, sobrou pra mim.*

— Meus amigos — começou, tentando se controlar. — Hoje é um dia histórico. Vamos retomar nosso sindicato para a categoria.

Apoiado!

— Depois de mais de um ano — continuou —, conseguimos chegar até aqui sem greves, sem confusão, porque eu consegui convencer os patrões que a minha proposta era justa e que a gente quer paz dentro das fábricas. Se eu não tivesse feito aquele acordo, depois do massacre que sofremos na rua, vocês teriam que voltar para o trabalho de mãos abanando, com o rabo entre as pernas.

Seu olhar percorreu a assembleia.

— Vocês ficaram um ano ao deus-dará. O sindicato viveu só para defender Itamar, esqueceu a categoria, as ações trabalhistas ficaram paradas, o advogado só tinha tempo para visitar o pobrezinho, o cara que ficou famoso porque foi para a cadeia, que não fez nada antes e não vai fazer nada agora. Vocês precisam de um sindicato que saiba trabalhar com diálogo, não com porrada, com briga. O patrão não é nosso inimigo, sem ele ninguém tinha emprego. Para que brigar?

O silêncio pesava, continuou:

— A gangue de Itamar não se importa com o patrão, porque eles não ligam pros empregos. Eles usam o sindicato pra fazer política, não para defender vocês. Eles roubaram o sindicato pra eles, não se importam nada com vocês. A gente tá aqui agora porque a gente organizou uma oposição de trabalhadores conscientes, pra reconquistar o sindicato pra vocês, pra ele ser instrumento dos pais de família, dos trabalhadores de bem, que querem viver em paz. Estou aqui porque quero democracia e paz para trabalhar, e peço a ajuda de vocês para resgatar o sindicato. Por isso, preciso do apoio de vocês. Quem quer paz e emprego vota na oposição. É isso o que eu quero pra todos vocês, uma vida em paz, no sossego da família, com emprego e salário. Chega de violência, de confusão.

Ele parou de novo para observar o efeito de suas palavras, mas não conseguiu ler nada nos olhos da assembleia.

— É por isso que tou aqui, pra pedir um voto de confiança em nós, em mim, pra gente ter um futuro diferente deste que vocês viveram no último ano, um futuro melhor.

Não sabia mais o que dizer, tinha confiança na sua equipe, nos novos sócios, na vitória. Ergueu os dois braços para a consagração, para as fotos de Custódio e desceu da mesa entre *vivas* e *já ganhou.*

9

Nicanor ajudou Itamar a subir na mesa, Aurélio deu-lhe o megafone, o sindicalista equilibrou-se, olhou a massa e refletiu por um instante.

— Companheiros! — começou, sem esperar silêncio.

Aliviado, feliz por estar ali, aflito ainda mas cada vez mais convencido de que sua classe saberia o que fazer, e que ela faria o certo.

— É a gente que constrói o sindicato — continuou. — Num é ninguém sozinho, é a gente que constrói o sindicato, todo mundo junto. A gente tem que tê essa clareza, temo que sabê o caminho que a gente qué seguí, que sindicato a gente qué. Nada acontece se a categoria num quisé. E num vai sê oposição nem situação que vai vencê aqui hoje, vai sê a classe operária, porque ninguém vai derrotá a gente, nem os patrão, nem a polícia nem ninguém, porque a gente é o dono da nossa história. A gente é que faiz a nossa história.

Com voz pausada, percorreu o efeito que suas palavras causaram, o silêncio, a atenção, sentiu-se mais seguro e prosseguiu.

— A gente é o dono da nossa história. Ninguém pode robá isso da gente. Eu tô livre por causa da força da nossa classe, que me deu apoio lá dentro, me levou livro, revista, conhecimento, carinho, todo santo dia tinha companheiro lá me dando força. Porque a classe pressionô a Justiça, mostrô a verdade, desmascarô a mentira. Porque tudo foi uma tragédia só, a morte do companheiro Genésio, minha prisão, e não foi nem Genésio nem eu a vítima disso, foi a classe. Eles queria encurralá a classe, acabá com o sindicato, fazê da greve um crime, dizê que os operário são marginal.

Itamar fez outra pausa, para respirar, segurar a emoção das lembranças da cadeia. Percorreu com o olhar os olhares dos companheiros, vendo neles o seu próprio, continuou:

— Mas nóis num se rendeu. E eu sinto orgulho de fazê parte dessa classe, de sê operário, e tô agradecido porque ocêis, a minha classe, num me abandonou. Eu tô muito feliz de tá aqui cum vocêis e tô pronto pra obedecê o que ocêis mandá. E tô muito feliz porque nóis num vai baixá a cabeça pra patrão nenhum!

A assembleia fez silêncio, Itamar contemplou neles a vida doída, igual à dele, o olhar cansado, a esperança, quando foi que eles se separaram e permitiram a entrada de um oportunista, um pelego, um traidor? Fosse qual fosse a decisão deles, decidiu que iria dedicar a vida a reconquistar a confiança perdida, a mesma confiança que ele depositava neles.

— E aqui a gente tem duas proposta. A diretoria que derrotou o pelego Cláudio numa eleição que o pelego tentou ganhar comprando voto, ameaçando companheiro, a gente ganhou e destrancou todas as porta, abriu todos os livro, nenhuma reunião foi fechada, todo mundo que quis participou. Foi a gente que fez os processo de indenização da redução da hora do almoço, foi a gente que dirigiu a greve desde o começo, nas porta de fábrica, junto com cada companheiro.

Concentrado na assembleia, sem enxergar mais nada além dela, ergueu a voz:

— Essa é a proposta dessa diretoria que vocês elegero, nóis é da classe operária e com a classe é que a gente tem compromisso. A gente, que vive oito, dez horas por dia no chão de fábrica, a gente sabe que tipo de paz os patrão qué. A paz do chicote no lombo para quem não dança a música deles. A paz do facão pra quem num baxa a cabeça. A gente precisa de paz pra vivê, e precisa de justiça também. Paz sem justiça é injustiça e nóis num pode vivê na injustiça. Nóis num é amigo do patrão, nóis num é colaborador, nóis é empregado. A gente é operário, a gente é pago pra virá as máquina, pra dá produção, não pra sê amigo do patrão. Patrão só tem um amigo, que é o lucro que ele tira da nossa produção.

Fez mais uma pausa, a última, e finalizou:

— Tá na mão docêis hoje decidí que sindicato que ocêis qué. Cêis sabe quem é quem, ninguém sabe mais do que ocêis o que acontece no sindicato. Todo mundo aqui sabe o que tem que fazê, e a gente vai continuá lutando pela vida, como sempre, num importa o resultado dessa assembleia, e a gente nunca vai abandoná o nosso sindicato. Por que os patrão vão continuá pisando na gente, arrochando nosso salário, matando a gente nas máquina, esgotando a gente, tirando direito, e a gente não pode facilitá, não pode achá que isso vai se resorvê hoje. Hoje, nóis vai definí o tipo de sindicato que a gente qué, amanhã a gente vorta pro chão de fábrica pra resistí, e a gente tem que tê o sindicato do nosso lado.

Esgotado, Itamar silenciou, seu olhar varreu de novo a assembleia, via nela a sua ansiedade e cansaço, o mesmo que seus companheiros da diretoria não conseguiam esconder. No chão, junto à mesa, Aurélio também encarava a massa, sem ter certeza do que estava lendo, em que contradição aquelas almas se debatiam. Nada mais tinha Itamar mais a dizer. Um vazio se apoderou dele quando devolveu o megafone e desceu da mesa ao som de aplausos e assobios, sem enxergar nada.

10

Enquanto Joel e Itamar falavam, Vega e Belinati fotografaram os que foram expulsos da assembleia. O delegado pediu ao comandante Fontenele para que a Polícia Militar os prendesse, estava radiante com o tapa na cara que daria no promotor. O sol estava perto do horizonte quando Romeu saiu do meio da massa, tirando o celular do bolso para pedir instruções a Rubens.

Aqui e ali, os operários, parecendo mais apaziguados, começaram a formar rodas de conversa para comentar os discursos, enquanto Custódio mordia os beiços.

Aurélio consultava Valéria e Josafá sobre como chamar a votação.

— Companheiros! — conclamou, finalmente. — A gente ouviu Joel e Itamar, e agora a gente tem que escolhê qual vai sê a direção do sindicato daqui pra frente. Vamo fazê com carma, vamo votá erguendo a carteirinha do sindicato.

As conversas foram minguando, ele continuou:

— Quem quisé a chapa do Joel ergue a carteira.

Um grande contingente ergueu a identidade sindical, a campanha de filiação tinha sido grande, as camionetes fizeram um bom trabalho. Ele observou por um momento e continuou:

— Tem gente que tá erguendo os dois braço, precisa disso não — disse, provocando risos. — Vamo ao segundo voto. Quem vota na atual diretoria levanta a carteirinha. Um só, por favor — brincou, provocando novos risos.

Nicanor olhou e olhou, mediu, confrontou e concluiu que era empate. Aurélio concordou, não conseguiam dizer quem tinha ganho, e continuou:

— Companheiros, daqui num deu pra vê quem ganhô — disse, sob vaias e palavrões. Ergueu os braços, pedindo silêncio:

— Se essa bagunça continuá, a assembleia não tem como seguí em frente, e tudo permanece como tá. É isso que ocês qué?

As vaias se enfraqueceram, mas ele ainda não tinha ideia do que fazer. Renovar a votação ia resultar no mesmo. Itamar suspirou, sentou-se num canto do jardim, alguém veio conversar com ele. Joel e Custódio cochichavam.

— A votação por contraste não resolveu porque a diferença é muito pequena — recomeçou Aurélio. — A gente precisa achá um jeito diferente, e eu tenho uma proposta.

A ideia foi aprovada por imensa maioria: a votação seria feita mediante a deposição das carteirinhas em duas urnas.

Quando Flora e Valéria voltaram com as urnas que estavam na Quadra, a equipe de Guerino moveu-se devagar entre os operários, analisando cuidadosamente o rosto de cada um, as roupas que vestiam, os sapatos, tentando identificar infiltrados, não havia nenhum. As moças se colocaram em cada lado da mesa, protegidas pela equipe de segurança do sindicato. Quando Aurélio sentiu que todos estavam prontos, determinou:

— Quem vota na oposição faiz uma fila aqui, onde tá aqui a loira Valéria. Quem vota na atual diretoria faiz fila para a urna onde tá a morena Flora. As duas são linda mas não vale se apaixoná, tá certo? — alguém gargalhou enquanto os homens e mulheres se cruzavam de um lado a outro do gramado, uma voz feminina protestou, queria um homem bonito, provocando novos risos, a tensão morria, a noite prometia ser melhor.

A lua cheia foi aparecendo, banhando o jardim. Uma a uma, as carteirinhas ganharam as urnas, a contragosto de alguns, piadas de outro, desconfiança de todos, mas ninguém via outro jeito, mais seguro, nem Joel propôs diferente.

A votação se arrastou por mais de uma hora, embora a fila andasse rapidamente. A demora induziu alguns a tomar uns tragos no bar em frente, e uma ou outra altercação ameaçou virar briga, que a turma do deixa-disso cinseguia resolver, sob o olhar atento de Guerino.

Depois que todo mundo votou, a comissão eleitoral começou a contar as carteirinhas de cada urna.

11

Romeu percebeu a lenta aproximação dos soldados da polícia militar. Osório, um dos novos, cochichou alguma coisa, e ele fez um sinal com a mão erguida, hora de sair, antes que os policiais chegassem perto demais.

Sob os olhos de Nicanor e Custódio, Valéria e Josafá fizeram devagar a contagem. Depois, com movimentos lentos, eles enfiaram as credenciais em envelopes identificados com o número da chapa, lacraram, assinaram e colheram a assinatura dos dois candidatos. Itamar havia se afastado, e respirava encostado a uma das folhas do portão de aço, batia papo com um colega da Zeta. Flora, megafone em punho, nas mãos o resultado anotado numa folha de papel, subiu à mesa.

— Companheiros, a gente já tem o resultado.

Ela não precisou pedir silêncio desta vez. Ninguém tinha mais forças para gritar ou protestar. Muitos tinham ido embora. Ela percebeu o movimento incomum de homens ao final do gramado, quase na rua, mas voltou sua atenção para a folha cheia de números e anunciou:

— A Comissão Eleitoral, com a participação das duas chapas, contou e recontou todos os votos. Um total de 475 companheiros vieram votar.

Ela continuou, rápida, antes que os murmúrios tomassem conta. Viu que, ao fundo, uma correria tinha começado, ficou com medo de outra confusão, empalideceu, mas retomou:

— A situação teve 254 votos.

Ela olhou para a massa, sem ver os olhos, tensos, sabendo que estavam calculando, calculando. A vaia havia morrido, policiais militares chegaram em duas viaturas e juntaram-se ao bolo de homens no que parecia ser uma luta. Tensa, ela avançou.

— A oposição — continuou — conseguiu 221 carteirinhas.

Ela viu que a polícia estava prendendo alguns homens, temeu que fossem metalúrgicos, e apressou-se a concluir:

— Por uma diferença de 33 votos, a atual diretoria foi reeleita.

As vaias começaram devagar mas cresceram rapidamente, misturadas a assobios e palavrões, Honorato exaltou-se, Custódio gritou *fraude!*, *é golpe!*, gritou alguém, Durvalino riu, mas Joel não se mexeu, aos poucos a gritaria foi diminuindo. Joel foi o primeiro a deixar o jardim, ladeado por Custódio e Honorato, pensando em entrar na justiça, anular aquela merda toda, conversaria com Rubens na segunda-feira. Já quase na calçada, porém, deu de cara com Durvalino, com cara de poucos amigos.

— Tá feliz, Joel? Isso é culpa tua.

Joel empurrou o operário e ganhou a rua, livrando-se daquela multidão chata, não querendo papo com ninguém, nem com Amélia.

E o amanhã

1

Quase todos os homens de Romeu foram presos e empurrados para dentro do ônibus, e apesar da insistência de Belinati para que fossem levados à delegacia, o tenente preferiu esperar novas instruções do comandante.

— Tenente, vamos apreender os celulares deles, por favor — insistiu o investigador.

O celular do tenente tocou, era o comandante e ele ouviu atentamente. Desligou o aparelho e mandou que os ônibus partissem, sob escolta. Meia hora depois, fora da cidade, num descampado onde vários carros já os esperavam, os milicianos foram soltos, o sargento que comandava a escolta reportou a fuga ao tenente, que informou ao comandante, que elogiou os dois.

2

A lua cheia já guiava os passos dos operários, que abandonavam o gramado. Itamar, parado no gramado, conversava com quem quisesse conversar com ele, procurando no olhar dos operários a compreensão da história daquela assembleia, daquele ano.

Lúcia, que havia assistido tudo num canto afastado, aproximou-se trazendo Anacleto pela mão.

— Acabô, meu amor.

Itamar olhou para ela com expressão triste, os ombros caídos, rugas novas enchiam sua testa:

— Foi uma derrota, Lúcia.

— Mais cêis ganharam! — reagiu Lúcia. — Que história besta é essa?

— A gente ganhô na votação, mas foi uma puta derrota política. A gente era direção, conduziu a greve, achava que tava por cima, os companheiro vinha no sindicato conversá... e deu nisso?

Mas ela estava feliz com fim do pesadelo, ano e pouco de agonia. Anacleto continuava a puxar o pai, que não se mexia.

Itamar abaixou-se e abraçou longamente o filho. Lúcia acariciou seus cabelos. O sindicalista se levantou, enlaçou-a pela cintura e, levando Anacleto pela mão, caminhou para a saída.

— Esse Joel é osso duro... — comentou Raphael, da Santa Delfina.

— É, mas aqui ele não se cria — acrescentou Ronivaldo, da Santa Geralda.

— Cê num parece contente — disse Raphael, ao reparar nos olhos de Itamar quando se despedia.

— E num tô mesmo.

— E por que, companheiro? — perguntou Aurélio, chegando.

Itamar soltou a mão de Anacleto:

— A gente dexô um fanfarrão, um cara que nunca fez porra nenhuma, pelego, virá líder. Isso nunca podia acontecê.

— A imprensa perseguiu a gente, a polícia, a Justiça quis arrebentá o sindicato, foi uma guerra — argumentou Nicanor, que se juntava ao grupo.

— E cê pensou que ia sê diferente, Nico? A gente amoleceu, foi aí que ele cresceu.

— Num tô te entendendo, Ita — retrucou Nicanor.

— A gente perdeu o rumo. A gente deixou eles destruí a image do sindicato.

Nicanor olhou para o companheiro, sem encontrar resposta.

— A gente subestimou a patronal — continuou Itamar. — Achamo que era os fodão, que podia vencê quarqué um e deu no que deu. Perdemo o rumo, se afastemo da base, demo espaço pra todo tipo de oportunista.

— E agora, o que é que ocê acha que a gente tem que fazê? — desafiou Nicanor.

— A gente tem que pensá um amanhã diferente, Nico. Vortá pro chão de fábrica, organizá aquelas comissão de base que que tá no nosso programa, filiá mais gente, trazê pra vida sindical.

— Ita, o operário que participá dessas comissão vai pra rua na mesma hora... patrão nenhum vai permití... nem falá de sindicato eles deixa... — respondeu Nicanor.

— E cê num faiz ideia de como a vida tá dura, os companheiro num qué vim pro sindicato como antes, tem um medo danado segurando a nossa gente — completou Aurélio.

— Desde quando a gente precisa da autorização do patrão? Temo que sê mais esperto, trabalhá escondido, num chamá a atenção. Sem dá moleza pra esses canalha. E a gente tem que pensá de acordo com a realidade, Aurélio. Se os companheiro num vem no sindicato, o sindicato tem que í até eles.

— Tá difíci de filiá, Itamar.

— Mas Joel conseguiu, e se ele feiz nóis pode mais. E num é só filiá, se trata de tê gente consciente, temo que formá nossos filiado, eles precisa entendê o que é o sindicato e tomá pé disso tudo. Temo que despertá a política que tá dentro de cada um, de todo mundo.

Sem resposta, eles se espantaram com o jeito dele falar.

— E temo que arrebentá essa opressão, gente! Nunca vai tê democracia se num tivé liberdade no chão de fábrica — continuou Itamar.

— Vamo tê que conversá muito na semana que vem, companheiro — disse Nicanor. — Cê tá certo, essas coisa tá no programa da nossa chapa, nóis num fez, mas teve muita coisa pelo caminho, a gente tem que vê isso.

— A gente tem é que pará de arranjá discurpa pra nóis mesmo. A gente sabia que a luta era dureza, mas acreditamo que os processo podia resolvê, que juiz ia resorvê, esquecemo que nóis é que temo que resolvê nossas coisa, a gente só pode contá com nóis mesmo, com a classe.

E ante o silêncio dos outros, continuou:

— A gente tem que trabaiá organizado, consciente, ouvindo os companheiro, pra enxergá as coisa por baixo das aparência. E temo que vê que o sindicato é bom, mas só o sindicato num resorve, temo que juntá uní todo mundo, num é só metalúrgico, não. Todo mundo tá no mesmo barco. A gente precisa pensá mais alto, mais forte, pra além do sindicato.

Os outros se entreolharam, *sobre o que ele estava falando?*

— E aquele teu sonho de sê juiz, Ita, como faiz? Mixô? — perguntou Aurélio, que havia chegado no rabo da conversa.

Itamar gargalhou como há muito não fazia, uma gargalhada alta, libertadora, contagiante, abraçou os companheiros um a um, *vamos relaxá, cmpanheiro, amanhã a gente recomeça, todo mundo junto,* e foi para casa, precisava descansar.

Janeiro de 2024.